二見文庫

危険な夜をかさねて

リサ・レネー・ジョーンズ／石原まどか＝訳

Infinite Possibilities
by
Lisa Renee Jones

Published by arrangement with
the original publisher, Gallery Books,
a Division of Simon & Schuster, Inc.
through Japan UNI Agency, Inc., Tokyo

危険な夜をかさねて

登　場　人　物　紹　介

エイミー・ベンセン(ララ・ブルックス)	24歳の女性。過去に起きた事件をきっかけに、何者かに命を狙われている
リアム・ストーン	世界で最も報酬の高い建築家と言われている著名な建築家、資産家
ジャレッド・ライアン	エイミーのアパートの向かいに住んでいた男性
メグ	エイミーが勤めていたデンヴァーの法律事務所の事務員
デレク	リアムの親友。不動産投資会社を経営
テラー・フェルプス	リアムが雇ったボディガード
マーフィー	リアムが雇った女医
シェリダン・スコット	エイミーの故郷であるテキサスの町の不動産をほとんど所有している有力者
チャド	エイミーの兄
“ハンドラー”	操り手。エイミーを脅威から守る存在。手首に特徴的な刺青がある

1

ありのままに、正直に。

リアム・ストーンはわたしにそうあることを求めた。けれど彼自身はそれに応えるどころか、嘘をつき、わたしを傷つけた。それでもなお、あの晩わたしが偶然耳にしたデレクとの会話には、納得のいく説明があるのではないかと、心のどこかで愚かにも期待している。リアムはゴジラと闘って、わたしを守ってくれるヒーローだと思いたい自分がいる。

けれど、彼はヒーローなどではなかった。安ホテルで眠れない夜を過ごしたあとで、わたしは現実を直視した。何者かが抹殺したいと思っているわたしの過去と向きあうまで、彼を信用して命を危険にさらすわけにはいかない。それはつまり、エイミー・ベンセンの身分をコロラド州に捨て去り、すべての発端であるテキサスへ向かうということだ。

デンヴァーの繁華街の質屋に入り、ブロンドの長い髪をかきあげて、店内を見まわした。ガラス張りの展示ケースのそばに店員はいないが、見られているというおなじみの感覚があり、思わず逃げだしたくなる。フリーマーケットで安物の偽の身分証を作ってくれた男が、この店に来ればもっと精巧な身分証を手に入れられると教えてくれたのだ。リアム・ストーンの財力と人脈をもってすれば、安物の身分証などたちまち見破られてしまうに違いない。

「ごめんください」エアコンの冷風に腕をさすりながら、奥に呼びかけた。悪夢に転じたリアムとのディナーから逃走した夜、ウォルマートで買った白いショートパンツと赤いタンクトップだけでは肌寒い。けれどもアパートメントに服を取りに戻る気にはなれなかった。どうせほとんどリアムのお金で買ったものだ。うまく逃げおおせたら、以前のニューヨークの口座からお金をおろして、自分好みのベーシックな服を買おう。

よぶんに渡した二十ドル札でタクシーの運転手が待っていてくれるのを祈りつつ、店の奥へと入っていく。「ごめんください」もう一度呼びかけたが、なんの返事もない。さらに数秒がすぎ、タクシーが待っているかどうか見てこようと出口へ向かおうとした。

「セニョリータ」

ふり向くと、大柄の五十代ぐらいの、ぼさぼさの白髪頭でひげ面の男が奥から現れた。「ロベルトを探しているんだけど」わたしは言った。このひげもじゃのおじさんが、逃亡を手伝ってくれる助っ人？

男が近づいてくると、葉巻の匂いが漂い、ジーンズとTシャツはよれよれだった。

「おれがロベルトだよ」男はそう言うと、わたしの髪をひと房つかんだ。わたしは身をすくめないよう必死に我慢した。「ブルネットの女だって聞いていたが」

わたしは一歩下がって、安物のバッグを胸に引き寄せた。「売り物のかつらよ」

「変装するには一番手軽だからな。かしこい姐ちゃんだ」男は言った。

卑猥な呼びかけにぞっとしたが、フリーマーケットの安っぽい雑な身分証より、ましなものがなんとしても必要だ。最悪の場合は、エイミー・ベンセンの身分証を使うしかないかもしれない。

「二千五百ドル」男は言った。

わたしは啞然とした。「嘘でしょ。五百ドルって聞いたけど」

「髪の色を変えてまで逃げたいわけがあるんだろう。それなら最高の身分証じゃないとな。だから二千五百ドルだ」

「そんなお金、持っていないわ。五百ドルだと、どんな身分証なの？」

「そんなのはねえよ。嘘を教えられたのさ」

「そんなに出せないわ」

「それじゃあ」男は口をへの字にして言った。「フリーマーケットのやつを使うんだな」そう言うと背を向けて、奥へと戻ろうとした。

「待って」わたしはあわてて呼びとめた。フリーマーケットのあのひどい身分証では、空港のセキュリティを通り抜けるのはとうてい不可能だ。ふり向いて太い眉をつり上げる男に言った。「七百ドルならあるわ」

「二千五百」

それだけ払ったら、いくら残るか素早く頭のなかで計算する。「千五百ドル。それ以上は絶対に無理よ」

男に舐めるように全身を眺めまわされ、わたしは陵辱されたような気がした。「それじゃあ、物々交換をしようや」男は提案した。「あんたがおれの欲しいものをくれりゃ、おれはあんたが欲しいものをやる」

心臓が喉から飛びだしそうになった。生き延びるため、答えを見つけるために、エイミー・ベンセンを消し去らねばならない。でもこんなのはいやだ。「わたしはそんな――」

「いいだろう」男がわたしの肩に手を置いた。

パニックになり、かっとなって男の手を払いのけた。「いや！」

男が手首をつかんでくる。「気持ちよくさせてやるぜ」

「放して！」わたしは叫んだ。フラッシュバックの予兆であるおなじみの刺すような頭痛がはじまった。「だめ、だめよ」激しい痛みが頭を切り裂く。「ああ、神さま。どうか今はゆるしてください」

「そうさ、神さま、ゆるしてって何度も叫ばせてやる」

男の意図がよくわかった。最初から身分証など作る気はないのだ。誰かの餌食にされるのはもうまっぴらだ。

渾身の力をこめて、男の下腹部を膝で蹴りあげた。男はうめいて二つ折りになり、痛みにあえいだ。頭痛がますます激しくなり、わたしは倒れる前に急いで店の外へ駆けだした。タクシーがいなくなっているのがわかり、とにかくがむしゃらに走った。

目の前に斑点が現れはじめ、食堂に駆けこんでトイレを目指した。個室に飛びこんで鍵をかけ、ドアによりかかる。切り裂くような痛みに拳を握り、へたりこんだ瞬間、フラッシュバックが襲ってきた。

あと二カ月で憧れの大学生活がはじまり、自由を謳歌できる。わたしは浮き浮きしながらトヨタ・カムリを家の前に停めた。テキサスの蒸し暑い夜のなかへ出ると、ポーチが真っ暗なのに気づいた。なんだか……おかしい。

不審に思いながら、車のドアを閉めた。両親のフォードのSUVが私道に停まっている。母が門限に遅れたわたしに説教しようとポーチで待ちかまえていないことからして、今朝の偏頭痛でまだ休んでいるのだろう。それでもなにか胸騒ぎを感じながら、鍵を取りだした。

叱り声が飛んでくるのではないかとびくびくしながら、ポーチの階段を忍び足で上がる。三段目の板がきしり、びくっと身をすくめる。まったくもう、ダナが悪いのよ。三十分前には映画館を出なきゃならなかったのに、フットボール・チームのキャプテンと彼女がいちゃいちゃしているから。

ポーチに上がった瞬間、腕をつかまれ、大きな手で口をふさがれた。必死にその手をどけようとあらがった。

口をふさがれたまま、壁に押しつけられた。「そんなふうに油断して、誰かに乱暴されてもいいのか？」

夜の闇のなかに兄の顔が浮かび、兄は手を離した。わたしは兄のみぞおちを蹴る直前で足を止めた。「危うく蹴るところだったわ。脅かさないでよ、チャド！　いつパパと帰ってきたの？」

兄はわたしの問いかけを無視した。「ポーチの灯りが消えていて変だと思ったら、そのまま入っていったりするなよ。土曜のデートや女の子のおしゃべりで浮かれてばかりいると、ちゃんと身を守れないぞ」

わたしはかっとなった。「女の子のおしゃべり？　ばかにしないでよ！　わたしだってパパと遺跡の発掘に行きたかったのに。一緒に世界をめぐりたいのに。わたしが連れていってもらえないのは、チャドがパパに入れ知恵したせいでしょう」

兄が首をふると、額でブロンドの巻き毛が揺れた。「おまえにはぼくが送れなかったふつうの暮らしをさせたかったんだよ」

兄のかすれた声に鳥肌が立つのを感じ、恐怖にみぞおちを締めつけられた。「どうしたの、チャド？」

兄はわたしをじっと見つめた。

「チャド？」

兄は壁から離れると、顔をこすった。「なんでもないよ」玄関を指さして言う。「なかへ入れ」

「なにがあったのか、話してくれるまで入らないわ。ごまかさないで、本当のことを教えてよ」

「おまえには真実は受けとめきれないよ」

「そんなのずるいわ。こんな生活をしなきゃならないのはチャドのせいなのに。教えてくれたっていいじゃない」


ノックの音がして、びくっとわれに返った。トイレの床に座りこんでいる。

「チャド」あのときの兄の気持ちを思うと、いたたまれない気がした。あれからわずか数カ月後に、兄もほかの愛する人々も失った。あのとき母が玄関ドアを開けて、わたしたちを呼び、兄との会話はそれきりになってしまった。

おまえには真実は受けとめきれない、よ。目をつぶり、兄の言葉の正しさをかみしめる。この六年間、なにも知ろうとせずに過去を封じてきたことが、今さらながら悔やまれた。でもこれからは違う。

トイレのドアを開け、食堂へ戻りながら、チャドの思い出が心のなかで変化していることに気づいた。いずれこういうときが来るのはわかっていた。閉ざした過去の扉を熱く燃えるなにかが破ろうとしている。だからこそ無意識に、美術館で働くことを選んだのだろう。ようやく運命に逆らい、行動を起こすために。

食堂を出ると、驚くほど頭が明晰になり、かぎられた条件でいかに旅をつづけるか、冷静に考えられるようになった。タクシーを停めて、銀行へ寄ってくれるように告げた。そして居場所を知られてしまうのを覚悟で、ニューヨークの口座からすべての現金を引きだした。

それからウォルマートへ行き、普段着と小さめの黒いスーツケースを二つと、帽子を二個、サングラス、日用品を買った。買い物袋を抱えて、トイレへ行き、ジーンズと紺のTシャツに着替えて、持ち物をすべて一つ目のスーツケースにしまい、二個目は空にしておいた。仕上げに真っ赤なフード付きの上着を着て、タクシーに乗るときわざと目立つようにした。

空港に着き、緊張しながらタクシーを降りた。大丈夫。ちゃんといい考えがある。

格安航空会社のカウンターへ行き、一時間以内に出発する便の待合席に座った。本当らしく見せるために空っぽのスーツケースを手荷物で預け、中身の入っているほうは手元に残す。搭乗券を提示するとき、空港という監視カメラや警備員がいたるところにある場所では、むしろ安全なのだと自分に言い聞かせた。

じりじりしながら十五分がすぎ、搭乗ゲートに向かうと、すぐに助けを求められるようにカウンターのそばの席に座った。そしてひたすら待つ。やっと搭乗時刻になった。いよいよ行動を起こすときだ。列に並び、わたしのチケットを搭乗スタッフがスキャンし、通るように促す。わたしは通路を歩いていき、壁際に寄ってほかの乗客をやりすごした。フード付きの上着を脱いでバッグにしまい、買ったばかりの黒い野球帽をかぶり、髪の毛を全部押しこんだ。

曲がり角から客室乗務員が現れて、声をかけてきた。「どうされましたか？」

「母がまだ来ないの。ちょっと探してきてもいいかしら？」

「あと三分で出発ですよ。お席はご予約されていますか？」

「ええ」

「お母様のお名前は？　お呼び出ししましょう。乗客名簿もチェックしてみます」

「カイリー・リチャードソンです。ありがとう」

客室乗務員はうなずいた。「もう少しお待ちください。お客さまのお名前は？」

「ララよ」六年間で初めて、自分の本当の名を口にした。追われているかもしれないときに、空港で本名を告げるなんて、われながら愚かとしか思えない。

「ララ・リチャードソンですか？」

本当はブルックスだ。けれどももはや、その姓が自分のものとは思えなかった。

「はい」

「わかりました、ミズ・リチャードソン。先にお席へどうぞ。お母様を見つけてまいります」

搭乗ゲートのほうへ戻っていく客室乗務員を、曲がり角に隠れて見守った。待合所はがらんとしている。リアムと出会ったあの晩のように。手違いで乗れないとあきらめていたら、ファースト・クラスで彼のとなりに座れることになった。あれは本当に偶然だったのか、それとも最初から彼の差し金だったのだろうか？

客室乗務員が完全に背を向けた隙に、わたしは急いでゲート・エリアから離れ、エスカレーターを駆け下りて、タクシー乗り場へ向かった。配車係に二十ドルを渡して言う。「結婚式のリハーサルに遅れそうなの。お願いだから急いで」

配車係は紙幣を見てうなずいた。「了解しました、お嬢さん」片手をあげてタクシーを呼び、わたしの荷物を持ちあげた。

「トランクじゃなくて、後部座席に入れてね」わたしはいつでも荷物を持って降りられるように指示した。航空券を無駄にして、これ以上よけいなお金は使えない。

後部座席に乗りこもうとしたとき、呼びとめる声がした。「エイミー！」

リアムの聞き慣れた深みのある声に凍りついた。まさかそんな。彼がここにいるはずは――

けれども彼はいた。それが意味することは一つしかない。わたしを追っている人物は彼だったのだ。そして初めて会った他人のふりをして、わたしの心に入りこんだ。そうであってほしくない、そんなことはありえないという必死の祈りは叶わなかった。

ふり向くと、色落ちしたジーンズに瞳と同じアクアブルーのアイゾッド（アメリカのブランド）のシャツを着たリアムが、すぐそばに立っていた。すらりと背が高く、危険なほどハンサムな彼が。

近づこうとするリアムを片手で制して、わたしは鋭く言った。「来ないで！　人殺しだって大声で叫ぶわよ」

リアムは立ちどまり、苦しげに目を細めてじっとわたしを見つめた。「ぼくの胸へ逃げこめばいい。ぼくから逃げないで」

以前にも同じことを言われたときの熱い記憶がよみがえり、胸が痛んだ。「あなたはいったい何者なの？」

「ぼくが何者か、わかっているはずだよ。きみこそ誰なんだ？」

「お客さん」運転手が呼びかけてきた。「乗るのかい？」

「ええ」わたしは答えた。「乗ります」リアムから目を離さずに言う。「昨日の晩、デレクと話しているのを聞いたわ」

「きみはなにか思い違いをしているだけだ」

リアムは否定しなかった。欲しいのは否定の言葉だったのに。否定しないからには、後ろ暗いことがあるのだろう。わたしは彼に背を向けて、タクシーに乗ろうとした。

「行くな」リアムの命令には、哀願の響きがこめられている気がした。でもそれはきっとわたしの願望にすぎない。できるものなら時間を巻き戻して、昨夜の一件も、ほかのすべての出来事もなかったことにしてしまいたい。「きみにはぼくの庇護が必要だ」

わたしは悲痛な乾いた笑い声を上げた。「あなたの庇護なんか一度も求めたことはないわ」求めていたのはリアムの正直さと真実の姿――でも今はもうなにも信じられない。

「きみにはぼくの庇護が必要だ」リアムは繰り返した。「デレクと話していたのはそのことだ。きみを守るために」

カメラはライブ映像なんだな？　リアムはデレクにたずねていた。庇護だなんてとんでもない。「嘘をつくのは守ることとは違うわ」わたしはかみつくように言った。

「きみに嘘はついていない」

わたしが耳にした会話の正当な理由を説明してほしい。そう願っていることに気づいて、歯ぎしりした。正当な理由などあるはずがない。昨夜以来、何度自分の甘さを叱りつけたことか。リアムにほだされて警戒をゆるめてしまったけれど、もうそんな危険は冒せない。すでに家族を殺され、つぎの標的はこのわたしなのだから。

「あなたとは協力できないわ」タクシーに乗りこみながら小声で言ったので、リアムに聞こえたかどうかはわからない。

「きっときみを見つける」後ろから呼びかけるリアムの言葉は、絶対の約束のように聞こえた。

「勝手にすれば」わたしは激しい動悸をこらえてドアを閉めてロックし、運転手に告げた。「出してください——今すぐ!」

走りだすタクシーの屋根をリアムが叩く。「ドアを開けろ、エイミー!」いつもの超然としてなにごとにも動じない態度をかなぐり捨て、走ってタクシーに追いすがりながら彼が叫んでいる。「行くな、エイミー。止まるんだ!」

「お客さん、いいんですか?」運転手が心配そうにたずねる。

「大丈夫ですから、行ってください」

運転手はアクセルを踏み、リアムをはるか後方に引き離した。安堵と同時に胸が激しく痛む。たまらずにふり返り、野球帽からブロンドの髪がこぼれ落ちるのもかまわず、遠ざかるリアムの姿を探すと、全速力で追いかけてくるのが見えた。誰かに追いすがるなんてまったく似つかわしくないあの冷静な彼が、必死にわたしを追いかけている。

きつく拳を握り、無理やり前を向いた。リアムのまなざし、動き、そして声に、わたしを求める思いがあふれていた。わたしも彼を求めていた。彼が孤独という名の無間地獄からわたしを救いだしてくれると信じていた。

でもわたしを求めるリアムのまなざしは、なぜあんなにも必死なのだろう。追われている理由も、彼が関わっている理由もわからない。ただ、彼がこの一件に一枚かんでいる可能性はどうしても否定できない。

今では、自分が六年ものあいだ答えを探そうとしなかったわけがはっきりとわかる。誰を信用していいのか、どこを探せばいいのかわからないまま、命の保証もなく、恐怖に身がすくんでいたのだ。

しかしなにも知らずにいることは、本当の安全とは違う。もう迷ってなどいられない。真相を確かめなければ。

きっときみを見つける。リアムの言葉が頭のなかで響いた。彼がわたしを見つけるとしたら、それはこちらがチャンスを与えるときだ。てのひらに爪が食いこむほどきつく拳を握りしめた。ふたたびリアムに会うかどうかは、わたしが決める。

高速道路に入り、わたしはまっすぐに座り直して、ケネディ国際空港で受け取ったメモの言葉を肝に銘じた。

賢くたちまわれ。過去を推測されるような真似は慎み、今後は絶対に美術館には近づくな。

賢くたちまわれ。

ゆっくりと心が静まっていき、すべてを破壊したあの火事の記憶から逃避しようと無意識に編みだした麻痺状態《ゾーン》に入っていく。立ちどまってよく考えるのよ、エイミー。ちゃんと考えずに行動を起こしてはだめ。

最初の高速の出口が見えてきたが、運転手にそこで降りてと言いたい衝動をけんめいにこらえた。見つからないように、なるべく距離を稼いだほうがいい。さらに数マイル行ったあたりで、高速を降りるように告げ、バッグから現金を取りだした。

タクシーは前方の出口へと向かった。「右ですか、左ですか？」運転手がたずねる。

トラック休憩所が目に入った瞬間、ふと思いついた。「まっすぐ行って」野球帽に髪をしまいこみながら指示した。赤信号でタクシーが止まった隙に、運転手に現金を渡し、素早くドアを開けた。

麻痺状態《ゾーン》のなか、アドレナリンが全身を駆けめぐるのを感じながら、危険が待ちかまえている外の世界に一歩を踏みだした。ハンドバッグを肩にかけ、スーツケースを持って、道路を渡った。今の思いつきは、今朝のものよりずっとましなはず。

トラック休憩所に入ると、大型トラック用の給油所がある裏口へまっすぐに向かった。じつは身分証明が要らないクレイグリスト（個人広告や求人などを載せるアメリカのコミュニティサイト）で安い車を買い、べつの州へ行こうと考えていたのだが、計画変更。やはり現金はなるべく残しておきたい。この際、危険を承知でヒッチハイクをしよう。デンヴァーでぐずぐずしていたら、見つかる危険が高まるばかりだ。

外へ出て、もっとも連続殺人鬼ではなさそうな人物を探した。ジーンズにカウボーイ・シャツのひげ面で背の低い男がドアを押さえ、わたしの目の前に立った。「困ってるんなら手を貸すぜ、お嬢ちゃん」

ヒッチハイクはやっぱりいいアイディアじゃないかも。「いいえ、大丈夫」

男は目を細めて、わたしの身体をじろじろと眺めまわした。「乗っけてやろうか？」

「その子はあたしの連れよ」

顔を上げると、五十代ぐらいのやせた赤毛の女性が、カウボーイ・ブーツで土埃を蹴立てて歩いてきた。女性はわたしのそばで立ちどまって言った。「そろそろ行くけど、準備はいい？」

厳しくも温かい母親めいた女性の表情に、思わず自分の母の顔が重なって、胸が締めつけられた。「ええ」わたしはためらわずに答えた。「準備はいいわ」

女性に連れられて赤い大型トラックのほうへ向かった。「あたしはシェルよ、ハニー。なにから逃げてるのか聞きたいところだけど、嘘をつきたければそれでもいいよ。旦那のロイも一緒だけど、よかったら乗っていきな。どこまで行くつもり？」

「ここから遠いところなら、どこでも」

女性は一瞬哀しげなまなざしになったが、すぐに打ち消した。つかの間、この見知らぬ女性と心が通いあう気がした。でもなにも明かせない、親しくなってはいけない。見知らぬ相手とのその場かぎりのつきあいしか、わたしには許されないのだ。

「その飛び入りは誰だい？」ぴかぴかの真っ赤なトラックに近づくと、ビール腹で温厚そうな顔をした白髪頭の男性が声をかけてきた。

「この子は……」シェルがわたしのほうを見る。

「エイミーです」わたしは六年間手放さずにいられた唯一の名前を口にした。

「おれはロイだ。エイミー、大型トラックにガソリンを満タンにするのに、何人のトラック野郎が必要か知ってるかい？」

「わからないわ。何人？」

「一人もいらない。みんな女房にやらせるのさ」

わたしが吹きだすと、シェルがふんと鼻を鳴らした。「この人があたしに用事をいいつけたことなんかないよ」

助手席にわたしが座り、真ん中にシェル、運転席にロイがおさまって、トラックは走りだした。トラック休憩所を遠ざかるにつれて、胸がつぶれるような悲しみが押し寄せてきた。デンヴァーにはなんの未練もないけれど、リアムと離れることを思うと、抑えきれなくなりそうだ。もう会うべきではないゴジラ退治の騎士を、今も恋しがっている自分を。

誰から逃げているのか、その人物は本当にわたしを殺そうとしているのかはわからない。わかっているのはわたしを追う敵がいて、その理由をつきとめるつもりでいること。わたし自身がゴジラ退治の騎士になって、家族の無念を晴らすのだ。

2

ニューメキシコ州シルバーシティ
人口一万人

「エイミーはどこだ？」

わたしが〈ダイブズ・キッチン〉の裏口から入ると、短気なはげ頭の料理人が呼んでいるのが聞こえた。「はい」わたしは急いで返事をすると、黒いリュックを壁のフックにかけて、キッチンへ滑りこんだ。「今来ました」

「遅いぞ」料理人のジョージがぶつくさ言う。

ヘアクリップで、髪を手早く後ろでまとめながら時計を見ると、今朝はフラッシュバックの発作を起こしたにもかかわらず、まだ出勤時刻の二分前だった。頭にくるけれど、言い返しはしない。目立つことは極力避けるように、この八週間ずっと我慢してきた。「すみません」おとなしくあやまるわたしに、髪を金髪に染めたウェイトレス歴三年のケイティが、同情のまなざしを投げかけてくる。

　わたしはどうにか微笑み返して目をそらし、ピンクの制服の上からエプロンをかけた。この店のウェイトレスはみんなその格好で、靴は白いテニスシューズと決められている。ケイティの気遣いがうれしくないわけではない。この店で働きはじめて間もないことを思えば、仲がいいほうだが、彼女とは同じ店で働いているということ以外なんの共通点もないし、見つけようとも思わなかった。

　あと一週間だけ働いたら、善良そうなトラック運転手を見つけて、ここを出ようと思っている。当面の資金を貯めるには働かざるを得なかった。家族のように殺されることなく、入念に計画を立ててテキサスへ戻るために。

　ジョージが巨大な鉄板の上でハンバーガーをひっくり返しながら言う。「準備ができたら、夕食に来た客に愛想をふりまいて、感謝祭の七面鳥料理をすすめてこい」

「まだハロウィンの時期なのに（感謝祭は十一月の第四木曜日）」わたしはついぼやいた。休暇なんて、今のわたしには縁遠いものだ。そう、この六年間ずっと。

「どっちでもいいだろう」ジョージは不機嫌に言った。「安値で仕入れたから、とにかく売るんだ。さあ、行け。ハロウィン・パーティーじゃないんだぞ」

「あたしたちには、コスチュームもパーティーもいらないわ」ケイティがつぶやく。

「毎晩、キッチンにモンスターがいるんだから」

ジョージが唸るように言った。「七面鳥が売れ残ったら、本物のモンスターに会わせてやる」

ケイティがすぐそばに来た。「向こうの酔っぱらい客のほうがよっぽどましよ」ぼやく彼女と一緒にカウンターをまわりこみ、テーブル席や赤いボックス席が並ぶホールへと出ていく。

「だといいけど」軽く応じたものの、フライドポテトやベーコンの油が混ざりあった腐った卵のような匂いに、思わず吐き気がこみあげてきた。

「まあ、そのうちあいつにも慣れるわよ」ケイティがわたしをふり返り、眉を寄せた。「大丈夫?」

「なにも食べないでビタミン剤だけ飲んだから。自業自得ね」大嫌いな嘘がすらすらと口をついて出た。シフトが終わって戻ってくるウェイトレスたちと、かろうじてあいさつを交わした。

ホテルの部屋でリアムと激しく言いあった末に、避妊具をつけずにセックスをしたときの記憶がよみがえった。今、妊娠するわけにはいかない。彼と別れて八週間、三つの街を渡り歩き、生理の予定日はとうにすぎているけれど、検査薬では陰性だった。

わたしの生理はもともと不順だから。

そんな苦しまぎれのなぐさめも、最初のテーブル席へ行く途中で、ベーコンの匂いにかき消され、また吐き気がこみあげてきた。妊娠なんかしていない。絶対にそんなはずはないわ。そう心で繰り返した。

でも将来あなたは逃亡中の身で、道路沿いの食堂でウェイトレスをしているだろうと言われたら、絶対にそんなはずはないと言い切っただろう。ところが現に今、こうして働いているではないか。ともかく休憩時間になったら、もう一度検査薬を試してみよう。それまでは、陽性反応を示すピンクの線を想像しないように、仕事に集中しなければ。


四時間後、休憩前に最後の注文の品を受け取りに、厨房カウンターの受け渡し口へ向かった。幸いにも吐き気はなんとか治まったが、胸苦しさは静まらない。睡眠不足と不安、そして鍼治療を受けられないために頻繁に起きるフラッシュバックの発作のせいだろう。でもいずれすべては解決する。テキサスへ舞い戻って、過去と向きあえば、きっとまた自分の人生を取り戻せる。

「町じゅうの酔っぱらいが、今夜はみんなこの店に来ているみたい」注文品を受け取りにきたケイティが、わたしの横に並んでぼやいた。「女と見れば、すぐに触ってくるんだから」

「まったく同感よ」わたしはあいづちを打ちながら、この仕事もこんな生活も永遠にはつづかないと自分に言い聞かせた。これは目的を達成するためのたんなる手段。追っ手の目をくらますための賢いたちまわり方なのだ。

ケイティはエプロンのポケットを叩いた。「でもまあ、チップは気前いいけど」

わたしもうなずいた。「今までで最高額かも。めいっぱい稼がなきゃ」

「賛成」ケイティはわたしの肩越しに視線を向け、口元に笑みを浮かべた。「ハニー、今夜はもっと稼げそうよ。さっき来たお金持ちそうな超イケメンが、あなたの担当テーブルに座ったわ。あたしが狙ってたのに」豊満な胸の谷間を見下ろして言う。「この子たちには興味がないみたい。ありのままが好きってタイプなのかもね」

ケイティのなにげない言葉にわたしは凍りついた。あなたの刺青を味わいたい、と自分がささやくイメージが脳裏をよぎる。まさか彼が？　いいえ、そんなことはありえない。彼のはずがないわ。でも空港で呼びとめられたときも、同じことを思った。あのリアムに不可能という言葉はあてはまらない。

「注文品が上がったぞ」ジョージが大声で言い、料理を二皿、受け渡し口から押しだした。

わたしは料理の皿を見つめながら、過剰に反応する自分をいましめた。ただでさえトラブルを山ほど抱えているのに、よけいな妄想で頭を悩ませてどうするの？　リアムがここに来るはずがない。居場所はしょっちゅう変えていたし、支払いはすべて現金ですませている。この小さな食堂で働きはじめたときも、身分証を財布ごとなくして困っているのだと言いわけし、適当な社会保障番号を書いた。過去について調べるためにテキサスへ電話をしたときも、プリペイドカードで買ったテキサスの電話番号の使い捨て携帯を使った。追跡されるような証拠はどこにも残していない。

「ぼけっとしてないで、さっさと仕事しろ」ジョージの言葉で現実に引き戻された。

料理を手にしてふり返ったが、ちょうど入ってきた数人の客に視界をさえぎられ、ケイティが言っていた金持ちそうな男性客の姿は見えなかった。

料理を注文した客のテーブルに持っていくとき、例の見られているという感覚がよみがえってきた。違う、彼に見られているという感覚だ。

リアム。リアムがここにいる。いいえ、そんなはずはない。彼が来るなんてありえないわ。

「ケチャップをくれないか？」客が言った。

わたしはぎこちなくうなずき、テーブルを離れようとした瞬間、動けなくなった。奥のボックス席にリアムがいた。ジーンズにチャコールグレーのシャツを袖まくりし、あいかわらず超然として自信に満ちている。

これは夢だ。今、このタイミングで、こんなことが起きるはずがない。デンヴァーを去るとき、お互いのあいだに好意があったかどうかさえ、もう確信が持てなかった。ハンターと獲物の関係になった今は。

それなのに逃げたいという衝動は少しも感じなかった。ただ彼のそばへ行きたい、彼に触れて、その胸に顔をうずめたいという感情しか浮かばない。彼がいれば、もうひとりぼっちじゃない。そう安心している自分がいる。わたしはどうかしてしまったのだろうか？　かつて頼りにしていたリアムは、今となってはわたしの急所になってしまったというのに。

覚悟を決めて、リアムがいるほうへ歩きだした。わたしを逃がさないように、向こうも作戦を立てているはずだ。きれいに整えられた顎ひげが世慣れた危険な雰囲気を醸しだし、鋭いアクアブルーの瞳がじっとわたしに注がれている。近づくにつれて瞳が熱を帯びてきた。恐ろしいくらい簡単にわたしの身体が反応する。いけない、今彼に触れたら一瞬でわれを忘れてしまう。身を守るには、リアムがわたしに対してとてつもない影響力を持っていることを、しっかりと胸に刻んでおくしかない。

　けれどもリアムの姿を目にしたとたん、そんな覚悟も用心も消し飛んでしまった。彼のテーブルの前で止まると、彼はわたしの手首を優しくつかんで引き寄せた。むきだしの脚がジーンズに包まれた彼の膝に押しつけられ、燃え立つような瞳に射すくめられて、苦しいほど全身で彼を求めている自分を痛感した。

「どうやって見つけたの？」わたしはたずねた。無意識に彼の肩に手を置いていたが、その手をどけようとはしなかった。なぜかは自分でもわからない。

「ふつうに思いつくやり方さ。こんな生活をしていたら、いずれほかのやつらにも見つかるだろう。トラック野郎はたいていCB無線を聞いているし、かれらは金が大好物だからな。エイミー、レイプされたらどうするつもりだ？　最悪の場合、殺されていたかもしれないんだぞ」

「そういう危険をわたしがなにも考えなかったと思うの？」必死に身を隠してきたつもりが、リアムの富の前ではなんの意味もなかったことが悔しくて、怒りがこみあげる。「でもそうするしかなかったのよ」

「ぼくがデレクと話しているのを聞いて、きみは逃げた。防犯カメラを見たよ。わからないのは、ぼくらの会話のなにをきみが誤解しているかだ。ぼくが責められるとしたら、きみを守ろうとしたことだけだ」

「あなたは信用できないわ、リアム。わたしはあなたを信じない」

「きみが逃げているなんらかの組織に、ぼくが関わっていると思っているんだろう？」

「自分でもよくわからない」

「危害を加えようとしているなら、こんなに人目のある場所で会ったりするかい？きみが一人になるのを待ち伏せてつかまえるはずだ」

「デンヴァーにいたときも、わたしと一緒のところを人に見られても気にしていなかったわね」

「まさしく」リアムにわがもの顔で焼き印を押すように腰を抱き寄せられ、脈が跳ねあがる。「やましいことはなにもないからさ。ぼくを怖れる理由はどこにもない。ぼくがきみに危害を加えるはずがないじゃないか」

彼を怖れる理由はどこにもない。その言葉はどのようにも解釈できる。「リアム――」

「きみにもう一度名前を呼ばれて、どんなにいい気分かわかるかい？」興奮したかすれ声で言われ、思わず身体が熱く反応した。

「手を放して」本気で言ったつもりが、説得力のある口調にはわれながらとても思えなかった。

「逃げないでぼくの胸に飛びこんでもらうには、どうすればいい？　教えてくれれば、そのとおりにするよ」

「なにをしても無駄よ。あなたがわたしを守ってくれるヒーローだなんて、思えるわけがないでしょう。わたしのパソコンに隠しカメラを取りつけたんだから」

「カメラはぼくが仕掛けたんじゃない。きみのボスが仕掛けたのを、ぼくが見つけたんだ」

　わたしは意外な答えにとまどった。見つけた？「仕掛けてあることを知らないのに、どうしてカメラを探そうとしたの？」

「きみの新しいボスについて、なんの情報もなかったからだ」

「心の準備ができてわたしから話すまで待つって約束したじゃない。つまりあれは嘘だったか、それとも今のあなたの説明が嘘ってことよね」

「きみも知らないことは説明できない、それが問題なんだ。エイミー、きみを護ろうとしたことを謝るつもりはない。あのときも、今も」リアムは口調をやわらげた。

「ぼくの胸へ逃げこめばいい。ぼくから逃げないで。誰かに見つかる前に、さっさとここを出よう」

　彼の胸へ逃げこむ。単純にそうできたら、どんなに楽だろう。ただ一言、イエスと答えられたら。「断ると言ったら、帰ってくれるの？」

「断らないでくれ」

「もし断ったら」わたしは繰り返した。「わたしを解放してくれる？」

「ベイビー、ありのままに正直にというのがぼくのモットーだ。したがって、返事はノーだ。きみの身が危ないときに、一人にさせるわけにはいかない」

「つまり、わたしを拉致しにきたってことね」

「好きなようにののしればいいさ。だがきみを置いてここを去るつもりはない」

「エイミー、大丈夫？」

　ふいにケイティが声をかけてきたので、わたしははっとしてつかまれた手をふりほどこうとしたが、彼は放してくれない。「無防備に行動する前に、よく考えるんだ」リアムは穏やかに諭した。「すでにきみはさまざまな情報ネットワークにひっかかってしまっている」

「わかっているわ。あなたも含めてね」わたしは唇をひき結んだ。お金さえあれば、人でも情報でも、なんだって買えるのだ。

「エイミー」ケイティがいらだって呼びかける。

「リアム」わたしは小声で言った。

「慎重になれ」リアムは言い、ためらいながらわたしの手を放した。

リアムが立ちあがり、わたしのすぐ後ろに来るのを意識しながら、ケイティのほうを向いて言った。「ごめんなさい、ケイティ」リアムから意識をそらそうと必死になりながら、しどろもどろに言いわけする。「たまたま会って、あの――」

「昔の友人に」明らかに名前を伏せようとしていることが、腹立たしかった。わたしと一緒のところを見られても平気だと言いながら、こんな安食堂にいるのを知られたくないってわけ？

ケイティがわたしをにらんで言う。「ほかのお客が待ちくたびれて、かんかんに怒ってるわよ。さっさと仕事に戻って」

「じつは」リアムがテーブルに札束を置いて言った。「エイミーは辞めることになったんだ、今すぐに」わたしを守るようにかたわらに立って、彼がさらに言う。「これはエイミーが今夜担当する客全部の食事代と、急に仕事が増えたきみへのチップだと思ってくれないか」

分厚い札束を見て、ケイティは目を丸くした。「あら、そうなの」札束を抱えあげて言う。「いいわよ。エイミーがいなくなるのは、残念だけど」リアムをまじまじと眺めて、にんまりとする。「なるほどね。よくわかったわ」

歩き去るケイティをなすすべもなく見送りながら、腹立たしくてしかたがなかった。リアムはお金でケイティを追い払い、お金でトラック運転手たちにわたしを見つけさせた。父は価値のつけられない貴重な発掘品、すなわち巨額の金に彩られた人生を送っていた。父の仕事とリアムを結びつけるものがあるとすれば、それはお金だ。

リアムが所有欲をむきだしにわたしの背中に手を置くと、甘い戦慄が走った。きつく目を閉じてその震えをこらえた。彼に反応せずにいられない自分がいまいましい。

「行こう、エイミー」リアムがうながす。

パニックになりかけながら、わたしは彼のほうを向き、数歩あとずさった。「荷物を取ってくるわ」そう言うと、厨房へ走った。後ろでリアムが低く毒づくのが聞こえる。

彼はついてこないはず。わたしは自分に言い聞かせた。下手に騒いで人目を引くようなことは避けたいだろうから。注目を浴びるのも、マスコミに詮索されるのも、大嫌いな人だもの。それに警察を呼ばれて、いろいろ訊かれたら困るし、警察の記録から追っ手にわたしの居場所を知られてしまうかもしれない。もうとっくに知られているのかもしれないけれど。その追っ手がリアムだとしたら。

ふり返って確かめたい衝動をこらえて、厨房へつづくドアを抜け、グリルの横を通りすぎた。

「おい！」ジョージが後ろから怒鳴る。「戻れよ。客が待ってるんだぞ」

わたしは壁のフックからリュックを取り、通路を曲がって裏口へ向かった。業務用扉の掛け金に手をかけ、一瞬開けるのをためらう。リアムが追いかけてくるかと思ったが、グリルで肉が焼ける音しか聞こえない。なぜ追ってこないのだろう？

可能性はただひとつ。リアムは外にまわって待ち伏せしている。わたしはスチール製の扉に手をつき、くるりと背を向けてもたれかかり、めまぐるしく考えた。

どうしてもっと簡単にいかないのだろう。彼を信用できるかどうか、見分ける方法がなにかあればいいのに。でも今はそんなことを悩んでいるひまはない。リアムが実際に敵側の人間だった場合の衝撃も、あとで心配すればいい。

今はこの裏口から出るかどうかを考えなければ。もしリアムがこの扉の外にいるなら、店の正面口から逃げるしかない。でも彼に仲間がいたら？　その可能性はなさそうだけれど、万一ということも考えられる。

手で顔を覆い、気持ちを集中する。考えて、考えるのよ。リアムに見つからずに逃げられたとして、それからどうする？　現金はいつもビニール袋に入れて、服の内側にピンで留めているけれど、車を買える額ではないし、生き延びていくにはとても足りない。一カ月前にクレイグリストで安く入手したラップトップを売らないかぎりは。でも借りている部屋へ行けば、絶対にリアムに見つかってしまう。

それにわたしが逃げたことに気づいたら、彼はハイウェイを捜索させるだろう。近くのキャンプ場に一週間ほど身を潜めて様子を見てから、この町を離れたほうがいい。リアムがわたしを探すのは間違いないから、キャビンは借りられない。キャンプ場も探すだろうけど、ほかにいいアイディアがとっさには浮かばない。ともかく考えなきゃ。

一刻の猶予もないことを意識しつつ、扉から背を離すと、ジョージが怒鳴り散らしてきた。「おい、おまえ。そんなとこでなにやってんだ？」

わたしは激しい動悸をこらえて扉をあけると、夜の曇り空の下へ飛びだした。頭上で雷鳴がとどろく。がらんとした駐車場をかすかな月明かりが照らしている。部屋を借りているモーテルまでは、だだっ広い駐車場と坂道を越えていかなければならず、逃げこめる場所はどこにもない。

背後で扉が閉まった瞬間、リアムに腕をつかまれ、彼のほうに引きつけられた。

「逃げても解決にならないぞ、エイミー。わかっているだろう」

「触らないで」わたしはつかまれている腕を引っぱったが、リアムの手はびくともしない。「放してよ」

「だめだ、ベイビー。同じあやまちは二度と繰り返さない」

「そのとおりよ」わたしは応じた。「二度と繰り返さないで。トラック運転手たちにお金をばらまいて、ウェイトレスに札束を渡して、さんざんお金を使ったみたいだけど、あいにくわたしは売り物じゃないの。追いかけっこをつづけるかぎり、もっとお金が出ていくことになるわ。あなたが欲しいものをわたしが持っているなら、なんなのか教えてよ。そうしたら渡すわ。きっぱり終わりにしましょう」

硬く引き締まった胸に強く抱き寄せられ、リアムの荒々しい鼓動をてのひらに感じた。「エイミー、ぼくは金なんかいらないんだ。それにきみがなにかを持っているから、追いかけているわけでもない」

「そうじゃなくて――」父が持っていたなにかを、と言いかけて、口をつぐんだ。リアムはそこまで知らないかもしれない。

「そうじゃなくて、なんだい？」

真実をつきとめたい衝動に負けて、わたしはあえてリアムに鎌をかけてみた。「わたしの父は著名な考古学者で、値のつけられないほど貴重な出土品を取り扱っていたわ。莫大な大金が関わっていたのよ。あなたの養父のアレックスは大富豪だった。わたしの父となんらかのつながりがあったのかもしれないわ」

「アレックスときみの父親に、いったいどんなつながりがあるっていうんだ？」

「ピラミッドよ」

「アレックスはなんの関係もないよ。ピラミッドなら、むしろぼくのほうだが、関心があるのは古代建築の謎を解明し、自分の技術に取り入れたいからだ。純粋な向学心だよ。それにぼくもアレックスも金には不自由していない」

やはりリアムが関係しているのだ。養父のアレックスではなく。そうであってほしくなかった。「富はさらに富を求めるものよ、嘘が嘘を生むように。やっぱりあなたを信用するわけにはいかないわ」

駐車場の砂利を踏むタイヤの音がして、リアムはわたしを壁際に押しつけた。「正直に話せと言うなら、そうしよう。ぼくはきみを厨房へ行かせた。思い直してぼくを信じ、一緒に来てくれることを願って。だが今は、きみがぼくを信じようと信じまいとかまわない。ともかく一緒に来るんだ」

まぶしいヘッドライトが一瞬わたしたちを照らし、暗くなった。リアムを迎えにきた車に違いない。「わたしを誘拐する気?」

「何者かがきみの持っているものを欲しがっている、もしくは命を狙っているんだぞ、エイミー。金をばらまいてきみを探していたやつがほかにもいたんだ。最高額で情報を競り落としたのがぼくだっただけで。だから今すぐここを離れるんだ」

突然の話がうまくのみこめずに面食らっていると、リアムがわたしの手首をつかんで歩きだそうとした。その瞬間、車全体がはっきりと見えた。その黒いセダンを目にしたとたん、視界に斑点が浮かび、周囲がぐるぐるとまわりはじめた。

「リアム」わたしは必死に踵を踏ん張り、頭蓋を貫く激しい痛みに耐えながら、彼に呼びかけた。「リアム、待って」めまいと吐き気が襲ってきて、目の前が暗くなり、膝から力が抜けていく。

リアムの腕に抱えられるのを感じた。「さあ、つかまえたぞ」

突き刺すような猛烈な頭痛のせいでどうすることもできず、リアムの硬い胸板にしがみつくしかなかった。

「ドアを開けろ」リアムが誰かに命じるのが聞こえ、それが誰なのかを確かめようとしたが、痛みのあまり目を開けることもできなかった。ただリアムにすがりつき、彼が信頼できる人物であることを祈るしかなかった。

「大丈夫だ」リアムはわたしをしっかりと抱いて約束した。「もうなにも心配はいらないよ」

その記憶を最後にすべては闇に包まれた。

3

暗闇のなかを漂っていると、リアムが約束した言葉がふと心に浮かんだ。もうなにも心配はいらないよ。彼の声が全身に広がり、ふいに呼吸ができるようになった。大きく息を吸いこむと、かつて家族と暮らしていた家のポーチで、わたしはルークと一緒にいた。ルークは年上のセクシーなブロンドの青年で、四年前に彼がとなりに越してきて以来、わたしはずっと憧れていた。

「ここにいたらまずいわ」暗いポーチで、兄から用心しろと警告されたせいで、わたしは神経質になって言った。昨夜、ルークにバージンを捧げ、大切なものを失ったような心もとない気分に加え、このところ家庭内にも不穏な空気がたちこめて、不安でいたたまれない心地だった。

「行く前にきみの顔を見ておきたかったんだ」ルークはわたしを引き寄せて、目にかかった髪を払いのけようとして、わたしの裸足のつま先を踏んだ。

「痛っ」わたしは小さくうめいた。

「ごめん、ごめん、ララ。痛かったかい？」

ルークがあやまっているのはわたしの足を踏んだことではなく、昨夜の初体験を指しているのだとわかった。「平気よ。全然……大丈夫」カンペキな十八歳の誕生日プレゼントだった。ルークはわたしのバージンをあっさりと奪い、男友だちと飲みに出かけてしまった。こんなことなら、夏休みに彼が実家に戻ってこなければよかったのに。「わざわざうちに寄らなくても、二週間後にはオースティン大学で会えるのよ」本当にルークにまた会いたいかどうか、今はもうわからない。「あなたが格上でいるかぎりはね」

「昨夜のぼくも格上だったかい？」

本当のことを答えたらルークはむっとするだろう。「もう夜中の一時よ。ママに見つかったら叱られちゃう」

「寝ているさ。さっき電話したとき、きみもそう言っていたじゃないか」

「来ないでとも言ったわ」

「なんだよ、怒っているのかい？」

「そんなことないけど――」タイヤが砂利を踏む音がして、びくっとしてふり向くと、黒いセダンが私道に入ってくるのが見えた。ルークがわたしの腰を抱いて、耳元にささやきかけた。「どうやらきみのママには、秘密のお相手がいるようだね」

ルークが最低の男だということに、前夜まで気づけなかった自分がゆるせず、わたしは歯ぎしりした。口にだしてそう言おうとしたとき、玄関ドアが開いた。ルークはわたしを引っぱり、ポーチの暗い隅に身を隠した。すぐに母が出てきた。娘と同じようなタンクトップとショートパンツ姿の母を見て、わたしは驚いた。一時間ほど前はたしかにナイトガウンを着ていたのに。

母がサンダル履きでポーチの木の階段をぱたぱたと降りていくのを、わたしは息をつめて見ていた。黒いセダンが私道の奥まで入ってきて、家の横手に隠れて見えなくなった。母がそちらのほうへ行く。

「そろそろ帰るよ」ルークの言葉も耳に入らず、わたしはポーチの階段へ駆けだした。ルークがわたしの腕をつかまえた。「なにをする気だ?」

「誰なのか確かめるのよ」

「ララ、冷静になれよ。今は真夜中で、きみの父さんも兄貴も家にいない。そんなときに訪ねてくるのは誰だと思う?」

ルークは知っているの? 「誰なの?」

「逢い引きの相手に決まっているだろう」

わたしは露骨な言い方にかっとなった。「逢い引き？　あなたの目当てはそうだったかもしれないけど、わたしの母は父を裏切ったりしないわ」

ルークはばかにして言った。「そう思っていればいいさ」

わたしはルークを突き飛ばした。「さっさとオースティンに帰りなさいよ」月明かりに照らされたルークはショックの表情を浮かべていたが、わたしはかまわずにきちんと手入れされた植えこみに沿って身をかがめながら進んでいった。

どんな場面を目にしようと、母は潔白だと自分の胸に言い聞かせ、植えこみの陰から停まっている車のほうをうかがった。ヘッドライトを暗くした車の助手席側のドアが開けられ、母が乗っている人物にむかってわめき散らしている。母はめったにわめいたりしない人だ。テキサスの大学に受かったことを知らせに帰ったあの日は、たしかに誰かと言い争っていたけれど。

「こんなことになるなんて、話が違うじゃない」近所に聞こえるかもしれないことなど気遣う様子もなく、母が叫ぶのが聞こえた。理性が働かないほど感情を昂ぶらせ、ヒステリックにまくしたてている。

男性の低い声がなにか答えたが、ここからは聞こえない。なぜかはわからないが、車のなかの人物は周囲に聞こえないよう用心しているらしい。

「約束したはずよ——」母が言いかけると、男が運転席から出てきて、スーツに包まれた大きな体軀で母を車体に押しつけた。わたしは怒りと不安で脈が跳ねあがり、母を離してと叫びそうになる気持ちをかろうじて押し殺した。暗くて男の顔はよく見えないが、知っている人物ではない気がする。見知らぬ怖ろしい怪物のように思えた。

「触らないで！」母が悲鳴を上げると、男は身をかがめて母の耳元でなにか言い、顔を離した。

母が男の頬をひっぱたく音が、静まり返った闇にこだました。

男は母の腕をつかんで、後部席のドアを開けた。ひとしきり言いあったあとで、最後に男が命じるのが聞こえた。「乗れ」

母が車に乗るのを見て、わたしは驚きに息をのんだ。どうして、あんな男の車に乗ってしまうの？　男があとから乗りこみ、ドアが閉まると同時に、わたしは植えこみの陰から立ちあがった。母の身が危ない！　警察や父に連絡する余裕はない。母を助けに駆けだそうとすると、植えこみの陰に引き戻された。

「やめろ！」ルークが警告する。

わたしは彼に向き直り、シャツにつかみかかった。「離して！　ママを助けなきゃ！」

「助ける必要なんかないよ。あの男と裸で絡みあってる最中さ」

「だって頬を張り飛ばしていたわ！」

「相手の男が言ったこと、聞いてなかったのかい？」

「聞いてないわ。なんのこと？」わたしはルークにつかまれている腕をふりほどこうとした。「離して。行かせてよ！」

「この前みたいに、おまえがわびるまでファックしてやるって言ってたよ」ルークは苦い表情で言った。

わたしは喉がからからに渇くのを感じた。「そんなの、嘘よ！」

「本当さ。きみのママは、ごちそうを食べた猫みたいに満足した顔で車から出てくるよ」ルークはわたしの手をつかみ、家のほうへ連れ戻そうとしたが、わたしは踵を踏ん張って抵抗した。

「やめて、ルーク。どこへ行くの？」

「ここで見物しているつもりかい？　気分が悪くなるだけだぞ。家へ戻ろう、なにも心配はいらないさ」

ルークに手を引かれるまま、わたしは植えこみから離れた。けれども内心では彼に従うべきではないと感じていた。なにか手を打たなければ。「ルーク――」

視界を闇がふさぎ、ルークの顔が見えない。家の裏庭も、母の姿も、相手の男の顔も。あの男が誰なのか、確かめなくては。でも暗すぎてなにも見えず、ルークが手を引っぱってくる。やめて、そんなに引っぱらないで！

「やめて！」がばっと飛び起きると、周囲は闇に包まれ、窓を叩く激しい雨音がしていた。わたしは頭痛をやわらげようと、髪留めをはずした。「ここはどこ？」

「安心しろ、ベイビー」力強い声がして、硬く引き締まった身体に抱き寄せられた。背中に車のドアがあるのを感じた。

「リアム？」なにが現実なのかわからず、わたしはささやくように呼んだ。頬が濡れて、頭のなかではさまざまなイメージがごちゃごちゃになっている。見知らぬ男と言い争う母。食堂でリアムと言い争うわたし。

「ここにいるよ。もう大丈夫だ」リアムはわたしの濡れた頬を指でぬぐいながら言った。「死ぬほど心配したよ、二十分近くも気を失っていたんだ。これはふつうのことなのか？　いつもこんなに長い時間、意識をなくしてしまうのかい？」

「よく……わからない」ふつうがなにか、もうわからなくなってしまった。あまりにも現実が異常すぎて。気がつくとリアムのシャツを握りしめていた。フラッシュバックの名残がふたたびわたしを過去の後悔へと引き戻そうとする。「あの晩、わたしがもっとなにかしていたら。誰かに知らせていたら……」

「あの晩っていつのことだい？　誰になにを知らせるって？」

わたしはわれに返り、口を閉ざした。気を抜いてはだめだ。彼を信用するわけにはいかない。「なんでもないわ。悪い夢を見ていて」わたしはリアムから身を引こうとした。

しかしリアムの腕が腰をしっかりと抱いている。「話してくれ、エイミー。きみを助けたいんだ」

わたしをつかまえているリアムの手首に触れると、彼の身体の温かみが伝わってきて、胸が熱くなると同時にとまどった。彼がいなければ、わたしはひとりぼっちだ。もう嘘をつくことに疲れた。他人にも自分にも。いつわりの人生そのものに。「わたしを探すべきじゃなかったのよ」

「いいや、もっと早く見つけるべきだった」

「どうして、リアム？　あなたのすることはすべてわけがわからないわ。それに一度もまともに答えてくれないし」

リアムはわたしの髪をなでて言った。「出会った瞬間から、ぼくたちのあいだにはまともなことなど一つもなかった。それでいてすべてがしっくりと完璧だった」唇を重ねられ、抗おうとしたが、どうしてもできなかった。甘い至福の味わいと、情熱の炎に息を奪われた。強引で原始的な欲望に満ちた熱くスパイシーな口づけに思考が麻痺して、ただ感じることしかできなかった。リアムにきつく抱きしめられ、わたしは無意識に懐かしい手触りの艶やかな黒髪に指を滑らせていた。どんなに彼を、そしてこの感触を恋しく想っていたことか。抵抗する気力はあとかたもなく消え去ってしまった。そもそも彼に抵抗する気力など持ちあわせていたのだろうか。

わたしはリアムのキスに溺れ、地獄の業火《ごうか》のなかで唯一安らげる彼のふところに燃える身体をうずめた。どこにも逃げ場のないこの苦しみを、彼の熱い舌が慰撫してくれる。

「もう決めたぞ」リアムは唇を離し、わたしの顔を両手で包んで言った。「今後は永遠にきみを裸でぼくのベッドにかくまっておく。そこなら確実に安全だ」

わたしは感情で声をつまらせながら答えた。「そんなに単純な話ならいいけど、そんなふうにいかないことはお互いにわかっているはずよ」

「いいや、単純な話さ。ぼくがそうすると決めたからには」リアムにふたたびキスをされても、わたしはなんの抵抗もしなかった。つかの間の逃げ場を、そしてわずかな希望と安らぎの約束を求めて。けれども彼の唇が熱く重ねられた瞬間、フロントシートで携帯電話が鳴りだして至福の安らぎはあっさりと破られた。

わたしは冷水を浴びせられた気がして、一気にわれに返った。わたしたちは二人きりじゃない。そう自覚して、リアムから身を引こうとした。

リアムはわたしを抱きとめた。「待ってくれ。エイミー――」

「拘束されたら、ますます信頼できなくなるわ」

彼は悪態をついて、手を離した。わたしはフラッシュバックのなかで見たのとそっくりの黒いセダンの後部席で、リアムから離れて座り直した。胸の鼓動にあわせるかのように、雨が激しく車の屋根に叩きつける。眼前に点々とライトが並ぶ広々とした土地が見えてきて、小さな飛行場へ向かっているらしいとわかった。

「もうすぐ到着する」運転手が電話の相手に告げている。短くカットされた髪型が、父を警護していた軍隊出身のボディガードを思い起こさせた。

リアムが腕に触れると、熱いものが走り、わたしは思わず身を引いてドアに寄りかかった。「あの人は誰なの？　これからどこへ行くつもり？」

「携帯電話のマナーモードも知らないやつさ」リアムは不満げにつぶやき、髪をかきせている」

あげた。「あの男はテラー・フェルプス。必要なときにセキュリティ関係の仕事を任

「翻訳すると、わたしを見つけるために彼を雇ったということね」

「それと、きみを守るためだ」

わたしは拳を握りしめた。「見ず知らずの人に警護されても、不安にしかならないわ。それでどこへ行くつもり？」

テラーは車を停めた。「今すぐ出発しないと、どこへも行けなくなる」後部席のわたしたちに告げる。「天候が危うくなってきた。今なら離陸できるが、いつ嵐になるかわからない」

わたしはテラーのほうは見ないで言った。「どこへ行くの、リアム？」

リアムはわたしを抱き寄せた。「金を払ってきみがあの食堂で働いていることをつきとめたほかのやつが追ってくる前に、一刻も早くここから脱出する」

恐怖で喉がからからに渇いた。食堂でそう警告を受けたことをすっかり忘れていた。

「誰なの？」かすれ声でたずねた。「ほかに誰がわたしを探しているの？」

「いい質問だ、エイミー」

「あなたも知らないってこと？」

「わからない。手を尽くして調べたんだが」

リアムについてどう考えればいいのか、またわからなくなってしまった。本当に知らないのだとすれば、彼は信用できる。けれどわたしのために、彼まで危険にさらされることになる。自分のせいで彼に、あるいは誰かに危険が及ぶようなことにはなってほしくない。もう二度と、絶対に。「リアム――」

雷鳴がとどろき、わたしは言葉をのみこんだ。リアムがわたしの手をつかむ。「早くここを離れよう。安全に飛べるうちに」

安全。そう、肝心なのはそれだ。一緒にいてお互いに安全かどうかはわからない。けれども彼と離れて一人でいるほうが安全だとも言い切れない。ともかく味方であろうとなかろうと、リアムはわたしを強制的に飛行機に乗せるつもりでいるのは間違いない。とらわれの身として。それに素直に従おうとしているわたしも問題だけれど。

リアムが車のドアを開けると、冷たい雨が叩きつけて、思わず息をのんだ。「ごめんよ、ベイビー」リアムはわたしに頬ずりし、指をからませて手をつないだ。「ちょっとの辛抱だ」彼はそう言うと、いつものうむを言わせぬやり方で、激しいどしゃ降りのなかへわたしを引っぱりだした。

テラーも運転席から降りて、水しぶきを浴びながらトランクを開けに後部へまわる。

リアムは雨から守るようにわたしの肩を抱き、大きなジェット機に向かって駆けだした。ふつうはこんな立派な飛行機をチャーターすることなどできないが、わたしと同じくふつうではないリアムには可能なのだ。常軌を逸しているというお互いの共通点は、汚れたダイヤモンドの原石が放つ輝きのようでもあり、そのかすかなきらめきが共鳴しあって、わたしたちを結びつけているのではないか。激しい雨に打たれながら、相手を嵐のなかへ連れだしたのは、本当はどちらなのだろうか、と思った。

リアムに後ろから急かされて、ジェット機の昇降ステップを上がると、紺色の制服姿で胸にバッジをつけた四十代ぐらいのきれいな女性が出迎え、大判のバスタオルでわたしをくるんでくれた。「まあ、かわいそうに」狭い通路を案内しながら女性が言う。

贅沢なキャビンには、革張りの大きなソファとゆったりした座席が並んでいる。「カーテンの奥にもうひとつキャビンがある」リアムは客室乗務員から渡されたバスタオルを自分は使わずに、わたしにかけてくれながら言った。「シートベルトを締めていてくれ。ぼくもすぐに席に着く」

リアムが背を向け、キャビンの扉がバタンと閉まる音にわたしはびくっとした。いつも神経を張りつめて怯えながら暮らすのはもううんざりだ。

テラーが短く刈りこんだ髪をタオルで拭きながら、通路を歩いてきた。濡れたTシャツとジーンズが張りついた長身は無駄なく引き締まっていて、端正な彫りの深い顔立ちをしている。見覚えがあるかどうか観察してみたが、なにもひらめくものは感じなかった。

顎に走るぎざぎざの傷跡は戦火をくぐり抜けてきたあかしだろう。テラーがふいに視線を上げ、わたしはひるまずに見つめ返した。この数週間でわたしは変わった。逃げ隠れするのはやめて、自分の人生を取り戻すと心に誓ったのだ。テラーの表情からは威圧も敵意も感じられず、気遣いだけがうかがえた。

リアムもテラーの表情に気づいたのか、ふり返ってわたしの顔をうかがい、濡れた髪をかきあげた。「大丈夫か?」そばへ来て、わたしの肩に手を置く。飛行機のエンジンがうなりを上げて動きだすなかで、熱い炎と凍てつく氷が混ざりあったようなリアムの瞳にとらわれて、わたしは身じろぎもできなかった。心配、誠意、独占欲。彼のまなざしが、わたしは彼にとって守るべき存在で、彼のゆるしがなければ誰にも手を触れさせないと伝えてくる。この飛行機に乗りこんだときから、リアムのその決意をひしひしと感じていた。

4

　奥のキャビンを隔てるカーテンを背にして立つわたしの前に、リアムが大きな身体で閉じこめるように立ちはだかっている……あるいは守るように？　いいえ、ただわたしがそう信じたがっているだけで、愚かな願望にすぎない。スチール製の機体を打つ雨音を遠く聴きながら、見つめあうわたしたちのまわりで電流が渦巻いている気がする。リアムのみなぎる力を表わすかのように。わたしには欠けている力。他人を従わせる強い力が、わたしには絶対的に足りないのだ。リアムは呼吸するようにその力を使いこなせる。彼のアクアブルーの瞳に射すくめられて、ついに観念した。どんなに抗おうと、わたしはすでに身も心も彼のものなのだ。

　濡れた服と髪による寒気と、目の前のリアムの存在感に圧倒されて、全身に震えが走った。リアムは心から気遣うような表情になり、わたしの腕をさすりはじめ、答えのでないわたしの心の押し問答を終わらせた。「毛布を持ってくる」

背を向けて行こうとするリアムの腕をつかみ、わたしは彼をひきとめた。「わたしたちどこへ行くの、リアム？」口元をひき結び、強情に言い張った。「わたしをどこへ連れていくつもり？」

リアムは顔を近づけて、わたしの髪を撫でながら言った。「最初の言い方のほうが正しいな、エイミー。ぼくたちはどこへ行くのか」

柔らかく響く彼の誘惑的な言葉を必死に無視しようとした。「あなたが決めたことよ」

「きみの意志で選んでほしい」

「それなら、あなたがわたしに望む方法はどれも選ばない」

リアムはハンサムな顔を苦しげに曇らせた。「きみの言うとおりだ。ぼくならヒッチハイクで旅をして、殺されるはめになるような方法を選ばせたりしない。絶対に、二度と。それだけはきみのためにぼくが代わって選択する」

「ミスター・ストーン」客室乗務員が緊迫した声で呼びかけた。

リアムは気の進まない顔で、後ろをふり返った。

「予報ではもうひとつ嵐が近づいているようです。今ならなんとか迂回できます」

「すぐ座ってシートベルトをする」リアムはわたしのほうを向いた。「これから――」

「どこへ行くの、リアム？」閉所恐怖症になりかけて、今にも閉ざされた扉に駆け寄って飛び降りてしまいたくなる衝動と闘いながら、わたしは訊いた。「目的地はどこ？」

リアムはわたしの肩を両手でそっと押さえたが、万力の圧力のように感じられた。

「きみを安全に守れる場所だよ」

「それはどこなの？」

「ぼくの家だ」

アドレナリンが一気に噴きだす。「ニューヨークってこと？」かろうじて言葉にした。

「ああ」リアムは硬い口調で答えた。「ニューヨークだ」

「無理よ」わたしは首を横にふった。「あの街には戻れない。事情があって離れたの」

「きみが戻っても、誰も気づかないさ」

誰も気づかない。リアムの言葉に胃が締めつけられた。明日、この世からわたしが消えても、誰にも気づかれず、悲しむ人もいないだろう。

「ミスター・ストーン」客室乗務員が呼びかける。「座ってくださらないと困ります」

この飛行機から降りなくては。リアムの脇をすり抜けて、客室乗務員に降ろしてくれるよう頼もうとした。しかしリアムがわたしの動きを察して、腰に腕をまわし、雨に濡れた硬い身体にぴったりと引き寄せた。

「離して」抱きしめられて熱く火照る下腹部を無視して、わたしはかたくなに言った。

「さあ、席に座ろう、エイミー」

「いやよ、わたしは――」

リアムはカーテンを開けて、大きな身体でわたしを強引に奥のキャビンに入らせると、軽々と持ちあげて座席に座らせた。そしてわたしの座席の肘掛けに両手をついて席を立てないようにした。エンジンがふたたびうなりだす。

互いににらみあいながら、焼き印を残すかのようなリアムの憤りに満ちた熱いまなざしが憎らしいと同時に快感でもあった。

理屈を越えてこんなに惹かれてしまう自分に動揺した。彼の支配下にある今はなおのこと。「わたしはある理由で、ニューヨークを離れたわ」歯を食いしばり、やっとのことで言う。「あなたもその理由の一部なの、リアム？」

リアムの瞳に名状しがたい感情が浮かんだ。彼を傷つけた気がして、胸が痛んだ。わたしが彼を傷つけた？　思いがけない展開に、どう対処すればいいのかわからなかった。「リアム――」

「ぼくはきみの身を守るためにすべきことをする。これからニューヨークへ行く。話はそれでおしまいだ」リアムはわたしの席にシートベルトをはめた。「きみを縛るようなことはさせないでくれ——やむを得ないときはそうするしかないが」

わたしを縛る？　リアムの真剣な口調に思わず固唾をのんだ。飛行機が動きはじめた。リアムはカーテンを閉めると、わたしのとなりではなく、向かいの席に腰かけた。わたしを見つめる彼の目に浮かぶ表情を見たくなかった。会わずにいた二カ月間で、互いのあいだに隔たりができている気がする。それに彼を傷つけてしまったと思うと、いたたまれなかった。

飛行機が滑走路を走りはじめる。激しい風雨に揺られながら目的地に向かう飛行機はまさに悪夢そのものだった。リアムがわたしを連れていくと決めた場所へ。

けれどもいくら心配しても今はどうすることもできず、ニューヨークさえかすんでしまう大きな問題が目の前にある。リアムというこの男性。彼はいったい何者なのか、なんの共通点もないのに、どうしてわたしと一緒にいるのか。それがわからないと、先の見通しが立てられない。

エンジンが轟音をあげ、機体が揺れながら飛び立つ瞬間、肘掛けをきつくつかみ、目をつぶってこらえた。何度もそうしたように、リアムとのさまざまな場面を思い返してみる。空港で初めて目があったあの一瞬。デンヴァーのアパートメントで、両手をジャケットで縛られたとき、本能的に彼を信頼した。六年間、顔も知らないハンドラー以外は、誰のことも信じられなかったのに。

　火事で家が焼けたあと、病院に迎えにきたハンドラーを瞬間的に信頼したように、リアムのことも信じて大丈夫だと本能が告げていた。それに彼はわたしに危害を加えることなど一切なく、むしろ助けようとしてくれた。

　目を開けると、リアムはまだわたしをじっと見つめていた。さっき座ったときより、彼の表情が険しくなっている気がする。怒っているのか、それに傷ついている？　たぶん。

「わたしは必死に生き延びようとしているだけ」正直に言った。「あなたが信頼できなくなるようなことをするからいけないのよ。ただ……本当のことを知りたいの」

「きみが怯えて逃げだしたとき、ぼくも同じことを考えたよ」

「でも今はこうして目の前にいるわ。教えて、あなたはいったい何者なの？」

「きみの身を案じる一人の男さ」

　ふつうの状況で、善良な気持ちから言ったのであれば、完璧な答えだ。「どうして？」

「きみに何度たずねられても、ぼくは同じように答える」リアムは逞しい腿に肘をついて身を乗りだした。「きみが心配で、守りたいから。単純な理由だ」

「わたしの人生で単純なことなんてひとつもないわ」

「ぼくはそうだ」

わたしは冷たく笑った。「前にも同じような議論をしたわね。あなたほど単純とかふつうとかいう言葉とかけ離れた人はいないわ」

「では一つだけ単純な事実を言おうか、エイミー。このぼくを倒してからでなくては、誰だろうときみに指一本触れさせない」

リアムのほろ苦く誘惑的な約束の言葉が胸に響き、つかのま警戒心を忘れそうになる。「わたしがなにか訊くと、いつもそうやってはぐらかして、甘い言葉をささやくのね。でもそれだけではあなたを信用できない。もっと……説明が欲しいわ」

リアムは顎をこすり、ため息をついた。「二人きりになって、きみが落ち着くまで待ちたかったんだが。しかたがない、現時点でぼくが知っていることをすべて話そう。ニューヨークに着いたら、調べた記録や資料を見せるよ」

「話して」わたしはどうにか声を絞りだした。リアムがどんな事実を明かすのか、わたしの過去とどんなつながりがあるのか、わらをもつかむ心地だった。

「きみがなにかから逃げているのは察していた」リアムは話しはじめた。「それにきみの雇い主は信用できない。最初にそう言ったろう？」

「ええ、たしかに。でもわたしのことはなにも詮索しないでって、はっきり伝えたはずよ。あなたは詮索しないと約束した。その言葉を信じていたのに」

「きみは心底怯えていた。それをなにもしないで黙って見ている男がいると思うかい？　きみの雇い主は書類の上でしか存在しない人間だ」

「詮索しないでと言ったはずよ」

リアムは厳しい目つきになった。「じゃあ、きみも承知していたんだな。架空の勤め先であることは」

リアムが本当のわたしに迫りつつあることが怖かった。本当のわたしが誰なのか、もはやわからないけれど。「あなたが約束を破ったことのほうが問題よ」

「だがきみは隠しカメラについては知らなかった」リアムはわたしの言葉が聞こえなかったかのように、事実を結びつけながら早口でつづけた。「知っていたら、ぼくがカメラを取りつけたと誤解して逃げたりしないはずだからね。興味深いことに、きみの架空の雇い主は、エイミー・ベンセンの身分証を偽造したのと同じ人物だ」

リアムの言葉に胃を殴られたような衝撃を受けた。「なんのことを言っているのかわからないわ」

リアムは目を細めて言った。「いいや、わかっているはずだ。エイミー・ベンセンは卒業アルバムにも載っていないし、社会的な関わりは一切なく、現実には存在していない。指紋も記録されていない。しかしテキサス州のジャスミン・ハイツでは、誘拐防止プログラムで、すべての幼児の指紋を採ることが決められているのは知っているだろう。きみも幼稚園で指紋を採られたはずだよ」

わたしは冷静になれと自分に命じながら、手の震えをごまかすために拳を握りしめた。「どういうこと?」

「言ったとおりのことさ、エイミー。いや、ララ・ブルックスと呼ぶべきか。きみは幼稚園で指紋を採取されている。しかしそのきみは、六年前に家の火事で焼け死んだことになっている。死亡診断書にはそう記されている」

六年間で初めて、本名を言われた衝撃に息もつけなくなった。しかも自分は公的な記録上は死亡したことになっているという。本物のわたしはジャスミン・ハイツから逃げたのではなく、誰かに葬られたのだ。わたしは名実ともにすべてを完全に失った。なに一つ残っていない。一切なにも。

あまりの衝撃に全身がわなないた。「そんな……わたしは……」目をきつくつぶると、炎が揺らめくなかで兄の叫ぶ声が聞こえた。母が悲鳴を上げている。「やめて」両手で顔を覆った。

リアムは小声で悪態をつき、わたしの前に膝をついて、肩に毛布をかけてくれた。

「やはり落ち着いて、快適にくつろいでから話すべきだったよ」濡れた髪を顔から払いながら言う。「もう大丈夫だ。きみは一人じゃないんだから」

「大丈夫なんかじゃないわ」わたしは彼のシャツをつかみ、かすれた声で言い返した。

「この六年間、心が安まる日なんて一日もなかったわ」

「わかっているよ、ベイビー。ぼくがそんな不安を一掃してやるさ」

「あなたも関わっているの？　もしそうなら、ちゃんと教えて。いいことも悪いことも、全部知っておきたいの」

「ぼくが関わっているわけがないだろう、エイミー」リアムは両手でわたしの顔を包んだ。「きみを傷つけるはずがないじゃないか」

「じゃあ、教えて。誰がわたしをこんな地獄に追いこんだの？」

リアムは驚いた顔で、わたしをなだめようとするように両肩に手を置いた。「知らないのかい？」

「あなたは知っているの？」

「わからない。調べているところだ。必ずつきとめてみせる」

安堵と同時に、失望感が胸を満たした。「本当に知らないの？」

リアムは口を結び、暗い面持ちで首をふった。「知らない。残念ながら」

「調べてみたの？」

「もちろんさ」

「あなたの財力と人脈を使っても、わからなかったのね」

「今はまだだが、必ずつきとめる」

耳元がかっと熱くなり、わたしはリアムの肩をつかんで言った。「だめよ。あなたがそのとおりの人なら――」

「そのとおりって言うのは？　ぼくはどういうふうに見えるんだい？」

「善良で、正しい人」

リアムはわたしの両手を握って言った。「そうだよ、エイミー。ぼくはきみの味方だ。二人のために最善を尽くすよ」

「それならもう関わらないで。あなたは自分がどんなことに足を突っこもうとしているのか、わかっていないわ」

「きみはわかっているのか、エイミー？　自分がなにから逃げているのか、わかっているというのか？」

「死よ、リアム。わたしは死から逃げているの。だからあなたを巻き添えにしたくなかった。詮索しないでと言ったのは、そのためよ。あなたまで命を落とすはめにならないように。それなのにあなたは、よけいなことを嗅ぎまわって、誰にも勘づかれないとでも思っているの？　わたしを見つけるために、あなたも監視されているかもしれないのよ」

「ぼくは死んだりしないし、きみも大丈夫だ」

「わたしの家族は死んでしまったわ。現に人が死んでいるのよ。あなたも死んでしまうかもしれない。そんなことは絶対に食いとめなきゃ」

「ぼくを守るために別れようとしたんだね？」

わたしは熱い目頭をこらえ、顔をそむけた。「わたしは弱虫すぎて、別れることさえできなかったのよ」

「エイミー」リアムはわたしの顎にそっと手を添えて、彼のほうに顔を向けさせた。

目があった瞬間、わたしは白状した。「あなたと別れなくてはいけないって、自分に言い聞かせつづけていた。でもあなたは……わたしたち……どうしてもできなくて」

「きみは弱くなんかない。地獄をくぐり抜けて、立派に生き延びてきた。これからもしっかり生きていくんだ。ぼくらは死んだりしない」

「そんなこと――」

「ぼくにはわかる。一緒に解決しよう」リアムはわたしのシートベルトをはずすと、立ちあがってわたしを引き寄せた。「ほかの方法はありえない」彼の確信に満ちた声と強いまなざしを全身に浴びて、心が落ち着いていく気がした。

「あなたが正しいといいけど」

リアムはいつもの傲慢なほど自信たっぷりの表情で、口元に笑みを浮かべた。「正しいさ。ぼくたちはね」座席に腰かけ、車のなかでそうしていたように、わたしを膝の上で横抱きにする。

わたしはリアムの懐かしい匂いを胸いっぱいに吸いこんだ。暗い日々のなかで、つかのま甘い蜂蜜を味わうような心地がした。身体から力が抜けていき、いつしかまぶたが重くなっていく。彼に対する抵抗も疑いも消えていた。もうひとりぼっちには戻りたくない、リアムと一緒にいられるなら。

彼に寄り添いながら、考えずにはいられなかった。もしもこれが本に書かれた物語だとしたら、読者はわたしをだまされやすい愚かな女だと思うのだろうか。そんなありもしないことを想像して、姿のない批判者を怖れてもしかたがないのだけれど。今までも見えない敵を相手に、必死に自衛してきた。十八歳のとき、母が生きながら炎に焼かれて断末魔の悲鳴を上げるのを聞いた。そして突然、一文無しで頼る人もなく取り残され、喪失の痛みに打ちひしがれた。原因をつきとめるために、もっと努力をするべきだったのかもしれない。でもあの頃は、起きあがるだけでも山登りをするほどの気力と体力が必要だった。唯一、安らげたのはこの人の腕のなかだけ。ヒッチハイクで放浪し、フラッシュバックの発作に襲われて身動きできなくなりながら、雲をつかむような思いで真相を探りつづけてきたあげく、一か八かふたたびこの男性に運命を賭けてみることにした。そんなわたしは、やはり愚かだとそしられるのだろうか。

非難されてもかまわない。リアム・ストーンと一緒にいよう。生きるか死ぬか、なにを意味することになろうとも。

また夢を見ている。リアムと一緒にいる夢で、彼はわたしを抱いて優しく気遣い、安心させてくれる。人生の教訓からは冷酷さと苦しみしか学べなかったけれど、夢のなかは温もりと幸福にあふれている。この夢がいつまでもつづいてほしくて、わたしは目をぎゅっとつぶり、大人になってから味わったことのない温もりと安心感を満喫した。息を吸いこむと、男性的でスパイシーな香りがリアムの存在を感じさせてくれる。

リアムと一緒にいる。はっとして目を開けると、その夜の出来事が一気によみがえった。食堂。空港へ向かう車。飛行機のなかでリアムの膝の上に抱きかかえられたこと。

エンジンのうなる音はまだ聞こえていて、わたしは寄り添うようにリアムの膝の上に抱かれ、頭の上で彼のゆっくりと規則的な息遣いが聞こえる。寝ているようだ。彼のおかげで、わたしもつかのま眠ることができた。

信頼。

まず頭に浮かんだのは、その言葉だ。彼を信頼している。正しくても間違いでも、それが彼に対する感情だ。初めて出会ったときから、そう感じていた。直感なのか、愚かさなのかはわからない。後者でもかまわないと思い切り、生きるか死ぬか、リアムに運命を預けると決めて眠りに落ちた。そして目が覚めた今も、気持ちは変わっていない。長いあいだあまりにも孤独だったせいかもしれない。それに、事件の謎を解明するためには、彼の財力と人脈は得がたい助けになる。

リアムがかすかに身動きし、わたしが逃げるのを怖れるかのように抱きしめる腕に力をこめた。彼も今の状態が夢を見ているのではないかと不安なのだろうか。リアムはわたしの首筋に鼻をすり寄せて、もたれかかるわたしにささやいた。「目が覚めたようだね」

シルクのようになめらかで深みのある男性的でセクシーな声が、全身にさざ波のように響き、これは現実なのだと教えてくれる。本物の彼がそばにいて、もしかすると、彼に対して今までに感じてきたこと、分かちあってきたことも、すべて本物なのかもしれない。

「ええ」わたしはリアムを見上げて言った。乱れた黒髪のせいで、一層セクシーに見える。彼の短いひげに覆われた顎にそっと触れた。「本当にあなたがここにいるのね」

「ミスター・ストーン？」

わたしたちが顔を上げると、客室乗務員がキャビンの入り口に立っていた。「もうじき着陸態勢に入ります。座席に座って、シートベルトを締めていてください」

リアムは動こうとしない。「わかりました」わたしは言って、リアムの膝から降りようとした。けれどもリアムにしっかりと抱きかかえられていて、身動きできなかった。

「そう急かさないでくれ」リアムは客室乗務員をちらりと見て言った。「ちゃんと座るから」

客室乗務員は不服そうな表情を浮かべながらも、じゃまをするなという合図を察して立ち去った。

リアムはわたしの髪に手を挿し入れて、唇を引き寄せ、たっぷりと濃密なキスをした。飛行機が着陸に向けて高度を下げていくのが感じられると、名残惜しそうに唇を離して言った。「さあ、立っていいよ」

「今?」

「どうぞ」客室乗務員がカーテンの隙間から顔を出して、とがめるように言った。「ご自分のお席へお戻りください」

頬がかっと熱くなり、わたしはあわててリアムの膝から降りると、となりの席に腰かけてシートベルトを締めた。そこへテラーが入り口に現れた。

「あなたも座ってください」客室乗務員が後ろから叱りつけた。

テラーが片手を上げて答える。「座る、座るよ」彼はわたしの向かいの席に腰をおろした。「まったく、がみがみうるせえな」

頭がずきんとして、兄が同じような不平をもらしていたことを思いだした。何年も昔にチャドに言ったセリフが無意識に口からこぼれた。「ほんと、うざいわよね」

テラーはふっと笑って、リアムを見た。「おまえの言うとおりだ。可愛い顔して、なかなか威勢がいい。ぶっ飛ばされないうちに、仲良くなっといたほうがよさそうだ」テラーはわたしのほうを見て言った。「まだ正式に紹介されていなかったが、おれはテラー・フェルプスだ」

なんて自己紹介すればいいのだろう。〝死んだはずのララよ〟とか？　それとも〝エイミーよ、偽名だけど〟とか？「テラーっておもしろい名前ね」しかたなくはぐらかして返事をした。大嫌いな嘘と同じくらいよく使う手だ。

「おもしろいっていうのは婉曲的な表現だな。おれの父親は軍人で、叔父たちとよく言っていたよ。〝彼女《テラー》に言えよ、愛してるって〟〝彼女《テラー》に言えよ、きれいだよって〟〝彼女《テラー》に言えよ――」

「彼女が聞きたがっていることを？」わたしはつい冷たい口調で返した。ふざけているだけだとわかっていても、彼やリアムはそうやってわたしを丸めこもうとしているのかもしれないと想像して、胃がきりきりと痛くなった。

するとリアムが指をからませてわたしの手を握り、目を見つめて言った。「きみに真実を隠したりはしないよ、エイミー、どんなに残酷だろうと。約束する」

でもデンヴァーにいたときはすべてを話してはくれなかった。記憶が一瞬、よみがえる。エイミーのことはぼくに任せろ。あの冷ややかな言い方に、まるで操り人形のような気分になり、リアムはたんにわたしの身辺を調べているだけではない、この事件に深い関わりがあるのでは、と感じたのだ。わたしはリアムに握られた手をふりほどこうとした。

リアムはわたしの手を強く握り、とまどったように目を細めた。「どうしたんだ？」

「べつに」それ以上なにか言って、また変な雰囲気になるのはいやだった。信頼と誘惑の世界にまだ浸っていたい。

「なにかあったんだろう？」リアムが問いただしてくる。

飛行機ががくんと揺れて、わたしは急に吐き気に襲われ、前かがみになってシートベルトをはずした。

リアムが心配して背中に手を置いた。「エイミー？」

「大丈夫。ちょっと……失礼」席を立ち、リアムに引き止める隙を与えずに駆けだした。

どうにか嘔吐する前にバスルームにたどり着き、ドアを閉めた。飛行機がまた揺れて、激しい吐き気がこみあげる。小さな便器にかがみこんだが、金属の味がするだけで、なにも吐けなかった。この前いつ食事をしたか、覚えていない。

「エイミー？」リアムが通路から呼びかけてくる。湧きあがる怒りの感情に、ぎゅっと目をつぶる。心配する彼の声にほだされそうになる自分。なにも知らずに彼を信頼すると決めた自分。若くもないのに、いまだに愚かな自分。いつまでも若さを言いわけにはできない。

「エイミー、大丈夫か？」

「ええ」リアムの切迫した声にどうにか応えた。鏡を見ると、ひどい顔色で髪もぼさぼさ。鏡に映ったこの女が誰だか知らないけれど、犬が引きずってきたネズミにそっくりなことは確かだ。

ドアが開いて、一目で多くを読み取ってしまうあのまなざしでリアムが入ってきた。二人とも雨に濡れたのに、みじめなわたしと違い、なぜ彼だけはセクシーで邪悪な誘惑の神の化身のように美しいままなのだろう。「気分が悪いんだね？」彼が否定しようのない事実を指摘する。

「い、いいえ」忌まわしい嘘がすらすらとこぼれでた。「治まったわ。ずっとなにも食べてなかったから。もう大丈夫」

リアムはまばたきひとつせず、わたしに発言を訂正するチャンスを与えるそぶりも見せなかった。ただ沈黙したまま、いともたやすくじりじりとわたしを追いつめてくる。「気分が悪くなったのはこれが初めてか？」彼はようやく言った。

この話の先は予測がつく。けれども今はまだ準備ができていない。ここでは無理だ。

「ちょっと気持ちが悪かっただけ。もう平気よ」

リアムは口元を硬くし、わたしは追及を怖れて息をひそめた。その瞬間、車輪が地面に当たり、機体が大きく揺れて、よろめいたわたしはリアムの大きな身体で抱きとめられた。倒れまいと必死で彼の胸にしがみつきながら思った。彼はわたしにとって最後の希望なのかもしれない。それともとどめの一撃なのだろうか。

飛行機がゆっくりと滑走しはじめると、リアムはわたしの顔を手で包み、さぐるように目を見つめた。彼がなにを読み取ったのかはわからない。わたしもあえて隠そうとはしなかった。彼はなんでも見とおしてしまう。それにひきかえ、わたしはわからないことだらけだ。

リアムは親指でわたしの口元をなぞって言った。「お互い話すべきことが山のようにありそうだ」

リアムの優しい瞳のなかに溺れて、この瞬間が永遠につづけばいいと願ったとたん、デレクに彼が言っていた言葉が脳裏によみがえった。〝エイミーのことはぼくに任せろ〟

反射的に身を硬くして、彼を押し返そうと胸に手をついた。けれどもやはりできなかった。「ええ、リアム。たしかにそうね」

てのひらにリアムの速い鼓動が伝わってくる。わたしの反応に、彼も影響を受けているのだ。それはわたしを気遣うがゆえであり、彼が信頼できる人であるように今は祈るしかない。「いろいろと訊きたいことがあるわ」

「ぼくもだ」

わたしは顔を上げて、リアムがいつもするように、きっぱりと断言した。「あなたが知らないことは一切話さないわよ」

「ぼくを全面的に信頼する気はないということか」

「誰のことも全面的に信頼できないからよ」

リアムは指をからめてわたしの手を握った。「ぼくだけは例外だと証明してみせるさ」わたしを引き寄せ、腰を抱く。「だが今は、お互いの相性がどんなにいいか、思いだしてほしい。きみを裸にしてベッドに連れていきたい。きみの本来の居場所はそこだ」

下腹部に熱いものが渦巻き、純然たる誘惑の言葉にとろけそうになった。嘘で固めた世界のあまりにもできすぎた誘惑のストーリー。でもだまされはしない。だってわたしは嘘つきの女王だもの。

5

誰かがわたしをニューヨークから離れさせたがっている。

ケネディ国際空港で飛行機を降り、プライベート専用の出入り口から構内に入った。ラウンジエリアを通り、メイン通路をリアムと並んで歩く。すぐ横に彼がいるというわずかな安心感も、前を行くテラーの存在でかき消されてしまう。テラーはわたしたちを守るために、今にも銃を抜きそうな緊迫感を漂わせている。

リアムは太腿が触れあうほどぴったりとわたしの肩を抱き、わたしの求めを察しているかのように、逞しい身体で盾になってくれている。文字どおり守られているという気がした。何年も前から、自分は人や物事に対する直感がかなり鋭いほうだと思っていた。十代の頃も、家族のあいだでわたしの知らないなにかが起きていることを、感覚でわかっていた。それなのになにもしなかった自分を、どんなに責めただろうか。もっとも今でさえ、あの頃の自分になにができたかはわからない。

テラーのあとからエスカレーターを降り、人気《ひとけ》のない通路が見えてくると、襲いかかってくる人影はないかと無意識に目で確認した。リアムに手を引かれてプライベート専用の出口へ向かいながら、襲われるとしたらわたしだけではなく、彼の身も危ないのだと胸に言い聞かせる。デンヴァーにいたときとなにも変わらない。リアムはわたしにとって危険な存在かもしれないが、同時にわたしのせいで危険にさらされる可能性があるのだ。本当にどうすればいいのだろう。

出入り口のドアを抜けると、冷たい十月の風が吹きつけ、薄いコットンのウェイトレスの制服では肌寒く感じた。所持品と言えるものはこの薄い服一枚だけなのだと気づく。またすべてを失ってしまった。たいしたものはなにも持っていなかったけれど、それでも今のわたしにとってはすべてだった。

「急ごう」すでに後部席のドアを開けて待っている黒いセダンのほうへリアムにうながされ、みぞおちに緊張が走った。

わたしはセダンに乗り、あとからリアムが続いた。運転席に座るテラーを見て、激しい不安に駆られた。ニューヨークを離れろとわたしに警告したのはハンドラーだ。その彼は今、連絡が途絶えている。思わず喉元を手で押さえた。ああ、まさか――わたしを逃がしたせいで殺されてしまったの？

車を出そうとするテラーにわたしは叫んだ。「待って！」そしてリアムに向かって必死に訴えた。「ここへ来たのは間違いよ。あなたはわたしのことを調べていたし、デンヴァーではずっと一緒に過ごしていた。あなたの家もきっと見張られているわ。わたしたちがここに来たこともかれらに知られているはずよ」

「かれらって誰なんだ、エイミー？」リアムは厳しい表情で問い返した。「話してくれれば、こちらも対応できる」

「言ったでしょう、わからないって」わたしはリアムの手を取った。「お願い、どこかべつの場所へ行って。ここじゃないところへ」

リアムは譲らなかった。「今夜はここにとどまる。安全なことはぼくがわかっている。べつの場所へは行かない」運転席の背をぽんと叩く。「行ってくれ」

怒りがこみあげてきて、わたしはリアムに握られた手を引き抜いた。「結局そういうことなのね。あなたに賛成したときしか、わたしの意見は聞き入れてくれないのよ。わたしは囚人だから」

「ぼくらが狙われやすい標的であることはきみの言うとおりだよ、エイミー。今のところはこれが最善の方法なんだ。ともかく落ち着いて計画を練ろう。ぼくの家には専用の駐車場があるし、車の窓も自宅の窓も外からは見えない加工がしてある。誰にも知られることはない。自宅には最高ランクのセキュリティ・システムを整備してある」

「あなたの家に永遠に閉じこもっているわけにはいかないわ」

「きみも永遠に逃げつづけるわけにはいかないだろう」

「わたしはある理由のために、すべてを捨ててニューヨークを離れたのよ。わたしの話をなんにも聞いていないのね」

「その理由というのを教えてくれないか？　初めて会った夜、なぜあれほどおびえていたんだ？」

答えようとすると、リアムの例の言葉が頭のなかでふたたび聞こえ、口を硬く結んだ。エイミーのことはぼくに任せろ。あの冷ややかな口調を思うと、やはりハンドラーの存在を彼に教えてはいけない気がする。

「安全のためよ」これは本当だ。「ニューヨークはわたしにとって安全じゃないから」

リアムの目の表情が険しくなり、不満をつのらせているのがわかった。「詳しく話してくれれば、その分きみを守りやすくなるんだ、わかるだろう？」

「わたしはかつてニューヨークで暮らしていて、引っ越した。あなたに話すべきことはそれだけよ」

「つまりきみにはぼくの庇護が必要だということだな」

「あなたの守るという言葉が〝監禁〟と同義語みたいに聞こえるのはなぜかしら」

リアムはわたしの腕を強くつかんで、温かく引き締まった身体に引き寄せた。「それはこの六年間、きみがそういう状態だったからだよ。きみはそれを終わらせたいと望んでいる。ぼくも終わりにしたいと思っている」

「わたしは自分の人生を取り戻したい。それは本当よ。でもあなたがこの状態を終わらせても、わたしの人生を取り戻すことにはならないわ」

「きみが間違っているのはそこだよ、ベイビー。ぼくはまさにそのつもりなんだ。きみに人生を取り戻させてやりたいんだよ、エイミー。思うぞんぶん生きる楽しみを味わわせてやりたいんだ。それができれば、ぼくはいくら憎まれようがかまわない」リアムはそう宣言すると、うむを言わせぬ態度でがっしりした身体を後部席に沈めた。

わたしはしばしあっけにとられてリアムを見つめていたが、頭のなかでは彼に向かってわめき散らしたい言葉が入り乱れていた。テラーがいなければ、叫んでいただろう。しかたなくわたしも座席の背にもたれ、じっと前を見つめた。張りつめた沈黙の数秒がすぎ、しまいに湧きあがる感情で爆発しそうになった。

「あなたのせいで頭がどうにかなりそうよ、リアム」わたしはリアムのほうに向き直り、胸に手をついて言った。「もし二人きりだったら——」

「二人きりなら、どうする?」リアムはわたしの髪を指にからませて、息が触れあうほど唇を近づけた。「ぼくならしたいことがありすぎて迷うくらいだ」そうささやくと、息もつかせぬ素早さで大胆に唇を重ね、怒りと苦悩に満ちた深いキスをした。「二人きりになるのが」リアムは優しく唇を離して言った。「とても待ちきれないよ」

わたしも。浅く息を乱しながら思った。全身が火照り、胸の先が痛いほど硬くなり、太腿のあいだが熱くうずいている。もっとキスをしてほしいと願ういっぽうで、またキスをされたら、テラーが運転席にいることを忘れてしまいそうで怖かった。

うつむいてリアムの胸に顔を近づけると、激しい鼓動が伝わってきて、彼もまたわれを失うぎりぎりの状態なのだとわかった。わたしに対して。そう思うと、一層気持ちが昂ぶった。リアムといるときだけは、ひとりぼっちじゃないと感じられる。

わたしの頭を撫でるリアムの手は、優しく誘惑的で、いつしかまぶたが重たくなっていく。身体から力が抜けていき、彼にもたれかかりながら、この数カ月で初めて、見えない敵を怖れずにいられた。嘘や信頼についてあれこれ悩まず、ただリアムの存在だけを感じていられた。

リアムが天才建築家で、巨匠と呼ばれる大建築家の莫大な財産を受け継いだことを考えれば、彼の家がニューヨークのグリニッジヴィレッジの高級住宅街にあり、ハドソン川を一望できる搭のある石造りの城のようであっても、べつだん驚くには値しない。駐車場を持つなどありえない贅沢であるこの街で、わたしたちの乗った車は、金属製の両開きのゲートを通って、〝お城〟の地下の専用駐車場へと入っていく。

「この邸宅もあなたがデザインしたの？」わたしはリアムを横目で見ながらたずねた。

自動で照明がつく仕組みのガレージは、四台分は停められそうな広さだ。

「ここはアレックスがデザインした。彼が亡くなって、ぼくが相続したんだ」アレックスはリアムの養父であり、師匠でもあった偉大な建築家だ。「ぼくはふだん本館で暮らしているが、隣接した十五階建てのビルには二十五部屋のアパートメントがある」

「ここで弟子として学んだの？」

「そうだよ」悲哀のこもったリアムの口調からは、彼にとって大きな意味を持つ人物を今も懐かしんでいる様子がうかがえた。

貧しい母子家庭で育った十三歳の少年が、突然この富と権力の象徴のような邸宅へ連れてこられて、いったいどんな気分を味わったのだろうか。「アレックスがあなたの人生を変えたのね」

「きみが想像する以上にさまざまな意味でね」リアムはわたしの手を取った。「きみにそのすべてを知ってもらえたらと思う」

わたしたちは一瞬、温かく通じあうものを感じて見つめあった。わたしがここにいるのは、リアムに捕らえられたからではない。彼はかつて言っていたように、自分が求めるものをわたしに与えているのだ。彼の家へわたしを連れてきたのは、わたしを信頼して私生活に招き入れることを意味している。誰をもめったに入らせない彼の聖域へ。

「さあ、なかへ入ろう」リアムが穏やかにうながした。

わたしの内側奥深くで温かな感覚が芽生え、大きく燃え広がった。そして希望も。この数カ月、感じたことのないほどの希望がふくらむ気がした。「ええ、行きましょう」車を降りると、ずっと張りつめていた緊張感に、恐怖ではなく、心地よい期待感が混ざりあうのを感じた。

ガレージには艶やかな光沢を放つジャガーのオープンカーがあり、何百台も買えるにもかかわらず、それがリアムの所有する唯一の車だと直感的にわかった。プライベート・ジェットを所有できるほど大金持ちなのに、初めて会った夜もふつうの民間機に乗っていた。リアムはとても不思議な人だ。なんでも思いのままに手に入れられる富豪であるにもかかわらず、ふだんは質素に暮らすいっぽうで、どうしてわたしなんかのためにお金をどぶに捨てるようなことをするのだろう。

ブザーが鳴り、テラーが二つ並んだドアの片方に消えた。リアムはわたしをもうひとつのドアの前に導き、パネルに暗証番号を打ちこんでドアを開けた。「ようこそわが家へ」優雅な手のしぐさでわたしをなかへいざなう。

わたしはそのおどけたしぐさに笑いながら、れんが造りの階段を上がり、広々とした玄関広間に出て、思わず息をのんだ。足元の精巧に彩色されたタイルからピラミッド型の高い吹き抜け天井にいたるまで、すべてが壮観の一語に尽きる。

黒髪を指でかきあげながら、リアムがとなりに来て、広間の中央に立ち、ティアドロップ型の小さな灯りが無数に瞬《またた》く豪華なシャンデリアを見上げた。「なんて素晴らしいの」

「アレックスは細部にこだわる質《たち》で、だからこそほかに類を見ない卓越したデザインを生みだせるんだ」

「あなたのようにね」わたしはリアムに視線を移して言った。

「いつかアレックスに追いつけることを願うよ」

リアムと離れていたあいだに彼のことを調べてみたが、どの専門家も手放しで彼を賞賛していた。「すでにあなたはそうなっていると多くの人は信じているわ」

「それはありがたいが、ぼく自身はまだまだだと思う」リアムはわたしの手を取り、指をからませて、左の方向へうながした。「おいで」彼は言い、重厚な石造りのアーチをくぐり抜けた。

すると部屋の雰囲気ががらりと変わって、艶やかな光沢の焦げ茶色の木の床に、暖炉を囲むように素敵な茶色の革張りのソファがあり、床から天井まである大きな窓のあいだには堂々とした丸い柱が配置されている。

リアムはわたしの腰に手を添えて言った。「すべての部屋からハドソン川が眺められるんだ。昼の光のなかでは、水上にいるような気分になれる」

けれども今は夜の闇を映してインクのような黒い流れが広がり、街の灯りがちょうど三角形に見えて、ハンドラーの手首のシンボルとリアムの下腹部の刺青を思いださせた。リアムも、わたしの父や兄のようにピラミッドに魅せられている。そこになんらかのつながりを見いだそうとしたけれど、それぞれ考古学者と建築家という職業を考えれば、あの謎の古代建造物に興味を持つのはごくあたりまえのことかもしれない。

わたしはリアムから離れて、階段のそばの窓のあるほうへ歩いていった。頭のなかで父の声が聞こえた。〝宇宙の秘密がこの地面の下に隠されているんだ。わたしたちはそれを解明しなければならない〟わたしは三年生までは小学校に通ったが、あとは自宅学習《ホームスクール》で、家族と一緒に遺跡発掘の旅に出かけていた。父の影響でわたしも秘密を解明したいという情熱に燃え、遺跡の発掘はわくわくする瞬間の連続だった。そして今も、秘密を解明する必要に迫られている。今度は宇宙の秘密ではなく、なぜ父や家族の命が奪い去られてしまったのか、その理由をつきとめなければならない。

「必ずやり遂げてみせる」熱くつぶやいた。

「なにをやり遂げるって？」リアムがわたしの肩に両手を置いて、耳元で問いかけた。穏やかな低い響きの声に全身がぞくりとした。

窓の外に果てしなく広がる暗闇に背を向けて、リアムのほうをふり返り、ハンサムな顔をじっと見つめて、目の表情をうかがったが、心までは読み取れなかった。「真相をつきとめたいの。なんであろうと、どんなにつらいことであろうと」

「ぼくもそばにいるよ。必要であれば、全面的に協力する」

「リアム、ちょっと話があるんだが」テラーの声がした。

わたしたちがふり向くと、テラーが石造りのアーチの下に立っていた。

「今か？」リアムが訊く。

「そのほうがありがたい」テラーがうなずいた。

リアムは険しい表情になり、わたしの髪を撫でて言った。「すぐに戻る」

テラーとドアの向こうに消えるリアムの背中を見つめながら、わたしは拳をきつく握りしめた。わたし一人が暗い水底に沈んでいくいっぽうで、かれらは水面に浮かんでいく。そんな感じがした。わたしのことを話すに違いない。わたしを部外者扱いにして。リアムとデレクの会話を聞いてしまったあの夜、わたしは胸に誓った。自分の人生の舵は自分で取ると。それなのにこんなところにいて、ちっとも舵を取れていない。デンヴァーでリアムとデレクが本当にわたしの命を狙っているのかわからなかったときは、心底怯えたけれど、もう違う。今、怖いのは無知であり、なにも知らないまま無力でいることだ。

わたしは二人が消えたドアに向かった。なかへ入るとそこはキッチンで、水色と濃い青の丸いアイランド型の調理台があり、上に取りつけられた黒いキャビネットから、大小の鍋類が吊されている。向こうのほうから男性の話し声が聞こえ、そちらへ行くと、精巧な彫り物がされた漆黒の三角形のテーブルを囲んで、黒革張りの椅子が八脚並んでいた。テーブルのかたわらに、リアムとテラーと、高級なスーツ姿の背の高いブロンドの男性がこちらに背を向けて立っている。

リアムが顔を上げて、わたしを見た。「エイミー」

スーツ姿の男性がこちらをふり返り、驚きに目を丸くした。「エイミー！」

「ここでなにをしているの、デレク？」デンヴァーのあの晩を思いだして、緊張に身を硬くしながらたずねた。

つぎの瞬間、デレクに引き寄せられ、きつく抱きしめられていた。「ああ、無事でよかった！　きみに万一のことがあったら、きみを怖がらせてしまった自分を絶対にゆるせなかったよ」そばに来たリアムを見て言う。「そしてリアムはぼくを殺した罪で、刑務所に入っていただろう」デレクは抱擁をといて、両手を腰にあてて言った。

「調子はどう？」

「混乱しているわ」わたしは両手を上げてあとずさり、アイランド型の調理台にぶつかった。「それに閉所恐怖症ぎみよ」

デレクもあとずさり、テラーは気をきかせてテーブルの反対側から動かずにいた。

「動揺しているんだろう」

「あたりまえだ」リアムがかみつくように言う。「だから今夜は来るなと言ったんだ」

わたしは眉をひそめてデレクを見た。「デンヴァーに住んでいるんじゃないの？」

「こっちにも家があるんだ。デンヴァーにいると、きみを怖がらせてしまったことを思いだしていやな気分から抜けだせなくて」

「わたしが怯えたのは、あなたじゃなくて、リアムよ。あなたのことはほとんど知らないけれど、リアムのことは信じていたから」

「エイミー――」リアムが言いかけた。

わたしは彼をさえぎって言った。「あなたたちがここでわたしのことを話しているのに、のけ者扱いされるのは不愉快よ」

「今夜はいろいろあって疲れているだろう」

「平気よ、今までつぶれなかったんだから、まだ気力はじゅうぶん残っているわ」

リアムは渋い顔をした。「それはどうかな」

「痛手は受けたけれど、わたしはつぶれたりしない。今までも六年間、一人でがんばってきたんだもの。腫れものに触るような扱いはやめて。隠しごとはしないで、全部話してほしいの。そうすれば安心できるわ」

リアムは不服そうに歯ぎしりした。「ぼくが伝えたことで、きみがまたフラッシュバックの発作を起こしたらどうする？」

「フラッシュバックは不快だけれど、それでなにかの手がかりを思いだせるなら歓迎よ」

リアムは気遣わしげに目を細め、わたしの前に来てほかの二人の視線をさえぎった。

「きみがこの件に関して知らないことがあるのはわかっていたが」低い声でささやく。「なにがあったのか、覚えていないのかい?」

「ええ」わたしはささやき声で答えた。「でもまったく記憶がないわけじゃないわ。思いだしたこともあるけど」

リアムは優しい目つきになって、わたしの頰を撫でた。「つづきは明日の朝にしよう。きみはまず食事をして、ゆっくり休むんだ。この二人にはそれまでいてもらう」

わたしは首を横にふった。「だめよ。ここへ来たら、知っていることをすべて話すと約束したじゃない。ちゃんと聞いてからのほうが、ゆっくり眠れるわ」

リアムは心配そうに顔をゆがめた。たんなる願望かもしれないが、本心からであるようにわたしには思えた。「なにか食べなくては」彼はようやく口を開いた。「睡眠も必要だ」

「食べるのも寝るのも、すべてを聞いてからでなくては無理よ」

リアムは激しく葛藤しているようだった。「本当に今話してほしいのか?」

「六年間も無駄にしてしまったのよ。もう一分たりとも無駄にしたくないわ」

「ではしかたない」リアムは大きく息を吸い、調理台から離れた。後ろにいたデレクの姿が見え、テラーもテーブルのこちら側に来ていた。二人ともわたしを見ている。部屋が急に狭くなったような気がした。かれらは敵で、こちらは孤立無援。そんな感覚にとらわれる。でも驚きはなかった。もともと最初からそうだったのだから。

6

リアムはテラーとデレクに目をやり、わたしのほうを向いて言った。「ともかく座ろう」

わたしは動かなかった。テラーも広い胸に腕組みしたまま、その場を動こうとしない。彫りが深く鋭い顔をいっそう険しくして、目には怒りをたたえている。わたしに腹を立てているのだろうか？　わけがわからない。そもそもわたしの人生のすべてがわけのわからないことだらけなのだけれど。

わたしはよけいな考えをふり払い、テラーを真似て腕組みした。さっきまで、テラーは見かけによらず気さくで接しやすい人だと思っていたのに。「立ったままでいいわ」わたしはリアムに言い、つぎにテラーに向かって言った。「どういうことになっているのか、話して」デレクに追及の目を向けた。「あなたはこの件にどう関わっているの？」

デレクは顎をこすり、細く締まった腰に両手をあてた。「まいったな、エイミー。ぼくは相当な悪人だと思われているみたいだ。この数週間、ぼくのせいできみがレイプされて殺された上に道ばたに捨てられているんじゃないかって、心配でろくに寝られなかったんだぜ」デレクはリアムのほうを手で示して言った。「リアムなんか正気を失う寸前で、落ち着かせるのがひと苦労だったよ」

「テラー、エイミーに話してやってくれ」リアムがデレクをさえぎって、話の方向をわたしが知りたいことへ戻してくれた。「これまでにわかっていることを」

テラーは驚いたようにリアムを見た。「全部か？」

「ああ」リアムはうなずいた。「全部だ」

「わかった」テラーの口調は穏やかだったが、まなざしと同様に張りつめた響きがあった。「おれたちが去ったあとで、男が一人、きみを探しにあの食堂に来た」

リアムからも聞かされていたが、あらためてぞっとした。アドレナリンが噴出して、思わず組んでいた腕をほどいた。「どういう人物？」わたしを追っている人間が誰なのかわかりますように。

「私立探偵だ」テラーは言った。

望んでいたような手がかりになる答えではなかった。「誰に雇われていたの？」

テラーがリアムのほうを見ると、リアムはうなずいた。「雇い主は匿名で、依頼も封書で届けられ、資金の出所もわからない。スパイ映画さながらだよ」

わたしは落胆した。「その人の言うことは信用できるの？」

「ああ」テラーは請けあった。「おおかたの例にもれず、その探偵はこちらの買収に応じ、雇い主をつきとめる約束をしていた。その点はリアムのおかげだが」

背筋を冷たいものが走り、喉が締めつけられる気がした。「どうして過去形で話すの？」かすれ声でたずねる。

「おれの部下と落ちあう手はずになっていたんだが――」

「あなたの部下？」わたしはリアムをふり返った。「この件にいったい何人関わっているの？」リアムを問いつめる。「どれだけたくさんの人にわたしのことを話したの？」

リアムは硬い表情で答えた。「全幅の信頼がおけない人間は一人も関わらせていない」

「何人？」わたしは繰り返したずねた。

「人数は問題じゃない」テラーがぶっきらぼうに言った。「問題は、おれの部下が会いにいったとき、その私立探偵がどうなっていたかだ」

テラーの口調にひどくいやな予感がした。「どうなっていたの？」

リアムはわたしの手を取り、そばに抱き寄せた。「その話をする前に、もう一度言っておくが、ここは絶対に安全だ。窓はすべて頑丈な防弾ガラスになっている」

「防弾ガラス？」わたしは驚いて言った。「どうしてそんな話をするの？　いったいなにがあったの？」リアムの表情がいっそう険しくなり、わたしはテラーのほうをさっとふり返った。「なんてこと、その人殺されたのね？」

「おれの部下は無事だが、私立探偵のほうは……何者かに殺されていた。口封じのためだろう。エイミー、きみを追っているやつらは何者なんだ？　なにを欲しがっているんだ？」

「わからない」わたしはどうにか声を発した。「なにも知らないの」

「知らないだって？　六年間も逃亡生活をつづけていながら、誰になぜ追われているのか、わからないって言うのか？　いったい誰がそんなことをするっていうんだ？」

わたしは深呼吸をして、テラーの言葉によってかきたてられた黒々とした感情をどうにか抑えこもうとした。「わたしがどんな目に遭ってきたか、なにも知らないくせに」

「じゅうぶん知っているさ」

「そのとおり、もうじゅうぶんだ、テラー」リアムは冷ややかに言い、わたしの手を取ろうとした。「エイミー――」

　わたしはリアムから逃れた。「やめて」無防備に感情をさらけだしてしまったわたしを、テラーが本でも読むように観察し、裁こうとしているのがありありと感じられた。もうたくさんだ。なにもかも……耐えられない。額が疼きはじめ、寝室のドアの隙間から炎が舌をのばすのが見える。チャドが、わたしに窓から飛び降りろと叫んでいる。母の断末魔の悲鳴が聞こえる。

　リアムがなにか言っているが、まるで聞き取れない。なにを言われようと、どうでもよかった。テラーが放つ怒りの波に呑みこまれ、周囲が見えなくなる。「あなたにわたしを裁く資格があるの、テラー？」ほとんど衝動的に瞬《まばた》きする間もなく彼のシャツにつかみかかっていた。「人を裁けるほど、あなたは偉いというわけ？」

「おいおい」テラーはうめくようにつぶやいたが、わたしに触れようとはしなかった。彼を殴ってもいい理由が欲しい。激しくののしってもいい理由が。思い切り頬をひっぱたいてやりたい。今まで人に暴力をふるったことなど一度もないのに。こんなにも強い憤りを感じたのは生まれて初めてだ。

「わたしを裁く資格が、あなたにあるのか訊いてるのよ」わたしは金切り声を上げた。

「どれだけ偉いつもりなの？　誰よりも自分を裁いて、責めているのはわたし自身よ。それがわからない？」

「エイミー！」リアムが背後から力強い腕をわたしの腰に巻きつけ、テラーから引き離した。

わたしは必死に抗い、なおもテラーにつかみかかろうとしたが、リアムの力にはかなわなかった。「母が焼け死んでいく声を聞きながら、助けてあげられなかった」テラーに向かってわめく。「家族がみんな死んで、どんな気持ちだったかわかる？　わたしはいったいどうすればよかったの？」身をふりほどこうとあがいたが、リアムはびくともしない。「離して。離してったら！」

「だめだ」リアムがわたしを後ろからしっかりと羽交い締めにして言う。

テラーは青ざめて言った。「なんてこった、エイミー。きみは家のなかにいたのか？」

わたしは拳を握りしめた。怒りのあまり震えが止まらず、歯がカチカチ鳴った。

「ええ、家のなかにいたわ。母の悲鳴や兄の叫び声がして、でも炎に阻まれて、どうすることもできなかった。わたしの部屋にも火がまわってきて、それで飛び降りたの……」涙がとめどなくあふれ、頬を伝い落ちていく。「窓から飛び降りたわ……チャドが……」

「きみの兄さんだな」テラーが言う。

兄さん。その言葉を言われたとたん、泣き崩れそうになり、リアムが支えてくれた。彼はわたしを胸に抱きしめてささやいた。「さあ、つかまえたぞ、エイミー」

リアムのシャツにつかまり、瞬きして涙を押し流した。チャドの声が耳にこだまする。飛び降りろ、今すぐ！「飛び降りなければよかった。わたしだけ、飛び降りたりしなければ」

リアムは片腕でわたしの腰を抱いて、大きなてのひらでわたしの顔を包んで言った。「よく聞くんだ。死んでもなにも解決しない。きみはするべきことをした。勇敢に生き延びたんだ」

「たんに死ななかっただけよ」

「ぼくたちの力できみの人生を変えてやる。ベイビー、約束だ」リアムはわたしの肩越しにデレクとテラーのほうを見て言った。「話は終わりだ」彼はわたしを抱きあげようとした。

わたしは身を硬くして、リアムの腕から逃れようとした。「だめ、だめよ。まだ……話は終わっていないわ。どうしても真相を突きとめたいの」無理して背筋を伸ばして立った。「わたしは大丈夫よ」

「いいや」リアムはゆずらなかった。「大丈夫じゃない」またわたしを抱きかかえようとする。「話はもう終わりだ」

「やめて」わたしはリアムの腕をふりほどき、おぼつかない脚でまっすぐに立った。「ただ生き延びているだけなんていやよ。それにもう誰も死なせたくない」

リアムはテラーとデレクのほうに視線を投げかけた。「二人とも、出ていってくれ」

わたしは思わず不満のうなり声を上げた。「わたしの代わりに勝手に決めないで、リアム。二人にはいてもらわなきゃ。お互いに訊きたいことがあるんだから。この際、知っていることを話しあいましょう」

けれどもテラーとデレクは立ち止まろうとはしなかった。

「行かないで、ここにいてよ」わたしは二人に呼びかけた。

「二人には出ていってもらう」自分が指揮権を握っているかのようにリアムが言う。

わたしは彼をにらみつけて言った。「わたしのことはあなたに任せておけっていうことでしょう、違う？」

「なんだって？」リアムはいぶかしげに眉をひそめた。「どういう意味だ？」

キッチンのドアが閉まり、わたしとリアムだけになった。「聞いていたのよ。デンヴァーであの晩、あなたたちが話していたことを。わたしが隠しカメラに気づいたらどうするか、デレクが心配していたら、あなたは言ったわ。エイミーのことはぼくに任せろって。でもね、リアム、教えてあげる。デンヴァーにいたときも今も、わたしを抑えておけないのはあなた自身のせいなのよ。あなたのそういう上から目線の発言を聞くと、逃げだしたくなるの」

　リアムはわたしの背をテーブルに押しつけて、逞しい両脚と両腕で挟みこんで動けなくした。全身がかっと熱くなり、感覚が混乱して、彼に触れずにすむようにテーブルに手をついて身体を支えた。「きみを安心させて、パニックを起こさないようにしたかったんだ」リアムは低くかすれた声で苦しげに言った。「しかしきみの言うとおりだ。ぼくはきみを抑えておけなかった。そしてそのせいで、どちらも地獄を味わった。いや、きみのほうがぼくよりはるかに過酷な目に遭った。二度とそんなことは起こさせない。きみが納得しようがしまいが、ぼくはきみを守る」

「わたしがあなたの所有物みたいな言い方ね」

「どうとでも言えばいい。だがあの私立探偵と違って、絶対にきみを死なせはしない」

「現に人が死んでいるわ。あなたはちっともわかってないようだけど。じゃあ訊くけど、あなたから身を守るにはどうすればいいの、リアム？」

リアムが顔を下げると、頬に彼の熱い息がかかり、周囲の空気が帯電し、互いのエネルギーがつながりあうような気がした。それがいいことなのか、悪いことなのかはわからない。ただ……そうなってしまうのだ。「ぼくから身を守る必要があると思っているのか、エイミー？」リアムが問いつめる。「いまだにその程度の関係でしかないと？」

わたしは身の破滅とわかっていながら、リアムがわたしの支配権を握っていることを証明するかのように、彼に触れてしまった。広い胸に手をあてると力強く速い鼓動が感じられ、身体が反応する。いつものごとく、奥深くまで、情熱的に、完璧に。

「今は頭が混乱して……よくわからないわ」

「それはぼくが聞きたい返事ではないな」

「ほかに答えようがないのよ」

「わかっている。わかっているよ。きみを責めるつもりはないんだ。だがきみの答えに満足はできない」リアムはテーブルから手を離し、わたしを解放した。彼に触れられていないと、妙に肌寒く感じた。「明日、ゆっくり話そう。お互いに疲れている。二階のぼくの寝室を使ってくれ。階段はすぐにわかると思う。悪いが案内してやれないんだ。今……すぐには。ぼくはキッチンの反対の予備の寝室にいるから、必要なときは呼んでくれ」そう言うと、リアムは背を向けて行こうとした。

リアムが行ってしまう。わたしは絶望に駆られて、彼の腕をつかんだ。彼の熱がわたしの腕に伝わってくる。ふり向いたリアムの瞳は苦悩にかげっていた。「行かないで」わたしはささやいた。一人にしないで。ふたたび抱きしめてくれるかと期待したけれど、彼はなにもしなかった。

両腕を脇にたらして、固く拳を握りしめている。「さっきも言ったが、ぼくは本気だ。きみが了承しようがしなかろうが、必ずきみを守る。しかしぼくとの、二人の関係を強要するつもりはない。だがきみのそばにいて、触れずにいることは不可能なんだ」

二人の関係。その言葉に不思議な温もりを覚えた。「触らないでとは言わなかったわ。ただ……」ありのままに、正直に。「怖かったの」

「わかっている。きみがぼくを怖がっていると思うと、たまらなくつらいよ」

「違うの、あなたが怖いんじゃないわ。本当は怖れるべきなのかもしれないけど。自分を信用できないことが怖いの。もっと違う行動を取っていたら、人生のすべてが変わっていたんじゃないかと思うと」

「正しいと思ったときはつねに間違っているということか」リアムは問いかけた。

「いいえ、そうじゃなくて、わたしが言いたいのは……」リアムのほうへ近づいた。

するとリアムはあとずさった。「きみに手を触れるわけにはいかない」

「わたしはあなたに触れてほしいの。今すぐにあなたに触れてほしいの、リアム」

「手を触れてしまったら、力ずくで二人の関係を思いださせるような真似をしてしまうだろう。ぼくと同様に、互いのこの絆を信頼するきみの思いは、まぎれもなく正しい真実なんだってことを、きみに認めさせようとしてしまうだろう」

「それがいけないことなの？　どうして？」

「ぼくの言ったことを聞いていなかったのか、エイミー。きみが心配で、この数週間まともに寝ていないんだ。それが今、きみがここにいる。ぼくは理性を忘れて求めてしまうに違いないよ」

わたしを心配する人など誰もいない。わたしが生きているかどうか、誰も気にさえしない。わたしの愛する人はもう誰もこの世に存在しない。ただ一人、リアムをのぞいては。それなのに心配してくれる彼のもとから、わたしは逃げだした。彼を愛していると思う自分の気持ちを信じられない。なにもかも疑ってばかりで、もううんざりだ。感情が胸にあふれて、きつく目をつぶった。「お願い、リアム。どうか求めて」

彼に近づき、拒まれる前に、テラーのときよりも必死でシャツにすがりついた。「わからない、リアム？　わたしはあなたに疑いを消し去ってもらいたいの。怖れを追い払ってほしいの。あなたならそれができる。本物を感じたいの。この世界で本物だと思えるなにかが欲しいの。それがつかの間の幻想であってもかまわない」

リアムは微動だにせず、まばたき一つしなかった。ただ燃えるようなまなざしでわたしをじっと見つめている。それがどういう意味なのか、わたしにはわからなかった。「もしできないのなら」リアムのシャツを放してささやいた。「なにもしないで。わたしを放っておいて」彼に背を向け、やみくもに歩きだした。けれどもいまいましいテーブルにぶつかってしまった。

リアムが後ろからわたしの腕をつかみ、ふり向かせた。「放すものか。もう二度と。そう約束したはずだ」突然、肩に担ぎ上げられ、所有欲をむきだしにしたエロティックな手つきでヒップを押さえられた。

キッチンを出て、リビングルームを通り、リアムは野蛮人のようにわたしを担いで、階段を勢いよくのぼっていく。後ろ向きに担がれているので前が見えないが、リアムがドアを肩で押し開けて、暗めの照明をつけたのがわかった。刺激的でスパイシーな彼の香りに包みこまれた。リアムの寝室に入ったのだ。床から天井まである窓と広々とした室内を視界にとらえた瞬間、大きな黒い木製の四柱式ベッドの上に仰向けに放りだされた。

肘をついて身を起こすと、リアムがマットレスに膝をついて、覆いかぶさるように身を乗りだしてきた。気だるいまなざしでわたしを熱く見つめながら、髪を撫でる。

「怖れを追い払いたいんだろう?」

「ええ」

「それならその感情をあえて感じるんだ」

わたしは固唾をのんだ。「どういう意味?」

「存在しないふりをしても、消えてなくなるわけじゃない」

「わたしはなにも解決してこなかったと言いたいの?」

「ぼくも経験があるからわかるんだ。そしてきみは本来の状態になれないでいる。ぼくとの関係でも、人生においても。だがきっと本来のきみになれるはずだ」

「よく意味がわからないわ」

「少しずつだよ。きみならできる」

「少しずつなんて、もううんざり」

リアムはわたしの目を見つめ、下唇を親指で撫でた。「それなら、怖れと向きあうんだ」

わたしはいらだって言った。「これでも努力しているのよ。それができたらと心から思うわ」

リアムは立ちあがると、わたしの手を引いて、ベッドの支柱に背中を向けて立たせた。「本当に？」

「ええ、本当よ」

リアムはわたしの言葉を推し量るように口をつぐんだ。わたしのなかに彼はいったいなにを見ているのだろうか。「その支柱に腕を巻きつけて」彼は優しく命じた。

前にも手を縛られたことがあるけれど、今回のリアムは今まで感じたことのないエネルギーを放っている気がする。それでも目を見ると、おなじみのつながりと暗黙の約束を感じ、彼が望むままに従おうと思った。命じられたとおりに腕を支柱に巻きつけると、リアムはわたしの身体には触れずに、柱の上のほうに片手をついた。触れてほしくて全身がうずきだす。

「前にきみに教えたことを覚えているかい？」リアムは低くささやいた。「コントロールする気持ちを手放すのは怖いだろうが、それこそが力なんだ。怖れと向きあい、克服することとなんだよ。今夜はほんの手はじめだが、いずれ完璧に手放せるようになる」

それはすなわち、わたしが否定してきた、あるいは失った部分を発見するということだ。誰にもわからない、わたしだけの痛みを抱えた部分を。わたしはうなずいた。

「いいわ」やってみたい。リアムとともに。

「よし。ぼくが支配権を握っているように思えるだろうが、実際に支配するのはきみだ。ぼくがなにを言おうがしようが、きみがノーと言えばノーだ。それを覚えておいてくれ。選ぶ権利はきみにあるということを」

「わたしはノーと言いたくなるということ？」

「おそらく否定すべきだと感じるだろう」

「でも否定しないほうがいいと？」

「いやだと感じたらノーと言えば、ぼくはすぐにやめる。約束だ」

わたしは怯えると同時に興奮してもいた。「なんだかややこしいのね」

「これ以上ないくらいわかりやすく説明しているつもりだよ。手はそのままの位置で、動かないで」

わたしはうなずいた。「わかったわ」

リアムに指先でそっと頬から首筋にかけて撫でられると、繊細な愛撫を全身で感じ、鳥肌が立った。乳房の先端をなぞられ、思わずうめき声がもれた。彼の指が離れても、からかうような繊細な愛撫の余韻が、触れられていない部分にまで広がっていく。早く抱いてほしい。焦がれるほど求めているのに、リアムはぎりぎりのところで身体には触れず、羽根のように軽く唇を触れあわせた。つぎの瞬間には、あえぐわたしを残して、背後に消えてしまった。わたしはふり向いて確かめたい衝動を必死にこらえた。

うつむいて深呼吸をし、暴走するホルモンを静めようとした。深い色あいの木の床に敷かれた贅沢な絨毯をじっと見つめる。室内はしんとして、時計の音とわたしの乱れた呼吸音だけが聞こえる。リアムの気配はどこにも感じられない。ああ、もう我慢できなくなりそう。彼はどこにいるの？

目を上げると、前にある重厚な黒褐色の木製のドレッサーの上に楕円形の鏡があった。びしょ濡れの安っぽいピンクのウェイトレスの服を着た女がこちらを見ていて、ぎょっとする。本当のわたしとはかけ離れた、でもありのままの今のわたしを否応なく見せつけられ、甘い幻想から現実に引き戻されて自己嫌悪に陥った。

背後で引きだしが開く音が、静けさのなかで耳に響いた。ふたたびスリルと興奮のおかげで、現実から意識が離れていく。

するとリアムの姿が目の前の鏡に映り、わたしの意識は彼だけに向けられた。上半身は裸になっている。けれども強烈な影響力で感情の壁をすべてはがされ、裸をさらけだしているのはわたしのほうだという気がした。怖れを招き寄せろ、と彼は言った。その教えに従い、わたしにとって彼という存在がどういうものであろうと、彼にとってのわたしがどういう存在であろうと、受け入れる覚悟をした。リアムが後ろからわたしの腹部に手をまわしてくる。片手にシルクの紐を持ち、鏡のなかでわたしと見つめあう。「エイミー、これからきみを縛るつもりだ」

わたしは怖れを受け入れるべく身がまえたが、怖いという気持ちには少しもならなかった。ただ高まる期待感と脚のあいだのうずきと胸の張りだけが意識された。リアムが言ったこと、わたしが彼に求めるもの、彼がわたしに求めるものを考えた。「わたしを縛るのが好きなのね」

鏡のなかでリアムが見つめ返してくる。「この行為が象徴するものが好きなんだ」

「どんなこと？」

リアムはわたしの両手をきつくない程度に縛り、前にまわって、片手で腰を抱き、もう片方の手でわたしの髪を優しくつかんで、唇をさしださせた。「なんだと思う、エイミー？」わたしに自分で答えるように仕向ける。

「信頼」わたしは彼の唇が重ねられることを欲しながら、ささやいた。

「そのとおりだ」リアムは答えた。彼の吐息が頬や唇をくすぐり、キスの予感をいっそう高める。「信頼だよ」

いよいよキスしてもらえると思いきや、リアムは後ろへ下がり、背を向けてドレッサーのほうへ行ってしまった。彼はわざと鏡で見えるように、この位置にわたしを縛りつけたのだ。リアムのすることはすべて計算ずくで、考え尽くされている。その質の高い計算された彼の行為に、わたしは酔いしれ、憧れ、手の届かない完璧さをうらやみ、賞賛した。セクシーだとさえ感じた。

両手を縛られているのをつい忘れて、動かそうとしてシルクの締めつけを感じた。わたしを怯えさせようとして縛ったのなら、その効果はなかった。どうしてまだわたしは服を着ているのだろう？　このみっともないピンクの服を一刻も早く脱ぎ捨てて、リアムのそばに裸で横たわりたい。

リアムがドレッサーの前に立つと、ちょうど彼の姿が鏡の真ん中に映った。わたしを見つめるかと思ったが、彼はうつむいたままで、漆黒の髪が表情をさえぎっている。彼が考えをめぐらせているのが手に取るように感じられ、知りたくてうずうずした。息をつめて鏡を見つめ、彼が目を上げるのを待つ。ついに彼が顔をもたげて、鏡のなかで目があった瞬間、つながりあうエネルギーが流れこんでくる気がした。彼のまなざしにためらいはもうない。先ほどとは違うはっきりとした意志と抑制が感じられた。

リアムはドレッサーの引きだしを開けた。わたしのいる位置からは、なにを取りだしたのか見えない。それも計算の上なのだろう。知らされないことによって、期待とじれったさをつのらせるように仕組まれているのだ。じりじりと数秒がすぎていき、もう待ちきれなくなったとき、リアムはこちらを向いた。わたしはおへその上の魅惑的なπと下腹部の隆起へとつづく数字の羅列に視線を這わせた。その瞬間、彼が手に持っているものが目に入り、衝撃で息もつけなくなった。

リアムが持っているのは黄金の短剣だった。

7

近づいてくるリアムを見つめながら、わたしは必死に息をしようとした。短剣は美しく精巧な鞘に収められている。模造品なのかもしれない。本物のはずがない。

リアムはわたしの目の前で立ちどまり、短剣を持ちあげてみせた。「怖いかい？」

わたしは恐怖が襲ってくるのを待ったが、なにも起こらなかった。「なにをするつもり、リアム？」

わたしの頭の上に手をついて、彼は冷たい黄金の短剣をわたしの胸元に押しつけた。

「怖い？」

「怖がるべきなんでしょうね」

「だが怖くない？」

怖れを感じようとしてみたが、熱い液体のような感覚が全身に広がるだけだった。

こういう支配的なリアムに強く惹かれてしまうのは、いったいどうしてなのだろう。

け」

「いいえ、怖くないわ」わたしは答えた。「さっきも言ったように、混乱しているだけ」

リアムは短剣を鞘から抜いた。「今度は怖いかい？」

わたしは鋭い刃先を観察し、リアムの目を見つめた。彼によってたやすく目覚めさせられた興奮の震えが全身に走り、熱い欲望の波にのまれた。短剣を持つリアムに悪意はまったく感じない。「いいえ、怖くない」

リアムはウェイトレスの服の襟元に刃先をあてて、ボタンを一つ、また一つと切り飛ばしていった。わたしの肌に刃が触れないように、細心の注意を払っている。傷つけまいとする気遣いが痛いほど感じられた。彼はわたしの目を見つめ、かげりを帯びたまなざしで試すようにささやいた。「いやなら、いましめをほどくよ」

わたしは落ち着いた声で答えた。「あなたに脱がしてもらいたいわ」

リアムは目を細め、わたしの服を一気に下まで切り裂いた。さらにブラジャーの真ん中を切られて、乳房がさらけだされるのを、どきどきしながら見守った。

目の前に威圧的にそびえ立つリアムは危険なほどセクシーで、むきだしになった乳房を舐めるように熱く見つめられて、全身を愛撫されたような心地がした。「これで」

リアムは言った。「このばかげた服をきみは二度と着ないですむ」短剣をベッドに放り投げると、身をかがめてわたしのパンティを引き下ろした。

いきなりの行為に身を引きつらせたが、あっという間に抱き寄せられて、片手でヒップを包まれた。むきだしの乳房が彼の胸板に押しつぶされる。

「きみは」リアムは苦しげな低い声でささやいた。「世界的に知られた天才考古学者の聡明な娘で、道ばたの食堂でウェイトレスをするような女性じゃない」

彼の言葉に胸が締めつけられ、悔しいことに目頭が熱くなる。「やめて、リアム。もうなんの関係もない。その女性は死んだわ。あなたがそう言ったのよ」

「きみは今も天才考古学者の娘だ。きみの敵がどんなやつらであれ、きみからその血筋を奪うことはできない。ぼくがやつらにきみを絶対に奪わせないと誓ったように」

リアムの言葉がまっすぐに胸に入りこみ、魂にまで届く気がして、ふいに堰を切ったように感情があふれだした。「リアム――」

彼は顔を近づけて、ついに唇を優しくからかうように触れあわせた。「もう一度、ぼくの名前を呼んでくれ」

「リアム」わたしはより切迫した声で彼の名を呼んだが、それは命じられたからというより、彼によって火をつけられた嵐のような感情が荒れ狂い、柱に縛られたままでは耐えられなくなりそうだったのだ。「リアム、わたし――」

リアムはわたしの頬を手で包み、唇を重ねると、なめらかな熱い舌を巧みに滑りこませてきた。

そうよ、なにもかも忘れさせて。これを求めていたの。現実逃避の瞬間を。

「きみの味がどんなに恋しかったか」わたしの頬に、顎に、首筋に唇を這わせながら、リアムはささやいた。「きみのすべてが」

張りつめた興奮が身内に渦巻き、わたしは縛られた手首を引っぱってうめいた。パニックの予感がする。こんなふうに囚われているのはもういや。今はもう。今夜は。

「ほどいて」わたしはささやくように言った。

リアムはわたしをちらりと見て、胸の先端をそっと撫でた。快感の波がわたしの荒れ狂う感情と激しくぶつかる。「まだだめだ」

「リアム、ほどいて！」

わたしを眺めるために身を引いたリアムは、とまどいと驚きの表情を浮かべた。わたしは必死に自分でもわけのわからない感情を説明しようとした。「お願い……ほどいてほしいの。今すぐ、どうしても」

リアムはわたしの背後に手をのばして、いましめを解いた。自由になると、わたしは彼の首に腕を巻きつけ、黒髪に手を挿し入れた。「抱きしめて。お願い、必要なの」

「ぼくも同じ気持ちだよ、ベイビー」低く苦しげな声でリアムがささやく。「きみが必要だ」彼の唇が重なり、甘くて熱い口づけはうっとりするほど素晴らしかった。荒々しさと同時に不思議と心の底から安らぎを覚えた。

リアムと一つに融けあってすべてを忘れてしまいたくて、わたしは彼に身体をすり寄せた。無我夢中で彼に触れ、キスで味わい、男性的で温かな匂いに包みこまれ、気がつくとベッドに仰向けに寝かされていた。リアムが身を乗りだし、屹立した男性のあかしを太腿のあいだに押しあてている。早くなかに入ってほしくて全身が疼いた。

わたしは膝を立ててリアムの腰に押しあて、催促した。「リアム」彼をなかに感じたくて、せがむようにささやく。

リアムはわたしの背中に手をまわして抱き寄せた。「怖がるのはぼくのほうだ」わたしの頬や首筋、肩を愛撫した手で乳房を包みこんでささやく。「きみを失いたくない」

「失わないわ」

「危うく失うところだった」

「でも今はここにいるでしょう」

「きみに危害を加えようとするやつをすべて始末するまで、鍵をかけて安全にきみを閉じこめておけたら、どんなにいいかと思うよ」リアムがなかに入ってくる瞬間、コンドームをつけていないことに気づいた。ピルもずっと飲んでいない。もしも妊娠していたら副作用が心配だから。そう、もうかまわないわ。わたしはきっと妊娠している。本当はすでにわかっていたのだもの。

リアムもおそらくわかっている。それともわたしがまだピルを飲んでいると思っているのだろうか。リアムが深々と突き入れてきて、なにも考えられなくなった。これ以上ないほど奥深くで一つにつながり、その感触とつぎの行為への期待感をともに味わう。二人の息遣いが融けあい、時計が時を刻む音につれて、切迫した欲求がつのっていく。

リアムはわたしを抱いたまま仰向けになり、わたしの髪を撫でながらささやいた。「支配にはいろいろな形がある。今度はきみが上になって好みのペースを決めてくれ」興奮のにじむ声で言う。「たとえばもっと深く、とか」

彼の言葉はとてもエロティックで、セックスだけではないもっと深い結びつきを思わせた。抱きあいながらわずかに姿勢が変わった拍子に、わたしの手が短剣に触れ、リアムの伝えようとしていることがふと理解できた。どんなに威圧的にふるまおうと、彼はいつでも支配権をわたしにゆだねてくれているのだ。

想いが胸にあふれ、わたしはリアムの頬に触れて言った。「あなたが見つけてくれてよかった」顔を下げて彼にキスをし、まだ言葉にできない気持ちを伝えた。わたしはあなたのもの。初めて会ったときからずっと。

リアムはわたしの髪を撫でながら、じっと動かずにいる。わたしの指示を待っているのだ。約束どおり、支配権をゆだねて。わたしのなかの一部、長いあいだひとりぼっちで、優しさに飢えていた少女は、彼に主導権を返して、導いてもらいたがっている。けれども新しいわたしの一部は、みじんの迷いもなく人生をこの手に取り戻し、前へ進もうとしている。本来の自分、そして本心を受け入れろとリアムはほのめかしたが、それは彼が思う以上に、わたしのなかで大きな意味を持っていた。

口づけて、柔らかな舌と舌を絡ませると、リアムが胸の底から響くようなセクシーなうめき声を上げ、その声にたまらなく興奮したわたしは腿を締めつけ、腰を動かしはじめた。互いの唇がほんのわずかに離れ、吐息がまざりあう。胸毛が乳首にこすれる感触がくすぐったい。上半身を起こし、リアムの両肩に手をつくと、彼のものがさらに深く入ってきた。

乳房を目で愛撫しながら、リアムは手をのばして親指で乳首を刺激した。もっと触れてほしくて胸を押しつけると、リアムは起きあがっていっそう奥深く貫き、片腕で腰を抱きながら、もう片方の手で乳房を包みこんだ。額と額を触れあわせ、吐息をからめあい、わたしたちは完全に一つになった。完璧な瞬間だった。わたしが上になり、彼の逞しい腕にしっくりと抱かれている。こうして結ばれていることは、この上ない安らぎであり、もう二度とこの安心感を手放したくないと思った。

リアムが羽根のようなキスを唇から顎、首筋へとあびせ、乳首にそっと舌を這わせてから、強く吸いついた。わたしの秘部が脈打つ彼のものを包んで締めつけ、たまらずに彼の首に抱きついて、髪をかき乱した。すると空気が一変し、優しさや穏やかさは影をひそめた。キスは熱く濃厚になり、重なりあって動くリズムは激しくなり、ついにリアムは仰向けに倒れた。わたしが押し倒したのかもしれない。彼の肩に両手をついて馬乗りになり、欲情のままに乗りこなした。激しく腰を振るわたしの表情や動き、揺れる胸をリアムは焦がすような熱いまなざしで見つめている。彼をもっと奥深く呑みこもうと、身体を弓なりにして彼の腰に両手をついた。長いブロンドの髪が顔にかぶさり、彼のへその上のπと逆三角形の数列が目の前にあった。わたしは息をのみ、動きを止めて、守護者であるハンドラーの手首のシンボルとあまりにもよく似た刺青に手を触れた。その瞬間、今まで感じることのなかった感情が湧いた。恐怖。なぜ今、恐怖を感じるのだろうか。視界が暗くなり、自分の息遣いと時計の音だけが耳に響く。

「エイミー？」リアムに呼ばれ、はっとして彼の顔を見ると、深い愛情と気遣いがあふれるまなざしに胸を切り裂かれるような心地がした。「どうした――」彼がたずねようとしたが、なにもしゃべってほしくなかった。

わたしは身をかがめてリアムの口を唇でふさぎ、二つの三角形は似て非なるものだと自分に言い聞かせた。彼の逞しい腕がふたたび腰にまわされると、あるべき場所に戻った気がした。刺青に意味などない。リアム本人に意味があるのだ。彼の髪に指をからめ、生まれて初めて彼にキスをするように唇を重ね、生まれて初めて交わるように腰を動かした。彼をとことん奪い、わたしのものにしたい。どんな男性もこれほど切実に求めたことはなかった。激しくお互いを駆り立て、やがて震えながらともに頂に達して、わたしの秘部が彼を締めつけて痙攣し、一つに融けあったまま、満ち足りた余韻に包まれた。

気がつくと、リアムの上にぐったりと覆いかぶさっていた。動きたくない。この至福の瞬間を終わりにしたくない。彼もそう感じているに違いない。

ついにリアムがわたしを下ろして、となりに横たわらせ、頬を撫でた。「すぐに戻る」ベッドを降りる彼が、永遠にいなくなってしまうような気がして、連れ戻したい衝動とけんめいに闘った。

肘をついて身体を起こし、リアムが見事な男性美を惜しげもなく見せつけて、バスルームと思われる方向へ歩いていくのを見守った。彼の姿が見えなくなると、わたしは夜空に瞬く大都市の夜景に目を移した。なんだか夢を見ているようで、目覚めたくないと思った。数時間前までトラック休憩所の食堂にいたのに、お城のようなリアムの豪邸にいることが、とても現実とは思えない。

脚のあいだがべとついているのに気づき、満ち足りた気分から目が覚めた。わたしたちはコンドームを使わなかった。下腹部に手をあてて、深呼吸をする。妊娠検査薬をもう一度試さなかったのは、心の底で妊娠をすでに認めていたからだ。妊娠はわかっていたけれど、それが意味することに対して、ちゃんと覚悟ができていなかっただけ。わたしのお腹には赤ちゃんがいる。リアムの赤ちゃんが。

これからは、家族の無念を晴らし、自分の人生を取り戻すことのほかに、もう一つ闘い取るべきものができた。もはや選ぶ余地はない。絶対に事件の謎を解決しなければ。失敗は許されない。愛する命を失うわけにはいかないのだから。

マットレスが沈み、いつの間にかリアムが戻ってきていたことに気づいて驚いた。脚のあいだにタオルをあてがわれて、頬が熱くなる。彼はわたしの秘所を優しくぬぐい、洗濯物用のバスケットにタオルを投げ入れた。

　わたしはリアムの顔を見られなくて、天井を見つめていた。まただ。彼といると、身体だけでなく心まで丸裸にされたような気分になってしまう。彼はとなりに横たわると、肘をついて、片手をわたしの下腹部にそっと置いた。わたしはその手を取って、彼のほうに寝返り、自分の腕を枕にした。

「きみは怖がらなかったな」リアムは言った。

「ええ、そうね」

「本能的にぼくはきみを絶対に傷つけないとわかっていたから」

　わたしはうなずいた。「そのとおりよ」

　リアムはわたしの腰に腕をまわして抱き寄せた。「ぼくは傷つけない。絶対に。きみの本能は正しいよ。人間は生き延びるために本能を働かせる。アドレナリンが駆けめぐり、生きるための選択を迫られたとき、ぼくらは本能で行動する。ふり返ることはできないし、後悔してもあとの祭だ」彼は口をつぐみ、わたしはつぎの言葉を固唾をのんで待った。「思いきって飛ぶしかない」

　怖れと怒りに胸を刺され、わたしはリアムから身をふりほどこうとしたが、彼の脚が巻きついていて逃れられない。わたしは彼の胸を押した。「離して」

リアムは首を横にふった。「だめだ。二度と離さない。きみがちゃんと覚えてくれるまで、同じことを言うぞ。きみが家族を救えなかったのは、ぼくが母やアレックスを救えなかったのと同じで、不可抗力だったんだ」

「あなたにはわからないわ。その場にいたわけでもないのに」

「それはそのとおりだが、ときになすすべもない出来事があるのはわかっている。いつまでも自責の念に囚われていると、内側からむしばまれてしまう。ぼく自身、経験があるからね。きみの場合は、謎を解明し、責めを負わせるべき人物をつきとめる必要はあるが、自分を責めるのは間違いだ」リアムは額と額を触れあわせた。「きみときみの家族を苦しめたやつらを一緒につきとめて、償いをさせてやろう。約束するよ。その前にまずゆっくりと充電するんだ」

「どうしても答えを知りたいの」

「必ずつきとめるさ」リアムはわたしをベッドの上のほうへすくい上げて、ブランケットですっぽりと覆った。シルクのようになめらかなシーツと柔らかいマットレスの感触が、疲れ切った身体には夢のように心地いい。「眠ろう。明日になったら、計画を立てるんだ。一緒に」リアムはヘッドボードのボタンを押して、照明を暗くすると、わたしを身体全体で包みこむように抱き寄せた。

わたしは目をつぶった。一緒に。その言葉に慣れてしまいそうだ。リアムの腕のなかで、この数カ月以来初めて、芯からリラックスして眠りについた。

時計の音で目が覚め、まぶしい陽射しに目を瞬《しばたた》いた。目の前の壁に丸い大きな掛け時計があり、ブラックウッド製の枠は精巧な彫刻が施され、繊細な銀の針と美しい対照をなしている。昼近くまで眠ってしまった。室内に漂う男性的なうっとりする香りを吸いこむ。リアムはベッドにはいない。直感を信じろ、と昨夜、リアムはわたしに言った。彼に対しても、ほかのすべてのことに関しても。真相を解明するために、今のわたしが頼りにできるのは自分の直感だけなのだ。起き上がると、眼前に広がるハドソン川の眺めに息をのんだ。リアムが言っていたとおり、まるで水上にいるようだ。昨夜はゆっくり鑑賞するひまがなかった素晴らしい部屋を見まわした。シンプルかつ優雅で、ベッドや家具調度は高級なブラックウッドで統一され、六〇階はありそうな高層ビルの絵が飾られている。リアムの師匠のアレックスがデザインを手がけたのだろうか。

ベッドの足側にパジャマの上だけが置いてあり、手に取りながら笑みがもれた。下はリアムが穿いているのだろう。同じパジャマをシェアする行為は、セクシーな愉しみだけでなく、もっとより親密な関係を示す気がする。わかちあい、慈しみあう関係。わたしがこれまでどんな形であれ、誰かと共有することのできなかったもの。

柔らかな黒い上掛けをはいで、パジャマの上を着たが、男性的でスパイシーなリアムの匂いではなく、洗いたての清潔な香りがして、ちょっとがっかりした。バスルームとおぼしき場所へ行くと、まるでスパのようなぴかぴかの黒と白のタイル張りの床に、足つきの浴槽があり、シャワー室もあった。ブラシを見つけてぼさぼさの髪をとかし、顔を洗い、引きだしのなかの歯磨きチューブを拝借して、指で歯を磨いた。

寝室へ戻ると、しばらく一人でゆっくりと考えたくて、ハドソン川を一望する窓辺に置かれた座り心地のよさそうな黒革のソファのほうへ歩いていった。

ガラスから外の冷気が伝わってきて、ソファの上にあったブランケットを肩にはおった。座ろうとして、小さなテーブルの上に例の短剣があるのに気づいた。

昨夜は見ることのできなかった柄や鞘に飾られた宝石と精巧な模様に目を奪われた。エジプトのものに違いなく、リアムがピラミッドの調査に出かけたときに入手したのだろう。わたしの過去ともつながりのある古代遺跡について、今では話したいことをなんでも話せる。そう考えると、肩の荷が下りた気がした。

けれどもベッドにあったはずの短剣が、窓辺のテーブルにあることにふと違和感を覚えた。いつの間に、リアムはここに置いたのだろうか。

ベッドのほうをふり返り、この数カ月間の睡眠不足がたたってわたしが爆睡しているあいだ、短剣を持ってここに立っているリアムの姿を想像した。デンヴァーで初めて彼と出会った晩も、嘘のようにぐっすり眠ってしまった。それはつまり、潜在意識ではわたしは彼を全面的に信頼しているあかしなのだろう。眠っているときも、縛られて、剣を肌にあてがわれたときも。それなのにどうして、リアムの資産やピラミッドへの関心に、一抹の疑いを抱いてしまうのか。なぜ彼の腹部の刺青を見ると、不安な気持ちになるのだろう？

8

短剣を手に取り、重さを確かめていると、リアムの男らしい深みのある声がした。

「レプリカだ」

まさにわたしもそう思っていた。見上げると、リアムが同じパジャマの下だけを穿いて、戸口にもたれて立っていた。力強さと性的魅力を輝くばかりに放つ彼の美しさに、女としての本能が刺激されて思わず身体が反応してしまう。

「ええ」わたしはかすれた声で応じた。「そうだと思ったわ」

戸口から離れ、近づいてくるリアムは、乱れた黒髪がとてもセクシーで、わたしがこの手でかき乱したのだと思うと、いっそうときめいた。πと逆三角の数列を目にしても、今はみじんも怖れを感じず、彼をベッドに押し倒して、馬乗りになり、あのしゃくに障る数字を舐めたいという気持ちしか浮かばない。

「どれぐらい古いと思う？」リアムが目の前に来て、短剣に触れながら訊いた。

わたしは彼を見あげて瞬きした。男性的な美しさに見惚れるあまり、喉が渇き、頭が働かない。リアムがからかうように微笑む。わたしに及ぼす自分の影響力をわかっているのだ。「この短剣はいつ頃のものかな？」

「ああ、短剣のことね。一世紀ぐらい昔かしら」

リアムは罪深く官能的な美しい口元に笑みを浮かべた。「ご名答。さすがは天才考古学者の娘だな」

そう言われて胸が痛んだが、同時に今はなんでも自由に話せることがうれしくもあった。もうリアムの前では、偽物の自分を演じなくてもいいのだ。「そうよ、当然でしょう」

短剣を持ったまま、リアムがわたしを抱き寄せた。「どうしてその剣を持っていたんだい？」

「あなたこそ、どうしてわたしが寝ているあいだに、剣をあそこへ持っていったの？」

リアムの気分にかすかな変化が感じられ、彼は一瞬まぶたを伏せてから、また目を開けて話しはじめた。「思いだしていたんだ。アレックスは趣味で世界じゅうの剣を蒐集していた。これはぼくがエジプトへ行ったときに土産に買ったものだが、アレックスに渡すことは叶わなかった。だからこの短剣には、特別な思いがあってね」

リアムの悲しみに胸が締めつけられた。裸の胸に手をあてると、彼の体温とともにその思いがわたしの魂にまで染みこんでくる気がした。「今朝はそのことを思いだして、後悔に苦しんでいたのね」

リアムは首をふった。「後悔は、愛する人や愛してくれた人の魂を冒瀆する行為にほかならない。その人々の人生やともに過ごした思い出を祝福することとは、かけ離れた行いだ」彼は身をかがめてわたしに頬ずりし、剣を持つわたしの手を上から強く握った。「昨夜はそういう素晴らしい思い出の一つだよ」

わたしは彼に頭をもたせかけて、目を閉じた。一緒に過ごしたのはごく短い時間にすぎないのに、こんなにもお互いの絆が強まっていることが不思議だった。胸の奥底では、わたしたちのつながりを疑ったことはない。この絆は本物だとわかっていた。

ドアのベルが鳴り、リアムはわたしの頭に額をつけて、不満そうにうめいた。「朝食を頼んでおいたんだ。まったくタイミングが悪いな」わたしの髪を肩にかけながら言う。「あとからキッチンに来てくれ。朝食をすませたら、きみの新しい家を案内するよ」

その言葉の意味をのみこめないまま、あっけにとられるわたしを残して、リアムは行ってしまった。彼はわたしをここにいさせたがっている。わたし自身もそうしたいのはやまやまだが、ものごとがそう単純にいかないことは骨身に染みている。

すぐにホールへ降りて、窓に広がる贅沢な景色には目もくれず、リビングルームを通り抜けた。キッチンのアイランド式のカウンターの向こうで、リアムがテーブルに皿を並べている。

「ここはわたしの家じゃないわ」単刀直入に彼に言う。

リアムはフォークを持ったまま、一瞬動きを止めたが、すぐにきちんとテーブルに並べ、木製のテーブルに両手をついた。「ぼくはそうなることを望んでいる。そしてきみも望んでくれることを願っているよ」

「わたしの家族は死んだ。そして何者かが、私立探偵を殺した。わたしと一緒にいたら、額に射撃の的が描いてあるようなものなのよ。あなたをそんな目に遭わせられない」

感情の読み取れないブルーの瞳で、リアムはわたしを射抜くように見つめていたが、ようやくテーブルの端の椅子を引いて言った。「おいで。座って食べよう」

「わたしの取り越し苦労なんかじゃなくて、現実にその危険があるのよ」

「一緒に対策を考えよう。まずは朝食を食べてからだ」いつものセクシーで高圧的なリアム・ストーンにうむを言わせぬ口調で言われ、わたしは負けを悟った。

あきらめのため息とともに、うなだれてテーブルにつくと、甘くスパイシーな香りのパンケーキが目の前の皿に山盛りにされていた。空腹感と吐き気が同時にこみあげて、胃が震えた。飢えと吐き気を一緒に感じるなんてことがありうるとは思いもしなかった。

「ジンジャーブレッドが好きだといいんだが」リアムが穏やかな表情に戻って言う。「近くの〈エヴァンズ・カフェ〉のやつだ。十一月と十二月にしか売ってないんで、ついたくさん食べ過ぎてしまうよ」

「いい匂いね。あなたが菓子パンに目がないなんて意外だわ」

リアムはセクシーな口元に笑みを浮かべた。「ぼくにも弱点はあるさ。ジンジャーブレッド・パンケーキ。建築」感情をこめて低くささやく。「それとエイミー、きみだ」

わたしがリアムの弱点。それが本当なら、わたしの存在が彼にとってどれほど危険か、今はあえて考えないようにして、自分も大好きなもの、すなわち本当のことを答えた。「わたしの弱点はマカロニ・チーズと古代史、それにリアム、あなたよ」

瞳を燃え立たせたリアムは、まさしく男性美を象った芸術作品のようだった。彼はパンケーキを手で示して言った。「ジンジャーブレッドを食べてごらん。きみの感想を聞きたい」

リアムと言い争う覚悟でキッチンへ飛びこんできたときの緊張が一気にゆるみ、わたしはパンケーキにかぶりついた。「うーん。美味しい。あなたが大好物なのがよくわかるわ」

リアムはいかにもうれしそうに、自分も一口食べた。「〈エヴァンズ・カフェ〉は、近くにある気に入りのレストランの一つなんだ。ほかには高級ブティックや〈アサロン、医院なんかがあるが、ぼくが初めてアレックスに会った頃からほとんど変わっていない」

「ここで暮らすようになったのは、あなたのお母さまが亡くなって、お父さまが――」

「ぼくを捨てたから？　そのとおりだ」ぶっきらぼうな言い方でその話題をさえぎり、リアムはオレンジジュースのグラスを手に取った。甘いパンケーキのあとでは、避けたい話題と同じでジュースに苦みを感じるだろうに、彼は気にとめるふうもなく飲み干した。人生のさまざまな苦しみと同じように。あらためて彼の自制心をうらやましく感じた。

胃がうねるような不快感がこみあげた。空腹にいきなり食べ物を入れたせいなのか、それとも人生にふりまわされるだけの自分が情けなくなったのか。「炭酸水なんてないわよね？」

リアムは席を立って、冷蔵庫へ行き、ジンジャーエールと氷を入れたグラスを持って戻ってきた。「ぼくの母も胃薬はこれが一番だと言っていたよ。レストランに頼んで、きみ用に届けてもらっておいた」

わたしは缶からグラスにソーダを注いだ。「ジンジャーエールもメニューにあるの？」

「今はね」

わたしのためにわざわざ用意させてくれたのだ。冷徹で威圧的に見えて、そういう優しい心遣いをしてくれるリアムに、胸が温かくなる。ソーダを飲むと、胃のむかつきが治まった。

リアムは座って、わたしを見ていた。「よくなった？」

わたしはうなずいた。「ばっちりよ。よく寝たから大丈夫かと思っていたけど、まだ本調子じゃないみたい」

「大変な思いをしてきたんだ。時間が必要だよ。食べ終わったら、アレックスの剣のコレクションを見せてあげよう。歴史好きのきみが興味を持ちそうな珍しい品もいくつかある」

大いに興味を惹かれた。「ぜひ見せてもらいたいわ。あなたもコレクションしているの？」

リアムは椅子の背にもたれた。「いや、ぼくは集めていない。アレックスはアジアで過ごすことが多くて、たくさんおもしろい剣を買い集めていた。コレクションの七割ぐらいは、アジアに滞在していたときに手に入れたものだよ」

「アジアのなにに魅せられたのかしら？」

「建築さ。かれらは高層建築を好む。その技術を取り入れたかったんだろう」

「あなたのようにね。あなたもアジアで技術を学んだの？」

リアムがうなずくのを見て、なるほどと思った。「向こうで過ごさないかと、アレックスに強く勧められてね。ぼくに最高のものから学ばせたいと考えてのことだろう。いくら賞賛されようと、アレックス自身は自分を最高だとは思っていなかったんだ」リアムは身を乗りだした。「だがエジプトに行ったのは、二年ほど前が初めてだ。パスポートの記録で証明できる」

わたしは彼の手に自分の手を重ねた。「わたしはなにも訊いてないわ」

「いや、知らせておくべきだ。きみのようにひどい経験をすれば、誰もが疑わしく思えて当然だろう。ぼくとデレクの会話を聞いて、逃げだしたのも無理はない。だがもう二度と、ぼくを疑ったりしないでほしい」

大きく息を吸い、めったにゆるされない真実をもう少しだけ吐露した。「あなたが敵かもしれないと思ったとき、どれだけ打ちのめされたか、あなたはわからないでしょうね」

「ぼくは敵じゃない。エジプトやピラミッドに関することで、話したいことや知りたいことがあれば、警戒などしないでなんでもたずねてほしい」

「ええ、わたしも話したいわ。これまで過去のすべてをシャットアウトしようとしてきたけれど、それがときどき気を失う原因なのかもしれない。過去をちゃんと思いだす必要があるんだと思う。家族はわたしのすべてだった。高校に入るまでは、みんなで世界各地を旅してまわっていたわ。とくにエジプトやアフリカが多かった。遺跡の発掘現場で、よく学校の勉強をしていたっけ。父の手伝いができたのは、本当に素晴らしい体験だった。情熱家で、とても頭のいい人だったわ」

リアムの表情が和らいだ。「アレックスに対しても、ぼくや周囲の関係者はみんなそういうふうに感じていたよ」

「あなたも学校へ通っていた頃から、わたしみたいにあちこち旅をしていたの？」

「ときどきは。だがアジアに長期間滞在するようになったのは、大学を卒業してからだな」

切ない笑みが唇に浮かんだ。「母は、わたしのことを手のかからない優等生だって言っていたわ。一瞬でも早く発掘現場に戻りたくて、あっという間に課題を終わらせてしまうから」

「そんなに効果的な勉強法を、どうしてやめてしまったんだい？」

「ダンスパーティーとかおしゃれとか、ふつうの高校生の楽しみをわたしも味わっておくべきだって父が言いだして、それから母とわたしは家に残り、父と兄だけで発掘旅行に飛びまわるようになったの」

「ふつうの女子高生の生活は楽しめたのかい？」

「努力はしたけど、いつものけ者みたいな気分だったわ。せめて博物館とかでボランティアをして考古学につながっていたいと思っても、ジャスミン・ハイツには一軒もないし」

ふいに父が母に話しているのをこっそり聞いてしまったときの記憶がよみがえってきた。〝きみとララは家で留守番をしているのが一番だ〟同時に頭痛がはじまった。

リアムがわたしの腿に触れてきた。「どうかしたかい？」

気がつくと、テーブルに突っ伏すようにして、両手で額を押さえていた。「なんでもないわ、ちょっと……」記憶がふたたび浮かんできて、両親の声が驚くほど鮮明に頭のなかで響いた。「あることを思いだして」

「なにか重要なことか？」

「わたしと母が家に残ることで、両親が言い争っていたの」

「お母さんも賛成していなかったということかい？」

「家族がばらばらになって、とてもつらかった」わたしは皿をわきに押しやった。

リアムは半分しか食べていないパンケーキの皿をじっと見つめた。「もっと食べたほうがいいぞ」

「わたしは一八五センチの大男じゃないのよ」リアムに言い返す。「じゅうぶん食べたわ」

リアムは納得しないようだったが、ドアのベルが鳴って、それ以上の追及はまぬかれた。

わたしの腿から手を離して、リアムは言った。「デレクが来たんだろう。きみに必要なものを、妹に買いにいかせるって言っていたから。買い物のリストを作るかい？」

首をふって答えた。「ヒッチハイクで、安モーテルを転々としてきたのよ。ありあわせでじゅうぶんよ」

「ベイビー、もうそんな暮らしは金輪際させないぞ。だがきみの言うとおり、リストは必要ないな。デレクの妹には、値札を気にせずなんでも自由に買いそろえてもらうとしよう」

「ああもう、やめて。リストを作るわ」

リアムは立ちあがって言った。「リストはいらない。ぼくが指示する」キッチンを出ていくリアムを追おうとして席を立ったとたん、黒い斑点に視界を覆われた。まずい、倒れてしまう。リアムとデレクの前で卒倒しないように、なんとかしなくては。

よろめきつつ寝室へ引き返し、バスルームに入ってドアを閉めた。そして経験から学んだとおりに、いきなり倒れて頭を打たないよう壁にもたれて座った。記憶がフラッシュバックするあいだ、少しでも頭痛をやわらげようと指で頭皮をもみほぐす。今回は記憶を閉めだそうとはしないで、浮かんでくるのにまかせた。ちゃんと思いだしたい。すると驚くことに、意識を失わずに、両親が言い争っている場面が浮かんできた。高校二年の頃で、その日は遅くまで学校にいるはずが、早く帰ってきたのだ。

キッチンに行こうとして、父と母の言いあう声に足を止めた。

〝こんなにすぐまた出かけてしまうなんてひどいわ〟母が言っている。父がなんと答えたかよく覚えていないが、母は泣いていた。それはよく覚えている。〝ほかに女の人でもいるの？〟母が問いつめる。〝それでもうわたしたちを連れていかなくなったの？〟

動く気配がして、なにがあったのかわからないが、父が苦々しげにささやく声がした。〝まさか、そんなはずがないだろう。どうしてそんな考えになるんだ？　女なんていないさ。きみとララの安全のためなんだよ。二人を守るためなんだ〟

〝どういう意味よ？〟母が声を荒らげて問いつめる。

〝きみはなにも知らないほうが安全だ〟

吐き気がこみあげてきて、便座にかがみこんだ。

ドアをノックする音が聞こえた。「エイミー？　大丈夫か？」

驚くことに、わたしは大丈夫だった。意識も失っていない。気分は最悪だけれど。

ドアが勢いよく開いた。「おい、まいったな」リアムがつぶやきながら、かたわらにしゃがむ。

「来ないで。あっちへ行って、リアム」

「毎回きみはそう言って、ぼくは同じ返事をすることの繰り返しだな。返事はノーだ」リアムは顔にかかったわたしの髪を払いのけて、タオルをさしだした。「もっとジンジャーエールを飲むかい？」

わたしはひからびた喉から声を絞りだした。「ええ、お願い」

「すぐに戻る」リアムが出ていくと、わたしは床に寝そべって天井を見上げた。フラッシュバックの発作で意識を失わなかったのは初めてだ。

吐き気があるにもかかわらず、笑みがこみあげる。わたしは気を失わなかった。

リアムが悪態をついて飲み物のグラスをカウンターに置き、かがんでわたしを抱きあげようとした。

「やめて」彼を制止した。「気分が悪いのが治まるまで、ここにいさせて」

狼狽するリアムの顔に触れて言った。「大丈夫よ」カウンターの上のグラスに目をやる。「ジンジャーエール？」

「そうだ」リアムに手渡してもらうと、すぐに口をつけ、ごくごくと飲んだ。

リアムがグラスを押さえて言う。「落ち着いて。また気分を悪くするぞ」

ふたたび床に横たわろうとすると、リアムは大判の柔らかいタオルを取って、下に敷いてくれた。それからびっくりすることに、もう一枚大判のタオルを横に敷いて、彼も横に寝転がった。「なにが見えるのかな?」天井を見上げて言う。

わたしは自分の笑う声に驚いた。「とても素敵な天井ね」

リアムはわたしの手を取り、こちら側に向いた。「少しは治まったかい?」

うなずいて言う。「ええ、ましになったみたい」

「これについても話しあわないと」

「ストレスのせいよ」

「ぼくらはコンドームを使わなかった」

「検査薬で試したら、陰性だったわ」

「いつ?」

起きあがって座りながら答える。「二週間くらい前」

リアムも起きあがり、わたしの前にしゃがんで膝に手を置いた。「医者を呼んで、きみを診察してもらう」

「お願いだからやめて。これ以上、ほかの人をわたしたちに関わらせないで。誰かに危害が及ぶのはもうこりごりなの」

「じゅうぶんに警戒をする」

「わたしに関わらせたら、その人の命を危険にさらすかもしれないのよ」

「きみと生まれてくるかもしれない子どもの命には替えられない」

まだ見ぬわたしたちの子ども。思わず涙があふれて、顔をそむけた。この地獄に赤ちゃんを生まれさせて、本当にいいの？

リアムの手で優しく顎を持ちあげられ、目を見つめさせられた。彼が親指で涙をぬぐう。「ぼくの子どもを生むのはそんなに怖ろしいことかい？」

わたしは彼の手をつかんだ。「違うわ、そうじゃない。あなたは……わたしたち……わたしは……」目をつぶって涙をこらえる。「わたしたち……」

「話しあわなきゃならないことが山ほどあるな」リアムが言葉を継いだ。「気持ちはよくわかるが、まずはきみが健康になることを考えよう。ベッドまで行けそうか？」

「もう大丈夫よ。治まったから」リアムに手を借りて立ちあがったとたん、抱きかかえられた。

「自分で歩けるのに」

「ぼくも歩ける」リアムはわたしをベッドに寝かせて言った。「ゆっくり休まないとだめだ」

「休んでいるひまなんてないわ。モーテルからパソコンを取ってこなきゃ。あれに調べたことが全部入っているの」

「テラーが部下にきみの荷物を取りにいかせている。今日の夕方には届くだろう」

安堵に包まれた。「ああ、よかった。調べるのに何週間もかけたから」

「ぼくらもいろいろと情報を集めているから、あとで好きに見てくれ。それからじっくり話しあって、計画を練ろう。ただし」わたしの眉から髪を払って言う。「医者を呼んで診察してもらってからだ」

わたしはリアムの手をつかみ、震える声で言った。「わたしに近い関係の人はみんな死んでしまう。赤ちゃんを失いたくないの」

「心配は身体に毒だぞ。大丈夫だ。解決するさ。きみや赤ん坊に危険が及ぶことはありえない。ぼくが約束する」

リアムの熱をこめた断固とした言い方は、わたしだけではなく自分自身をも納得させようとしているのかもしれなかった。彼は身をかがめてわたしの額に名残惜しそうにキスをした。思わず彼の手首を強くつかんでしまう。彼がいなくなってしまいそうで怖かった。

リアムはわたしを抱き寄せて、首筋に顔をうずめてきた。わたしが感じたことを、彼も感じているのだ。わたしがいなくなるのではないかと。彼がわたしの匂いを吸いこむように息をすると、わたしも彼の匂いを吸いこんだ。精悍な男らしい匂いを胸に吸いこむと、エネルギーが回復する気がする。わたしたちふたりは、どちらも迷子の魂。こんなふうに感じるのはもう何度目だろうか。お互いにしっくりと融けあうようでいて、ときに致命的な苦しみを与えてしまう。

リアムは渋々と身体を離して言った。「医者に連絡するよ」

わたしはうなずいた。「わかったわ」

サイドテーブルの電話機を手に取り、リアムは窓辺へ歩いていった。わたしの子どもの父親になるかもしれない男性の姿をじっと見つめた。力強い横顔、堂々とした優美な歩き方、あらゆることをたやすくこなしてしまえる有能さ。わたしたちの関係以外は。そう簡単にいくはずがない。今は窓の外に広がる静かなハドソン川の流れのようであっても、いずれはお互いの情熱と、過去の闇のせいで、翻弄される運命なのだから。

9

一時間もしないうちに、マーフィー医師が到着した。四十代の魅力的な女医で、リアムの話では、おもに著名人や資産家の往診をしているそうだ。翻訳すれば、秘密を守る代わりに高額の報酬をもらっているのだろう。安い診察料しか払えない患者は、秘密を守ってもらえないなんてことになりませんようにと心中で祈った。

わたしはリアムの寝室の窓際にマーフィー医師と座ったが、リアムが室内をうろうろ歩きまわっているのが気になってしかたなかった。マーフィー医師は濃紺のスーツを一分の隙もなく着こなし、赤い髪をきちんと編んで結いあげているのに対して、わたしはブロンドのぼさぼさ髪で、かろうじてファンデーションをはたいただけというありさま。リアムが短剣で切り裂いてしまったので、ブラジャーも着けていない。しかもリアムの大きすぎるシャツとスウェットパンツをまくり上げて着ている。

マーフィー医師はしばしハドソン川の絶景に見入っていた。「この景色を見るのは何年ぶりかしら」微笑んで言う。「アレックスとは長いつきあいで、わたしはすぐとなりに住んでいるけれど、彼の部屋から見るこの眺めはやっぱり格別ね」

「まあ」わたしは思わずつぶやき、いろいろな可能性を想像した。

マーフィー医師はおもしろがるような表情を浮かべた。「あなたが考えているように、アレックスとはとても親しいつきあいだったわ」鞄から血圧測定器を取りだしながら言う。「まずは血圧から測りましょうか」

わたしの腕にベルトを巻いて、マーフィー医師が空気を送りこんでいるあいだも、リアムは後ろで行ったり来たりしていた。マーフィー医師はベルトをはずして言った。

「血圧は問題ないわね」立ちあがって、リアムをひとにらみする。「でもあなたにそうやってうろうろされると、わたしの血圧が上がりそうよ」ドアを指して言う。「出ていてちょうだい」

「ぼくはここにいる」リアムはゆずらなかった。

マーフィー医師は腕組みすると、リアムも顔負けするほど冷ややかなまなざしで警告した。「あなたが出ていくか、それともわたしが出ていきましょうか？」

嵐の海のような瞳の色を引き立たせるブルーグリーンのシャツにジーンズを穿いたリアムは、険しい目つきでマーフィー医師をにらみ返した。「あなたの横暴なやり方は気に入らないな、マーフィー先生」

マーフィー医師は横暴だと非難されてもどこ吹く風で応じた。「気に入ってもらわなくてけっこう。医師であるわたしは、患者さんのプライヴァシーを守る義務があるの」

リアムがこちらを見たので、うなずいて言った。「わたしなら大丈夫よ」

彼は納得できない様子だったが、それでも言った。「すぐ外にいるから、いつでも呼んでくれ」

女性二人だけになると、マーフィー医師は聴診器を取りだして、わたしの心臓と肺の音を聴き、体温を測った。「リアムから聞いたけど、ときどき気を失うそうね」

「六年間で、止んでいる時期もありましたが、最近また起きるようになりました。ストレスで悪化するみたいですが、鍼治療で多少は治まります」

「発作を起こすときはどんなふう？」

「昔の怖ろしい出来事がフラッシュバックするんです。視界に黒い斑点が浮かんで、頭が締めつけられるように痛くなり、意識を失います」

「どれくらいの頻度でそうなるの？」

「何年も起こさなかったんですが、最近は一日に二回ぐらい」

マーフィー医師はひゅうっと息を吐いた。「それは心配ね、もし妊娠しているならなおさらだわ。検査や薬も限られてしまうから」

「MRIとCATは受けましたが、なにも異状はありませんでした」

「どれぐらい前に受けたの？」

「何年か前です」

「それじゃあ、あてにならないわね」医師は口を結んだ。「しばらく治まっていたけど、最近またはじまったと言ったわね？」

「はい。ストレスがきっかけになるみたいで。原因はよくわかりません。妊娠しているかどうか、それと意識を失う発作が赤ちゃんに影響してしまうかどうか、知りたいんです」

「以前に検査を受けたときの診断は？」

「わかりません。ただ薬を処方されて飲むように言われただけなので」

「その薬は飲んだの？」

「いいえ、飲みませんでした」

「どうして？」

薬で思考力が麻痺してしまったら、いざというとき逃げ遅れてしまうから。「飲みたくないので」

マーフィー医師は鞄から採血用のキットを取りだした。「血液を採って調べるわね。妊娠の検査も」

「今すぐ妊娠しているかどうかわかりませんか？」

わたしが言うと、マーフィー医師は小さなプラスティックのカップを鞄から出して、手渡してくれた。「これで採尿すれば、検査紙があるからすぐにわかるわ。先に採血しましょう。今日は金曜だから、月曜に結果が出てくるように、急いで検査機関に送らないと」

検査機関。わたしの名前が知られてしまう。「あの、検査はやめてください」

「あなたの名前は一切出さないわ」マーフィー医師はわたしの不安を察して言った。

「検査もプライベートに行ってもらうから大丈夫よ」

ためらいながら腕をさしだすと、医師はゴムのチューブを巻きつけた。「カウンセリングを受けたことはある？」注射器を用意しながらたずねる。「心的外傷後ストレスの場合、あなたの症状はそうじゃないかと思うんだけど、誰かに体験について話を聞いてもらうことが役に立つかもしれないわ」マーフィー医師はわたしの腕を見た。

「準備はいい？」

わたしがうなずくと、彼女は血管に針を刺した。「考えてみます」そう約束したが、まんざら嘘でもなかった。真相をつきとめるには、必要と思える人には話すべきかもしれない。ただしふつうのカウンセラーだと、その人を危険に巻きこんでしまう。

数分後、検査紙で尿を調べてもらった。

「どうですか?」緊張と不安で、手を揉みしぼりながらたずねた。

マーフィー医師は即答した。「陽性ね」

思わず革のソファの肘掛けにつかまり、その後の医師の言葉はほとんど耳に入らなかった。あと二、三週間はつわりがつづくこと、ビタミン剤を処方するので飲むようにということ、鍼治療には賛成であることなどを言われ、カウンセリングを受けるよう勧められた。血液検査の結果は電話で知らせてくれるそうだ。

マーフィー医師は励ますようにわたしの脚に触れて言った。「わたしはとなりに住んでいるから、話がしたいときはいつでも言ってね」

「あの……ありがとうございます」

彼女は心配そうな顔でまだなにか言いたそうだったが、黙って診察用具を片づけると、部屋を出ていった。

わたしはぼんやりと川の流れを見つめながら、兄が言った言葉を思いだしていた。

おまえには真実は受けとめきれないよ。こっそり聞いてしまった両親の言い争う声。さらに母と見知らぬ男の口論。黒いセダンに乗っていた男。目の前で起きたそれらの出来事を、わたしは見て見ないふりをしていた。そして今、家族はみんな死んで、二度と会えなくなってしまった。

お腹の赤ちゃんが生まれてくるまで、この危険な状況を長引かせるわけにはいかない。六年間、わたしはなにもしないことに甘んじていた。でも今はなにもしないではいられない。それにこの街にいては危険だ。ハンドラーはわたしをニューヨークから逃す手配をしたあとで、おそらく殺されてしまっただろうから。

弾かれたようにドアへ向かい、小走りに階段を下りていくと、リアムとマーフィー医師の話し声が階下から聞こえ、踊り場で足を止めた。

動揺と緊張でじっとしていられず、アーチをくぐってリビングルームに行くと、ソファに腰かけた。しかしすぐに立ちあがり、またどさりと座りこむ。

そこへリアムがアーチをくぐって現れた。彼の姿を見たとたん、一気にいろいろな感情が胸にあふれた。長身で威圧的で、優美さと力を第二の皮膚のように自然に身にまとっているこの男性が、お腹の赤ちゃんの父親なのだ。

わたしはリアムに駆け寄り、腕をつかんだ。「ニューヨークを離れろと警告されたの。この街を出て、どこかべつの場所へ行かないと。それから真相を突きとめて、わたしはこの状況を終わらせる。絶対にそうしなきゃならないの」

「二人で、だろう、エイミー。きみはもう一人じゃないんだ。誰がニューヨークを離れろときみに言ったんだい？」

「六年前にわたしの命を救ってくれたのと同じ人よ」

「それは誰なんだ？」

「わからないの」

リアムは思案げに唇を結んだ。「座ってちゃんと話してくれないか」彼はわたしを座らせて、前にしゃがみこんだ。「その謎の人物について話してくれ。きみがその人物を信頼するわけも聞きたい」

もうためらいはなかった。今やわたしたちには守るべき命があり、いつまでも逃げてばかりはいられないのだ。「火事のあと病院に入院していたら、電話がかかってきたの。男性の声で、今すぐ病室を抜けだして裏口へ来ないと、きみも殺されると言われたわ」

「それで言われたとおりにしたんだな？」

「まだ十八だったし、ショックでなにも考えられなくて」

「わかるよ、ベイビー。きみを非難しているんじゃないんだ。その反対だよ」

「両親は何者かに殺されたのよ」身体の震えが止まらず、やっとのことで言った。

「どうしてそう言い切れる？」

「いろいろと妙なことがあったから」

「妙なことというのは？」

「父と母のどちらか、あるいは両方とも、浮気しているんじゃないかと思えるふしがあった。それに兄はなにかのトラブルを抱えているみたいで、でもわたしは真相を受けとめきれないだろうって言われたわ」

「それはいつ頃？」

「火事が起きた日の数日前」

リアムはしゃがんだまま身体を反らして言った。「その見知らぬ男と病院の裏口で落ちあって、それからどうした？」

「彼は現金とパスポートと指示を書いたメモをくれたわ。話したのは五分ぐらいで、それからわたしだけタクシーに乗せられて、その後は一度も会っていないの」

「どんな人物だったか覚えているかい？」

わたしは首をふった。「フードをかぶっていたし、外は暗かったから」

「メモに書かれた指示の内容は?」

「オースティンのホテルに二、三日泊まって、航空券と新しい身分証が届くのを待つようにと書いてあったわ」

「エイミー・ベンセンの身分証だね?」

「違うの。あなたと出会う前、もう大丈夫だと油断して、幸せな自分だけの人生を送りたいなんて思ってしまって、美術館の仕事を見つけたんだけど……それが……」

「気持ちはわかるよ。それで?」

深呼吸して、話をつづけた。「初めてあなたと出逢った夜、ある知らせを受け取ったの。見つかってしまったから、逃げなくてはいけないって」

「連絡してきたのが同じ人物だって、どうしてわかったんだい?」

「手順が最初のときと似ていたし、それから……」

「それから?」

一瞬ためらったが、直感を信じることにした。「例の人物はわたしにある刺青を見せて、連絡するときは必ずこのシンボルを記すって言ったから」

「その知らせには約束したシンボルが記してあったのか?」

「ニューヨークで受け取った、デンヴァーへ行けというメモには記されていたけど、そのあとの連絡にはなにも記されていなかった。生活費も振り込むと書いてあったのに、入金はなかった。彼の身になにかあったんじゃないかと思う。おそらく殺されてしまったのかもしれないわ」

リアムはてのひらで顔をこすった。「指示が書いてあるメモをすべて見せてくれないか」

「ほかの私物と一緒にモーテルに置いてきてしまったわ。ふだんは持ち歩いているけど、食堂では不用心だから」

ポケットから携帯電話を取りだして、リアムは言った。「もしもし、テラーか？　モーテルのエイミーの荷物が、いつ頃届くかわかるか？」一瞬、耳を傾ける。「すぐ必要なんだ。それを見ればなにかわかるかもしれない」リアムは通話を切った。

「こっちへ向かっているそうだ」

「ありがとう」わたしはリアムの手を握った。「少しずつ記憶が戻ってきているの。テキサスへ行けば、もっと思いだすと思うわ」

「それはだめだ。危険すぎる」

「追われるだけの生活はもうこりごりなのよ。今度はこっちが追う側になってやるわ。それに、家族にお別れも言いたいし」つい声がくぐもる。「お葬式にも出られなかったから」

リアムはわたしの顔を包んで言った。「今はあきらめるんだ、ベイビー。安全になってから行こう」

「待っていられないわ、一刻も早くこの状況を終わらせたいの。このままじゃ、安心して赤ちゃんを生めないもの」

リアムは驚愕した。「じゃあ、本当なのか？　妊娠しているんだね？」感極まった声で言う。

「マーフィー先生から聞いたのかと思っていたわ」

「いいや。教えてくれ、きみからじかに聞きたい」

「妊娠しているわ。わたしたちに赤ちゃんが生まれるの。だからこそ――」

リアムはキスでわたしの口をふさいだ。昂ぶった想いが重ねた唇から苦しいほど伝わってきて、彼のシャツにつかまった。リアムは唇を離すと、額を重ねてささやいた。

「ぼくの子がきみのお腹にいるんだね」

わたしはリアムの頬に触れた。「ええ、そうよ。あなたとわたしの赤ちゃんよ」

リアムはわたしの手を包み、その瞬間、彼のなかでなにかが変わり、そのかすかな緊張感がしだいに大きくなるのがわかった。

「リアム？」張りつめた雰囲気を感じて、表情をうかがおうとすると、リアムはわたしの手を離して立ちあがった。

苦悩のまなざしでわたしを見下ろすリアムの様子に、わたしの妊娠のことに違いないと思った。

リアムは首をさすり、窓のほうへ歩いていく。ふいに背中を向けられて、拒まれたような気がした。わたしは愕然として、彼がたとえたヘッドライトに怯えた鹿のように、どうすればいいかわからず、その場を動けずにいた。

「きみの言うとおりだ」リアムはふり向いて言った。

「わたしの？」喜んでくれるものと思っていた子どもの存在を拒まれて、動揺と傷心に声がかすれてしまう。

「ニューヨークを離れたいと言っただろう。きみの言うとおりだ。ここを離れよう。どこか遠いところへ行方をくらまそう」

「なんですって？」わたしはあっけにとられた。「気づかれないように敵をつきとめるというのならわかるけど、行方をくらましたら解決にならないわ」

「可能なかぎり安全な秘密の場所にきみを隠す」

「リアム」わたしは彼に近づいて、胸に手をあてて懇願した。「ちゃんと話しあいましょう」

「話はきみを完全にかくまってからだ」

「わたしが妊娠したとわかって、過剰に反応する気持ちはわかるけれど、それではなにも解決できないわ。動物みたいに隠れ住みながら、子どもを育てるなんて」けれどもリアムはそれを望んでいるのだ。目を見ればわかる。「わたしは反対よ」

「きみのお腹にいるぼくらの子どもを安全に生むことこそ、今もっとも大事なことじゃないか」

「わたしたちの子どもが狙われる前に、この事件を解決することこそ重要だわ。わたしはそのつもりよ」

「ぼくが解決する。きみと赤ん坊はどこか安全な場所にかくまっておく」

「わたしが人生を取り戻すのを手伝ってくれるって言っておきながら、結局はあなたが管理したいのね」

玄関のベルが鳴り、リアムはいらだちのうめき声をもらして、わたしの肩をつかむと、柱に背中を押しつけた。「きみは大切な女性で、ぼくの子を身ごもっている。これは話しあいの問題じゃない。ぼくのやり方に従ってもらうよ」そう言い放ち、彼は背を向けて部屋を出ていってしまった。

10

わたしは唖然として、リアムの背中を見送った。ぼくのやり方？　本気でそんなことを言っているの？　一緒に乗り越えようって言ったのに、いきなり命令しはじめるなんて。

なにが正しい判断か、ということ以前の問題だ。今のわたしにはなにが正しいのか、間違いなのか、本当にわからない。ただしこれだけは言える。話す代わりに命令するのは完全にリアムが間違っている。今すぐ正さないかぎり、わたしたちの関係はおしまいだ。

リアムが玄関に出る前に呼びとめるつもりで追いかけたが、間にあわなかった。ホールに近づくと、テラーとデレクがリアムと話す声が聞こえて、わたしは身体の脇で拳を握りしめた。テラーがわたしの荷物を届けてくれたのはありがたかったが、なぜデレクまで来たのだろう？

わたしはリアムに対する怒りの言葉をひとまず呑みこみ、まわれ右してリビングへ引き返した。後ろから響いてくるリアムの威圧的な深い低音の声も、今度ばかりは心を静めてはくれない。横暴な態度に反論したい気持ちでいっぱいだった。

テラーとデレクの前で怒りを爆発させてしまわないように、キッチンへ行った。感情の起伏が激しいのは空腹のせいかもしれない。けれども冷蔵庫を開けると、哀しくなるほどなにも入っていなかった。しばし待ってみたが、三人とも現れないので、食料棚をあさり、オレオ一袋を見つけ、グラスにミルクを注いで、テーブルへ向かう。誰かがキッチンに入ってきたら見える位置に座り、クッキー六枚をミルクで流しこんだが、胃はびくともしなかった。どうやら赤ちゃんは甘い物好きのようで、この先の健康とウエストラインが思いやられる。けれども、ともかく食べ物を胃に収められたのはよかった。

もう一枚、クッキーを食べようとしていると、デレクとテラーは帰ったのかもしれないというわたしの希望を裏切り、三人の男たちがぞろぞろと入ってきて、わたしとクッキーを交互に見た。男性ホルモンのかたまりのような大男たちに見つめられ、また感情が爆発しそうになる。たいていの女性はこの三人の男性を大歓迎するだろう。ただし今のわたしみたいにクッキーをがっついているときはべつだ。

リアムと目をあわせないようにして、食べかけのクッキーをテーブルに置いた。リアムが〝おれ様に従え〟的な態度を見せてきたら、すぐに応戦できるように、舌を自由にしておかなくては。

目の前の大男三人と、しばし無言のにらめっこがつづいた。息づまるような数秒がすぎていき、かれらはわたしから口火を切るのを待っているらしいと気づいた。わたしがかんしゃく玉を爆発させる危険があることを、リアムが二人に警告したのだろう。けれどもこちらも感情を抑制するすべは長年の経験でいやというほど学んでいる。

わたしは三人に手をふった。「ハイ」

その瞬間、張りつめていた緊張感が一気にゆるみ、三人の男たちの全身から力が抜けるのがわかった。いや、正しくは二人だ。リアムだけは不動の姿勢で、わたしが彼と目をあわせるのを待っている。それでもかたくなに彼のほうを見なかった。

「ぼくもそれ、もらおうかな」デレクがフォルダーをテーブルに置いて、椅子に腰かけると、クッキーの袋に手をのばした。わたしの空のグラスを持ちあげて言う。「ぼくが流しこむぶんも残ってるよね？」

デレクはブロンドの髪をきちんととかしつけ、いつものスーツの代わりにダークブルーのジーンズと白いポロシャツを着ている。デレクの妹にわたしの買い物を頼んだとリアムは言っていたが、彼が来た理由はそれだけではない気がした。

リアムは冷蔵庫へ行き、ミルクを持ってきて、わたしのグラスに注いでくれた。平気で横暴な君主のようにふるまうくせに、優しい気遣いも示せるところが、いっそうしゃくに障る。彼と目があった瞬間、いつものごとく視線でつながり、彼のすべてが胸に飛びこんでくるような衝撃を覚えた。「ありがとう」小さくお礼を言う。

「クッキーなんかじゃ足りないな」テラーが不平をもらしつつ、デレクのとなり、わたしのはす向かいに腰かけた。「デレクの妹がきみのために買いこんだ袋の山を運ばされて、腹ぺこだよ」

「リアムがぼくの妹にきみのものを買うように頼んだんだ」わたしが口を開く前に、デレクが説明した。「妹は買い物となると超人的な力を発揮するからね」

ふだんはリアムがわたしのために浪費するのが悩みの種だが、今はそんなことを気にしてはいられなかった。「妹さんを巻きこまないで。危険な目に遭わせたくないの」

デレクは軽く笑い流した。「妹は、もともと買い物好きだから、欲しいものがあったら、どんどん頼んでくれ。妹がいくら爆買いしても誰も不思議に思わないから、心配はいらないよ」

リアムがダッフルバッグをテーブルの上に置き、わたしは見慣れない荷物に驚いて、彼を見あげた。「これはなに？」目があった瞬間、磁石のように、川の流れのように、吸い寄せられるのを感じた。

「モーテルの部屋にあったきみの荷物だ」

わたしは眉をひそめてテラーを見た。「どうしてわたしのスーツケースごと持ってこなかったの？」

テラーはけげんそうな顔で答えた。「スーツケースなんかなかったが」

「あったはずよ」不吉な予感に駆られ、ダッフルバッグの中身を確かめると、数枚の服と化粧品類しか入っていなかった。やっぱり。

「なにが足りないんだ？」リアムがたずねる。

わたしは首をふり、椅子に座りこんだ。「あなたに話したことに関係するすべてよ。書きためたノートも、何週間もかけて調べたわたしの過去に関する資料も、全部ないわ」

リアムはダッフルバッグをどけて、わたしの向かいに腰をおろした。「ぼくらが集めたデータから必要な情報を拾い直そう。すでにこちらで情報はそろっているかもしれない」

「あなたに話した例のメモは再現できないわ」

テラーが毒づき、首筋をさすりながら言った。「すまない、エイミー。部下の話では、部屋が荒らされた様子はなかったので、ほかに侵入者はいないものと思ったそうだ。例の殺害された私立探偵がわれわれと接触する前の動向を調査しているので、そこからなにか手がかりが得られるかもしれない」

「どんな情報もありがたいわ。それにあなたのせいじゃない。大事な手がかりになる資料をつねに持ち歩かなかったわたしが悪いのよ。考えが甘かったわ」

「大丈夫——」リアムが口を挟む。

「いいえ」わたしは彼をさえぎって言った。「大丈夫なんかじゃない。いい加減ななぐさめを言うのはやめて。この深刻な状況を直視しなきゃ。あのメモがあれば、ハンドラーが誰なのかを確かめることもできたのに」

「ハンドラー？」リアムとテラーが同時に訊き返した。

ため息がこぼれた。わたしにはコミュニケーション力が欠如しているようだ。「わたしを逃がしてくれた謎の人物のことをそう呼んでいるの」

「刺青のある男のことかい？」デレクが訊いた。

愕然としてリアムを見た。「あなただけに信用して打ち明けたのよ」

わたしの怒りに対して、リアムは謝る気配すらなく、瞬きひとつしなかった。「デレクの従兄弟はＦＢＩに勤めているから、連邦捜査局の極秘データベースにアクセスして調べられるんだ」

「手紙やメモが残っていれば可能かもしれないけど」わたしは言った。「手元にないんだもの」

「再現できるかい？」わたしの不信感を気にもとめずに、デレクがたずねた。リアムが信頼する仲間なら、わたしも信じるべきなのかもしれない。

「できると思う」うなずいて言った。「図書館で調べたけど、なにも見つからなかったわ」

デレクは紙とペンをわたしにさしだした。「連邦捜査局の膨大なデータベースで照合すればなにかわかるかもしれない」

かすかな希望が芽生えるのを感じ、刺青のデザインを思いだして、可能なかぎり正確に三角形と中央の奇妙な記号を描いた。出来映えを確かめると、デレクのほうに向けて紙をさしだした。「こんな感じよ」

リアムがテーブル越しに紙を手に取って眺め、歯を食いしばった。冷徹なブルーの瞳をわたしに向ける。「このデザインとぼくの刺青に共通するのは、三角形ということだけだ。なんのつながりも、意味もない。それはきみもわかるだろう？」

あまりの単刀直入さに驚きながらも、うなずいた。なんて裏表のない人なのだろう。

「ええ」

リアムは硬い表情でさらに言った。「本当に？　納得しているようには見えないが」

「本当よ。わかっているわ」

それでもなおリアムはわたしの顔から決して目を離そうとしなかった。「それならよかった」テラーが言って、わたしが絵を描いた紙を見た。「おれも心当たりはないな」

「ぼくもだ」デレクが言う。「従兄弟にも見せて訊いてみよう」

リアムはデレクのほうを向き、テーブルを軽く叩いた。「頼んでいた書類は持ってきてくれたか？」デレクがホチキスでとじた書類の束をフォルダーから取りだして見せると、リアムはわたしを示して言った。「エイミーに渡してくれ」

わたしはなんだかよくわからないまま、書類を受け取った。「ぼくとアレックスの旅行の記録だ」リアムは説明した。「ぼくたちときみの家族とのあいだになんのつながりもないことを確かめてもらいたい」

「こんなことまで頼んだ覚えはないけど」

「きみが必要ないと思えば、無理に目を通さなくていい。きみの生い立ちに関する調査も必要なければ見ないでいい。きみの人生なんだから」リアムが慎重に言葉を選んで話していることが表情からうかがえた。「きみやきみの家族と関わりのある人物をすべてリストにして、疑わしい点があるかどうか調べてある。とくに関係がありそうな人物はいないようだが、きみなら心当たりがあるかもしれない」

「そうだといいけど……」ふと、黒いセダンの男と母が言い争っているとき、ルークと一緒に茂みに隠れて見ていたことを思いだし、はっと顔を上げた。ルーク。そうだわ、ルークと話をしなきゃ。

「エイミー？」リアムが心配そうにたずねた。

瞬きして彼のほうを見ると、急いで思いだしたことを話した。「テキサスにいたとき、となりにルーク・ミラーという男の子が住んでいたの。父と兄が留守のときに、彼が真夜中に会いにきて、ポーチで話していたら、黒いセダンが私道に入ってきて、家の横に停まって。そうしたら母が玄関から出てきて、車のほうへ駆け寄っていった。わたしたちは茂みに隠れて、母と黒いセダンの男が言い争うのを聞いていた」

「なにを言い争っていたんだい？」デレクが訊いた。

「いつも同じ返事ばかりで情けないけど、わからないの。声をひそめていたから、よく聞こえなくて」わたしは深呼吸をして、本当だとは思いたくない事実を正直に話した。「でも身ぶりや感情的なやりとりから、二人にはなんらかの私的な関係がありそうだった」

リアムは眉を上げた。「不倫？」

はっきり認めたくなくて、わたしはしかたなく肩をすくめた。

デレクが咳払いして言った。「無神経なようだが、これは言っておくべきだと思う。従兄弟なら、殺人事件が起きたら、その家庭の様子と寝室をまず調べろと言うだろう。その男が手がかりを握っていそうだな」

「あなたの推測はもっともだと思う」デレクに言った。「でも父と兄がなにかのトラブルに巻きこまれていたことも確かなの。訊かれる前に言っておくけど、証拠があるわけじゃなくて、兄から遠まわしに警告されたことや、父と母が口論しているとき、わたしたちを守るためなんだって父が言っていたことから、あくまで推測しただけだけど」

「自分の直感には耳を傾けるべきだよ、ベイビー」リアムが穏やかに諭した。「直感はきみを裏切らない」

「その直感が、ルークと話して、あの晩のことを訊けと言うの。でもわたしは死んだことになっているなら、どうすればいいのかしら」

「おれが訊こう」テラーが言った。「有名な考古学者だったきみのお父さんについて記事を書いている記者のふりをする。きみが知らないことを、どうしてその青年が知っていると思うんだ？」

「わたしはその男の顔を見ていないけど、ルークは私道から帰っていったから見たかもしれないわ」

「そのときのことを彼とは一度も話さなかったのかい？」リアムがたずねた。

「たまたま大学から帰省していたときで、その晩を最後に彼とは別れてしまったから」

「ミラー、ミラー」デレクが記憶をたぐるように繰り返した。「その名前、見覚えがあるな」フォルダーを開いて、人物のリストと思われるページをめくっていたが、ふいに表情をこわばらせた。「彼に関する報告が載っている」

不吉な予感に襲われた。リアムが用心深くたずねる。「どういう意味だ？　報告とは？」

デレクはリアムに一枚の紙を見せた。リアムは無表情でゆっくりと目を通し、いきなり立ちあがった。「上へ行って話そう、エイミー」

周囲がぐるぐるまわるような気がした。わたしはテーブルに手をついて立ちあがった。「ルークは死んだのね？　わたしに関わることのせいで」

リアムはなにも答えず、表情からはなにも読み取れなかった。

「教えて。ルークは死んだの？」

リアムが短くうなずく。「死んでいる」

「いつ？　原因は？」

「きみの家が火事になった半年後に、交通事故で」

「でも本当は事故じゃない、そうよね？」声の震えをどうすることもできなかった。

大男三人に取り囲まれて、心配そうに顔色をうかがわれていると窒息しそうな気がして、テーブルを離れると、キッチンを抜けて、階段を上がり、寝室へ向かった。上階は真っ暗で、背筋を冷たいものが駆け下りた。

窓のないトンネルのような廊下は、まだ行ったことのない棟へとつづいている。未知は苦手だ。知らないこと、わからないことのせいで、何度痛い目に遭ってきたか。肩越しにふり返り、威圧的で怖いもの知らずのわたしのあの人が来てくれないかと思った。

わたしの人。リアムのことをそんなふうに思うなんて。

もつれた感情をふり払い、前に向き直って電灯のスイッチを探した。けれども見つからず、あきらめて寝室のドアを押し開けると、大きな窓から黄昏の陽射しが室内を暖かな色に染めていた。

動悸をこらえて壁にもたれ、見知らぬ何者かが襲いかかってくるのではないかと目を配った。不安を払うように髪をかきあげる。強迫神経症ぎみなのかもしれない。この邸は安全だ。殺されたのはルークで、わたしではない。わたしと関係のある人々がみんな殺されたように、彼も殺されてしまった。初体験の相手としては最悪で、もう口もききたくないと思っていたけれど、そんなことは関係ない。まだ若く、これからというときに彼が命を絶たれたことに責任を感じないではいられなかった。

以前は危険を逃れて身を隠すことこそ、賢明なやり方だと思っていた。でも私立探偵もルークも殺され、ほかにも命を奪われた人がいるかもしれない。たった十八でなんの知識も頼れる人もないまま、見知らぬ敵を相手に闘うことなど不可能だったとはいえ、わたしのせいで、罪もない人々が巻き添えにされてしまったのだ。

新しい命が宿った腹部に手をあてる。この子を守るのはわたしの責任だ。それでも失った過去を取り戻すには、やはりテキサスへ行くしかないだろう。まだ見ぬわが子もろとも、殺されてしまうかもしれない。リアムも巻き添えになって死んでしまうかもしれない。

階段を上がってくる足音がして、リアムが部屋に入ってきた。「リアム」わたしは彼の名をささやき、そばへ寄った。この人とは見えない絆で結ばれている。支配的で傲慢な一面もあるけれど、本当に大切な人。魂のかたわれと呼ぶべき人だ。

リアムに腰を抱き寄せられると、そのぬくもりと感触になにもかもゆるしてしまいたくなる。わたしの意志を無視して独断的なふるまいをしたこともすべて。「ちゃんと話しあいましょう」

「頭ごなしに決めつけてすまなかった」リアムはすぐさま本題を切りだした。「じゅうぶんわかっている。だが、今の話を聞いた以上は、テキサスへ行くのは自殺行為に等しい」

わたしは愕然とした。「さっきの主張を変える気はないってこと?」

「ぼくは謝っているんじゃない。現状を説明しているんだ。きみと赤ん坊は絶対に死なせない」

「わたしたち二人の赤ちゃんよ。わたしと赤ちゃんをあなたの所有物みたいに扱わないで。その違いを理解できないなら、本当の意味でわたしはあなたのものにはならないわ」

リアムはわたしの両手をつかみ、瞳を燃え立たせて言った。「きみはぼくのものだ。

どんな名前を名乗ろうと、どこへ逃げようと、きみはぼくのものだ」

彼の言葉が胸に深く切り込んできた。「残念だわ、リアム。今、わたしが求めているのはそういうことじゃないって、わかってくれたと思っていたのに」

「きみの隣人まで殺されたんだぞ、ベイビー。それで目が覚めたよ。きみがぼくのものであるからには、きみを守るのがぼくの役目だ」リアムはわたしの背中を抱き、腰をぴったりと引き寄せた。「そしてあらゆる創造的なやり方で、きみにぼくの名前を叫ばせることも」

強引な宣言に脚がわなないた。「わたしがあなたのものだっていくら言葉で言っても、そのとおりにはならないわよ」

「そうかな？」わたしの頬や唇にかすめるようなキスをし、てのひらで胸を包んで乳首をこすり、ウエストのひもをほどきはじめた。「絶対に？」

「ええ」リアムの手がシャツの下に入りこみ、素肌に触れると、ブラジャーをつけてないことを思いださせられた。

「そうは思えないが」落ち着き払った傲慢なまなざしでささやくリアムがしゃくに障り、蹴りつけたいと同時に口づけたくてたまらなくなる。彼はわたしの脇腹を撫であげ、ふたたび胸を包みこんだ。

わたしの身体ごと彼のものだと言わんばかりに、荒々しくエロティックに胸の先をいたぶられ、純然たる降伏のうめき声を押し殺して、彼の肩に指を食いこませた。

リアムが身をかがめると、魅惑的な男らしい香りに鼻腔を満たされた。彼が官能的な唇で耳をくすぐり、柔らかな耳たぶにそっと歯を立てる。「きみはもう一人じゃないと言ったはずだよ。それを忘れないでほしい。もう一度、言うぞ。きみは一人じゃない、そしてきみはぼくのものだ。まだそれがわからないのなら、今ここで、もう一度はっきりと宣言する」

目をきつく閉じて、返事をしようとするが、首筋を這ういまいましいほど巧みな唇に気をそらされて、全身に伝わる甘い戦慄になすすべがなかった。羽根のように軽いキスを唇に浴びせられ、彼のシャツにしがみついた。リアムがささやく。「ぼくのものだ」抵抗する間もなく、彼がTシャツをたくしあげ、頭から脱がせて、放り投げてしまった。

リアムはわたしの両手首をつかんで、頭上の壁に押しつけた。「動かしていいと言うまで、そのままの姿勢でいるんだ」

「どうしてこんなことをさせるの？」裸の胸を突きだした姿勢を強く意識しながら、わたしは言った。心もとないと同時にあられもない姿をさらけだしていることに興奮も感じる。リアムはその裏腹な心理を心得ているのだろう。

欲望にかげったまなざしで、彼はとりつくしまもなく言い放った。「きみが選ぶんだ。すべてはきみの選択しだいだよ」

「さっきはあなたのやり方でやるって言ったじゃない。わたしに選択権はなかったわ」

「きみを絶対に死なせないということに関しては、たしかにきみに選ぶ余地はない」

驚いたことにリアムはいきなりわたしを後ろ向きにさせて、頑丈な壁に両手をつかせると、スウェットパンツを引き下ろした。冷たい空気がヒップに触れて、息をのむ。リアムがしゃがんで、わたしのテニスシューズを脱がせても、もはや抵抗する気は失せていた。わたしは全裸で壁に手をつき、彼は完全に服を着て、この場を支配している。リアムは後ろからわたしの両手をつかむと、頭上に上げさせた。壁にぶつからないように、手をそのままの位置に保っておくしかなかった。倒れるなら、リアムの胸に倒れたい。逃れたいものはたくさんあるけれど、彼から逃れたいとは思わなかった。

リアムが大きな身体で背後から覆いかぶさってくると、硬く屹立したものがヒップに押しあてられた。後ろから乳房を揉まれ、乳首をつままれて、脚のあいだが熱く湿り気を帯びて疼いた。彼が官能的な手つきでヒップをつかみ、耳元でささやく。「最初からきみをずっとベッドに縛りつけておけばよかったよ。そうすればきみは絶対的にぼくのものだ。舐めたり、キスしたり、おとなしくぼくのものになろうとしないときは、罰を与えることもできる。きみの可愛い尻を叩くのもいいな」

11

お尻を叩く？　仰天してふり返ろうとしたが、リアムに手首をつかまれ、易々と押さえこまれた。後ろからぴったりと抱き寄せられて、乳房を揉まれる。「大丈夫だ、ベイビー」耳元で彼がささやく。「きみからお願いされないかぎり、尻を叩いたりはしないよ」

倒錯的なことを言われているにもかかわらず、うなるように深く響くリアムの声に怖いくらい興奮した。「そんなこと、お願いするわけがないでしょう」

「痛みを与えるのが目的じゃないんだ、ベイビー。倒錯した官能的な悦びによって、ほんのつかの間、完璧な現実逃避をするためだ。きみはぼくのものになり、全面的に信頼して身を預ける。誰も知らない、完全に二人だけの世界だ。きみもそれを必要としている。ぼくたち二人にとって、必要なことなんだよ」

リアムの言葉を聞いて、叩かれることへの恐怖心は霧消した。ええ、そうよ。心のなかでささやく声がする。わたしはそれを求めている。わたしを奪って。あなたのものにして。リアムにふり向かされて、きつく閉じていた目を開けた瞬間、青い瞳に魔法をかけられたように囚われ、濃密な空気に包みこまれる気がした。彼はわたしの頭の脇に拳をついて、優しい表情でさらに言った。「でもなによりも必要なのは、お互いの存在そのものだ。エイミー、元気で生きているきみが、ぼくのベッドに、ぼくの人生にいてくれることなんだよ。きみがぼくの所有物でないことはむろんわかっているが、きみを失うと思うと耐えられない。ぼくの想像をはるかに超えたやり方で、きみという女性はぼくを変えてくれたんだ」

気がつくとふたりとも裸で、ほかの誰にも見せたことのない生まれたままの姿をお互いにさらけだしていた。リアムの瞳に湛えられた誠実さ、苦悩と怖れ、傷つきやすさが、わたしの胸に語りかけ、魂と魂が響きあうのを感じた。その瞬間、ふと彼が仕掛ける性のゲームや支配的な欲求がわたしにも理解できた。すべてがとらえがたく、ばらばらになってしまいそうななかで、彼はそういう行為によって自分を保とうとしているのだ。

わたしはリアムの首に腕を巻きつけた。「あなたの言うとおりだわ。わたしたちはお互いを必要としている。あなたが必要よ、リアム、でも――」

「では、なしだ」リアムはわたしのうなじに手を滑らせて、唇を引き寄せた。「もう一度言ってくれ。きみが言葉にして言うのを聞きたい」

堂々とした傲慢そうな外見とは裏腹に、承認を求める傷つきやすい一面が垣間見えて、胸を締めつけられた。リアムもわたしを必要としているのだ。「あなたが必要よ、リアム」

「それさえ聞ければなにもいらないよ、エイミー。きみはぼくのすべてだ」

リアムの唇が重ねられ、舌が入ってくる。それに応えてわたしも舌を挿し入れた。舌が官能的にからみあうと、お互いのあいだでなにか熱いものが爆発する気がした。ただ唇をあわせただけではない、炎がほとばしるような口づけだった。無我夢中でお互いの身体をまさぐり、彼がわたしの首をかき抱き、わたしは彼の腰に脚を巻きつけた。

壁に背中を押しつけられ、リアムがズボンを膝に絡みつかせたまま、濡れた脚のあいだに滑りこみ、いっぱいに広げながら奥深くまで入ってきた。彼をなかに感じて、わたしはあえいだ。額をあわせて——ふたりのあいだではもうおなじみとなった親愛のしぐさだ——お互いに熱く昂ぶり、甘美な絆を確かめあう。

「あなたはまだ全部脱いでないじゃない」わたしはささやいた。

「このつぎは逆のやり方をしよう」リアムの約束につい吹きだしてしまう。リアムがわたしを壁から離して抱きかかえたので、彼のものがいっそう深く入ってきて、うめき声がこぼれた。

リアムの首にしがみつきながら、一瞬、重たくないだろうかと気になったが、セクシーなうなり声とともに深く貫かれて、なにも考えられなくなってしまった。彼の首筋に顔をうずめて、突き入れてくる彼の腰の動きだけを感じた。いつのまにかベッドに仰向けにされて、両脚を肩に担がれ、時間の感覚がなくなるなかでお互いの身体が刻むリズムだけを意識する。ああ、そう、そうよ。もっと奥まで突いて。もっと強く、もっと速く。

甘美な素晴らしい瞬間を予感して、秘部が引き締まる。「リアム……わたし……もう……」彼が身をかがめてキスをし、いっそう誘惑的に速く強く突いてくる。そしていともたやすく、絶妙のタイミングでわたしを頂にのぼりつめさせ、痛いほど激しい悦楽の奔流のなかで砕け散らせた。ブランケットを握りしめて、怒濤のような快感に耐えていると、波は引いていき、荒々しい自分の息遣いが聞こえた。

リアムはまだ達していない。全身を震わせて深々とわたしを貫いてのぼりつめる瞬間の彼の猛々しい獣じみた表情は、今まで目にしたなかでもっとも美しいものだった。

激しく消耗しつつも、彼はわたしを押しつぶさないように気遣いながら、ぐったりと倒れこんだ。

しばしどちらも無言だった。言葉を交わさなくても、お互いに満ち足りていた。やがてリアムはわたしの脚を腰に巻きつかせたまま、身体を起こした。

バスルームへ入ると、自動で照明がつき、リアムはわたしをカウンターに座らせて、自分のものを引き抜き、脚のあいだにタオルをあててくれた。

そしてわたしの頭を包み、親愛のしるしに額をあわせる。わたしは広くて逞しい胸に顔を寄せて、彼の匂いを吸いこみ、よりいっそう親密さと絆が深まったのを感じた。

「さっきの話だが」リアムが切りだした。

「もういいのよ――」

「いいや、よくなんかない」リアムは身体を離して、わたしを見つめた。瞳をのぞきこむと、虎視眈々と彼のまわりを泳ぐ鮫たちが見えるような気がした。「ぼくは最低の男だ」

「わたしを心配して言ったことだし、いきなり父親になると聞かされて動揺するのも無理はないわ」

「エイミー、きみはぼくに親父よりましな親になるチャンスをくれたんだ」

思いもよらない返事にわたしはふいを突かれた。「ああ、リアム――」

「聞いてくれ、ベイビー」リアムはわたしの裸の胸をちらりと見て、紺色の綿のバスローブを取り、肩にかけた。「きみが裸だと、どうも話しにくい」

頬を熱くしながら、わたしが袖に手を通すと、リアムは前をあわせてベルトを締め、結び目をそっと撫でた。

やがて大きく息をつくと、ためらいを払いのけるようにして、彼は話しはじめた。

「子どもの頃、親父はいつも酔っぱらって、母を殴っていた」

衝撃的な告白に驚いて、なぐさめの言葉を言おうとしたが、同情はよけいに彼を傷つけるだけだと気づき、代わりに問いかけた。「あなたも殴られたの？」

「いいや、ぼくは殴られなかった。まだ幼い頃は、親父が暴れているあいだ、じっとクローゼットに隠れていた。少し大きくなると、親父に怒鳴り返して、殴りかかろうとしたが、母にとめられた。まだ八歳のぼくが親父の力にかなうわけがなく、怪我をさせまいと母は必死だったんだ。その後、ありがたいことに親父は家を出たきり、帰ってこなかった。母にとっては人生で最良の出来事だった。ところがぼくが十三のとき、ある晩いきなり帰ってきた親父を、母はベッドに迎え入れてしまい、翌朝また暴力がはじまった」リアムは苦しげな表情で過去を思いだしながらつづけた。「当時はすでに身長が百八十あったし、それまで堪え忍んできた怒りがついに爆発して、思い切り親父を殴り飛ばしてやったよ」

つらい幼年期を乗り越えてきた勇敢な十三歳のリアムを誇らしく思った。「それでどうなったの？」

「親父は出ていき、きっぱりと片がついた。今日、自分のやり方でやると言ったのは、その当時の記憶がよみがえったからなんだ。あのとき、親父に立ち向かったことは正しかった。今、きみを安全にかくまうことも正解だと思っている。親父から教わったただ一つの役に立つ教訓は、結局ぼくはなにもできないということだ。それでも自分の本能を無視するわけにはいかないんだ」

「六年間も逃げ隠れしてきたわたしとは大違いよ」

「違う。きみは勇敢に生き延びてきたんだ」

「生き延びるだけではじゅうぶんじゃない。前にもこの話はしたと思うけど」

「きみは生き延びて、ぼくのもとにたどり着いた。これからはぼくに頼っていいんだ」

わたしは首をふった。「なにもしないで、あなたになにもかも面倒を見てもらうことなんてできないわ。たとえそうしたくても、わたしの存在は災いであると同時に、この事件を解く鍵なんですもの」

リアムは硬い表情で歯を食いしばった。「テキサスへは行けない」

「あなたの言い分はよくわかる」うなずきながら、失望が声ににじむのを隠せなかった。咳払いしてつづける。「でも一生、怯えて隠れ住みながら子どもを育てるなんて無理よ」

「一生隠れていろとは言っていないさ。しかしこの二十四時間で、多くのことが明らかになった。たとえば敵は、じゃまな人間をかたっぱしから殺すのをためらわない。それに向こうもかなりの財力と豊富な情報源を持っているようだ。だからひとまず身を隠して、じっくり対策を練るべきだと言っているんだ」

「さっき言っていたことと違うようだけど」

「今でもきみを安全に閉じこめておきたい気持ちに変わりはないよ」

「でも――」

リアムはわたしにキスをした。「わかっている。そんな生活に甘んじていたくないんだろう。一緒に対策を考えよう」

安堵と感謝の思いが胸にあふれた。「どこからはじめる?」

「やみくもに移動してまわるのは危険だ。きみが姿を見られる確率が増えれば、それだけ見つかりやすくなる。きみの首には懸賞金がかけられているかもしれない。もう二、三日ここにいて、諸々の手はずを整えてから、場所を移そう」

「どこへ行くの？」

「アジアだ。向こうには太い人脈があるし、資金的なつながりもあるから顔が利く」

アジア。頭のなかでさまざまな考えがめまぐるしく渦巻く。「パスポートを作らなきゃ。エイミー・ベンセンの名前では海外へ行けないわ。わたしを追っている人物はその名前を知っているはずだから」

「飛行機をチャーターする。渡航に必要な書類も用意させるよ」リアムはわたしのバスローブの襟をそっとつかんだ。「二人で必ずこの件を終わらせよう。約束だ」

「ええ、二人で。あなたと外国へ行くなら、本当に協力しあわないと」

「いつもそう言っているじゃないか。だがベイビー、ぼく自身、過去のトラウマをまだひきずっている。だから絶対にしないとは――」

「横暴なふるまいを？」

「きみのためを思えばこそだよ」

「ふうん」わたしはリアムのシャツの下に手を滑りこませた。「たとえ善意でも、いけないことをすれば代償がともなうのよ。あなたもお尻を叩かれるべきよ」

リアムの苦しげにかげった瞳に、ユーモアの輝きが戻るのがわかった。「きみがぼくの尻を叩くのか？」

「そのとおり。でもあなたは服を着すぎているわね」

「罰を怖がっているからだなんて言われたくないな」リアムはにやりとして、シャツを頭から脱いだ。「これでどうだい？」

「よくなったわ」

リアムはわたしから離れると、満足げな表情で靴を脱ぎ、おとなしく罰を受けるつもりでいることを伝えてきた。妙な挑発をしてしまって不安に思うべきなのかもしれないが、おかげで現実の恐怖を忘れられた。リアムの割れた腹筋と、ズボンの開いたジッパーからのぞく刺青を貪欲に見つめているうちに、それらの記号や数字がとても大切な意味のあるものに思えてきた。父親の暴力に耐えしのび、母親を早くに失いながらも、人生をあきらめなかった少年を象徴するシンボルなのだ。

リアムへの愛情がこみあげてきて、わたしはカウンターから降りて彼を抱きしめた。「ぐれてもおかしくない少年時代を乗り越えて、あなたはこんなに立派な人になったんだもの。わたしもあなたのように闘うわ。自分のため、そしてわたしたち二人のために」ひざまずいて、リアムの刺青に手で触れた。「わたしは永遠にあなたのものよ、リアム・ストーン」

リアムはわたしを立たせ、しっかりと抱きしめた。「もう一度言ってくれ」彼は感極まり、声をかすれさせて命令した。

彼の飽くなき承認欲求に思わず笑みがもれる。「わたしは永遠にあなたのものよ、リアム・ストーン」彼の顎に手を添えて言った。「あなたも言って」

「きみは永遠にぼくのものだ」

わたしがにらみつけると、リアムはしゃくに障るくらい素敵な笑みを返した。「ベイビー、初めて目にしたときからずっとぼくはきみのものだよ」バスローブのベルトをほどきながら言う。「証拠を見せようか？　それともおしおきをつづけたいかい？」

「罰を受けるのはあなたよ、わたしじゃなくて」

リアムはにやりとした。「どっちがいいか見てみよう」リアムがズボンを下ろすと、証拠を示すほうに乗り気なことが見て取れた。

「だめ」わたしはバスローブの前をあわせた。「やめておくわ」けれども怖れは感じなかった。リアムを怖れたことは一度もない。

リアムは禁断の約束と欲望にけぶるまなざしで近づいてきた。「どっちがいいか見てみようと言ったろう」彼はバスローブを肩から脱がせた。

わたしは落ちないように肘で押さえて言った。「今、妊娠しているわ」

リアムが眉を上げる。「だから？」

「妊娠中なの」わたしは繰り返した。

「マーフィー先生に相談して――」

「そんなこと、恥ずかしいから訊かないで」

胸の底から響くような男性的な笑い声に全身が甘く震えた。「自分たちで工夫しろってことかい？」

秘部がきゅっと引き締まり、怖いくらい興奮している自分を意識した。「今はだめ」

「ゆっくりするよ」リアムはわたしを引き寄せてキスをした。「晴れてぼくのものになったきみを、心ゆくまで味わわせてもらうとしよう。優しくゆっくりとね」

そしてリアムは、ゆっくりとした味わい方がいかに素晴らしいものかを証明しにかかった。


翌朝、シャワーを浴びて新しいピンクのシルクのバスローブに着替え、広々としたクローゼットのなかに足を踏み入れた。デレクの妹が買ってきてくれたヘアケア用品のおかげで、ストレートのさらさらヘアになれた。まわりには所狭しと買い物袋が置かれている。いろいろとそろえてもらって本当にありがたかったが、一番気恥ずかしく、うれしかったのは、リアムが届いた食料品を片づけにキッチンへ行く前に、クローゼットの半分はわたしのものだから自由に使ってくれと言ったことだ。

　昨夜はリアムの強い要望により、ベッドで『ロード・オブ・ザ・リング』のシリーズを延々と観ていたおかげで、この数カ月で初めてじゅうぶんに休息できた。もちろん彼が裸でとなりに横たわっていることが大きな説得の決め手だったが、身体的にも精神的にも限界に達していたせいもある。きわめつきのごほうびに、ベッドで食べたピザはとてもおいしくて、しかも吐き気にも襲われなかった。ずっと気分が悪かったのはストレスと疲労のせいで、つわりではなかったのかもしれない。

　買ってきてもらったものをすべて整理して、ヴィクトリアズシークレットの黒いヴェルヴェットのスウェットの上下に、おしゃれなウェッジヒールのテニスシューズをあわせた。どれもサイズがぴったりなので、じきに着られなくなってしまうかもしれない。月曜にマーフィー医師が往診に来るのが待ち遠しい。出産予定日を知りたいし、体調管理についても相談したい。

　グレーのスウェットパンツにπのマークがついた赤いTシャツを着たリアムが、寝室の戸口に現れた。カジュアルなのにとてもセクシーに見える。わたしが彼の部屋にいるのがすごくうれしそうで、目を輝かせる彼が愛おしくて身体の芯が熱くなる。

「さて、きみの新しい家を案内するとしようか」

リアムの言葉につかの間忘れていた現実を思いださせられ、ふたたび胃がきりきりと痛みだす。実際は追われている身で、ここに避難しているのだ。安定した暮らしも平和な家庭も、今のわたしには叶わぬ夢。ここを離れたら、二度と戻ってはこないだろう。明日の命はないかもしれない。そう思うと胃がねじれそうな恐怖がこみあげる。だからこそ、ここで過ごせる一分一秒を楽しもう。そう自分に言い聞かせた。

長い廊下を歩いていくと、優雅に装飾された客用の寝室がいくつかあり、図書室の書棚には建築関係の膨大な蔵書が並び、アレックスがデザインしたビルの模型が展示されていた。それらを眺めながらしばし雑談し、いよいよ短剣のコレクション・ルームへ入った。

特大の寝室を二部屋あわせたくらいの広々とした室内には、ガラスケースがずらりと並べられていた。ケースの縁は灰色の木製で、繊細なデザインの彫刻が施された鉤爪状の脚がついている。

リアムに手招きされて、最初のケースを好奇心いっぱいでのぞきこんだ。「地域や時代ごとに分類されているんだ。前にも言ったように、アレックスのアジア好きのおかげで、だいぶ偏ったコレクションだが」

　柄が翡翠でできている古びた象牙の剣を見て、わたしは目を丸くした。〝殷王朝、紀元前一〇四六年〟と記されている。驚いてリアムを見た。「博物館に展示されるような品よ」

「この邸が最新式のセキュリティ・システムを備えている理由が、これでわかっただろう？」

「ええ、納得したわ」ほかのコレクションを眺めまわして言う。「あなたが言うとおりに厳重警備であることを祈るわ」

「そうでなきゃきみを連れてこないよ。ここなら絶対に安全だ。アレックスが生涯をかけて集めたコレクションだから、もちろん大切にしているが、ぼく自身はじつはあまり興味がなくてね。いずれどこかの美術館に寄贈したいと思っている」

　驚いてふり向くと、リアムは哀しそうな目をしていた。「本当に手放してしまうつもり？」

「ああ、そのつもりだ」リアムは乾いた笑い声を上げた。「いや、まだはっきり決めたわけじゃないが。アレックスが大好きで集めていたものだからね。ただぼくはその遺志を継いで自分もコレクションしようという気にはなれないんだ」

わたしはリアムの身体に腕をまわし、彼の顔を見上げて言った。「わたしも父の所蔵品が残されていたら、なかなか手放せなかったと思うわ」

「お父さんの発掘した埋蔵品の展示を見にいったことは？」

わたしは首をふった。「人目を引く怖れがあるから、行かないようにしていたわ。それに過去のことは封印したつもりでいたから」

「意識喪失はその代償なのか」

「代償を伴わない行為なんてある？」

「無条件に幸せなときだってあるさ、エイミー。きみはもっと幸せになるべきだ。お父さんが発見した埋蔵品を手に入れてあげるよ」

「わたしはただ父にちゃんとお別れを言いたいだけ」

「それも実現させよう」

わたしにどうにかして家族とのつながりを取り戻させたいと願うリアムの気持ちが痛いほど伝わってきて、彼への愛で胸がいっぱいになった。どちらもまだ愛の言葉を口にしてはいないけれど、その想いはじゅうぶんに伝わっている気がする。

背伸びしてそっとキスをすると、リアムはわたしの背中を抱いて、キスを返してきた。彼の存在は、嵐の海で遭難した小舟にとっての灯台のようなものだ。

彼の顎ひげに触れながら、唇を離して見つめあうと、どちらともなく笑みがこぼれた。

リアムはべつのガラスケースの前へわたしを案内した。「エジプトのものはここだけなんだ。残念ながらここにあるうちの四本はレプリカだが、いずれも骨董品だよ」

わたしは紀元前中期のものと思われる、銅で縁取りした黒檀の剣に目を引かれた。ケースに手をついて見つめていると、発掘現場の記憶が脳裏によみがえった。

「それ、なあに？」わたしは三つ編みの髪を払いのけて、熱心に土を掘り起こしているチャドのそばにしゃがみこんだ。

「わからない。石灰石の一種だな。なにかの道具だろう。みんなと昼飯食ってろよ」

「もう食べ終わったもん」

「じゃあ、役に立て。父さんがこれを見たいだろうから呼んでこいよ」

わたしは膝をついて、一緒に掘りはじめた。

チャドはわたしの腕をつかみ、泥だらけのハンサムな顔でにらみつけた。「ちゃんとした道具で掘らないとだめだ。早くほかのみんなを呼んでこい」

「パパ！」わたしは大声で父を呼んだ。

「呼びにいけって言ってるだろう。叫んでも聞こえないよ。大声で呼んで来てくれるなら、とっくにやってるさ」

「でも叫ばなかったんでしょ、じゃあ、わたしが叫んで聞こえるかどうか試せてよかったじゃない」


「楽しい思い出かい？」リアムにたずねられて、現実に引き戻された。

わたしは首をかしげた。「どうして？」

「微笑んでいたから」

「そうね、楽しい思い出だわ」リアムの頬にキスをして言う。

「なんのごほうびだい？」

「楽しいことを思いださせてくれたから」

玄関のベルが鳴り、リアムは言った。「テラーとデレクが昼食と調査ファイルを持ってきたんだろう」

「うれしいわ」わたしはリアムに腕をからめて言った。「ゆっくり休んだから、食欲が出てきたみたい」

リアム、テラー、デレクとテーブルを囲みながら、元気が湧いてくるのを感じていた。今度も気を失わずに記憶がよみがえったことで、いずれすべて思いだせるかもしれないという希望が出てきた。

早くランチを食べ終えて調査ファイルに目を通そうと思い、ハムとチーズのサンドウィッチにかぶりついた瞬間、切り裂くような頭痛に襲われた。

さっきと同じ発掘現場に兄といたとき。わたしはあの男を見た。

ああ、そうよ。わたしはあの男の顔をたしかに見たわ。

12

暑い。暑くてたまらない。テントのなかで仰向けになり、ものすごく興奮した今日の発掘調査のことを思い返していた。兄の大きないびきに思わず吹きだし、横を向くと、兄が目を瞬いて、ブロンドの巻き毛越しにわたしをにらみつけた。兄は最近、いつも怖い顔をしている。

「なんで寝ないんだ?」兄が不機嫌に言う。

「興奮して眠れないの。今日見つかったものはなんなのかしら」

「明日になればわかるさ」

わたしは兄のほうに寝転がった。「今日みたいな石灰石の破片、もっと見つかると思う?」

兄は腕で顔を覆った。「早く寝ろ。明日早起きして、また探せばいいだろ」

「トイレに行きたい」テントを開けて、外へ出ると、星のない真っ暗な空が広がっていた。去年、砂嵐が来る前もこんなふうに暗かったことを思いだし、一抹の不安を覚えつつ、不気味に静まり返ったテントの列の前を、足音を忍ばせて歩いていった。

簡易式のトイレで用をすませて外へ出ると、低い話し声が聞こえ、そちらへ行ってみると、補給品を保管しているテントの前に父がいるのが見えた。わたしたちのキャラバンのものではない幌つきトラックがテントの横に停まっている。わたしは好奇心に駆られ、身をかがめながらテントのあいだをすり抜け、キャラバンのジープの陰からのぞいた。父が話をしている相手はこちらに背を向けているうえに、辺りは暗くてよく見えなかった。

男がトラックのドアを開けると、車内灯の明かりに緊張した父の顔が照らしだされた。みぞおちにいやな感覚が走り、直感的にこの話しあいはなにかよくないものだと感じた。男が父に大判の封筒を渡すと、父はなかをあらためた。

「約束と違うじゃないか」静けさのなかで父の怒った声が低く響いた。

そのとき風が吹いて乾いた砂を巻き上げ、わたしは必死にこらえていたものの、つい咳きこんでしまった。

父と相手の男がこちらを向いて……

「エイミー、エイミー! ちくしょう、テラー、マーフィー先生を呼んでくれ」リアムが指示する声が聞こえた。

「やめて」わたしはあえぎながら言った。気がつくと、リアムの膝に寝かされていた。

「大丈夫だから」

「まったく、腰が抜けるほど驚いたよ」

「おれもだ」テラーが言う。

「右に同じく」デレクも横から言う。「医者を呼んだほうがいいな」

「だめ」わたしは言い張った。「どこも痛くないし、フラッシュバックも悪い記憶じゃなくて、むしろ思いだせてよかったわ」

リアムはわたしがついにどうかしてしまったかのように心配そうに言った。「よくなんかないぞ」

テラーが立ちあがり、デレクに目配せした。「少し二人きりにしてやろう」

「行かないで」わたしは必死に言った。「事件の解決を手伝いにきてくれたんでしょう。あなたたちの助けが、今どうしても必要なの」起きあがろうとしたが、リアムに押さえられた。わたしは彼をにらみつけて言った。「椅子に座らせて」

「たった今、きみは――」

「気を失った。わかっているわよ。何年も経験しているんだから」

「以前は妊娠していなかっただろう」

リアムの心配そうな声に胸を動かされ、彼のきれいに剃った顎に触れた。「マーフィー先生は、フラッシュバックのことも知っているわ」

「デンヴァーで気絶して頭を打ったことは知らないだろう。知っていたら予防措置を講じてくれているはずだ」リアムは不満もあらわに言った。「今日、診察に来てもらう」

赤ちゃんが生まれる前にこの悪夢を終わらせたいと焦るあまり、この前の診察ではマーフィー医師に詳しいことはなにも聞けなかった。リアムのきれいに剃った顎を親指でそっと撫でて言う。「月曜日に詳しい検査結果を知らせにきてくれるから、週末は休ませてあげましょうよ」

リアムは不服そうな顔だ。「今度追いだそうとしても、絶対に出ていかないぞ」

「そうね。もう椅子に戻らせて？」

リアムは不承不承わたしを立たせると、気遣わしげに支えながらテーブルの前に腰かけさせてくれた。テラーは立ったままで、男たちは三人とも、わたしが今にもまた気を失うのではないかと心配そうに見守っている。でもわたしとしては、妊娠さえしていなかったら、フラッシュバックをむしろ歓迎したいくらいだった。一刻も早く、すべての記憶を取り戻したいから。

わたしはなめらかな木製のテーブルに手をつき、今のところもっとも重要だと思えるフラッシュバックについて話しはじめた。「家族で最後にエジプトに発掘調査に出かけたとき、ある男を見たの……テキサスの実家に母を訪ねてきた不倫相手らしき黒いセダンの男と同一人物だと思う」母の不義を認めるのはつらかった。「男は父と話をしていたわ」

リアムは椅子の向きを変えて、わたしの顔が見えるように座り、テラーもいつの間にか椅子に腰かけていた。自分の考えに夢中でまわりが見えていなかったようだ。

「その男は誰なんだ？」三人が同時に訊いた。

「名前は知らないの」男の顔を思い浮かべようとしたが、できなかった。あのとき、男がふり向いて、たしかに顔を見たはずなのに。「後ろ姿と横顔ははっきりと見たんだけど――今はそこまでしか思いだせないわ。深夜で真っ暗だったし、ほかの調査隊のメンバーは全員テントのなかで寝ていたし。わたしはたまたまトイレに行って、補給品用のテントのそばで父とその男が話しているのを見てしまったの」

「きみのお父さんとその男の二人だけ？」デレクが訊いた。

「ええ、それで……」わたしはふいに乾いた唇を舌で湿した。「なぜかわからないけど、とっさに隠れたの。なにを話しているのか聞こうと思って耳をすませたけど、ジャスミン・ハイツで母がその男と口論していたときみたいに、ほとんどなにも聞き取れなかった」

「どんな些細な記憶でも役に立つかもしれない」リアムが励ますように言う。「きみはたいした意味はないと思っていても」

「男が父に封筒を渡して、中身を見た父は、〝約束と違う〟って、とても怒っていたわ」

三人からなにか反応があるかと思っていたが、全員無表情で、いやな予感に神経がざわついた。「そんなまさか」無言の非難に対して言う。

リアムはわたしの手に手を重ね、暗い表情で言った。「それがどういう意味か、きみもわかっているはずだ」

わたしはかっとなって弁解した。「父が賄賂《わいろ》を受け取るなんて考えられないわ。寄付金や出資者からの資金で、じゅうぶん足りていたはずだもの。封筒の中身はお金ではなかったんじゃないかしら。ともかく、父が仕事で取り引きしていた人物と、母の浮気相手は同じ人物かもしれない」喉が締めつけられる気がした。「いよいよ最悪ね」

テラーが横から言った。「じつは浮気調査が専門の探偵事務所に勤めていたことがあるんだが」慎重な口調で言う。「不倫の相手は、夫婦と親しい人物であることが圧倒的に多いんだ。前歯二本をかけてもいいが、その男が事件の鍵を握っているはずだ」

お金のこ、こ、こ、ことなんか、ど、ど、どうでもい、い、いいでしょ、う、う！　あのとき母は、誰かにそう言ってい た。誰に対して？　お金なんかどうでもいいと言い返すからには、お金に関わることで言い争っていたのだろう。

リアムがサンドウィッチの皿をわたしの前に寄せた。「まず食べてから、調査ファイルときみの記憶にあることを照らしあわせていこう」

わたしは首をふった。「食べたくない。今すぐファイルを見たいわ」

リアムはため息をついて、デレクに合図した。「彼女に写真を見せてくれ」

わたしは眉をひそめた。「写真？」

デレクは持ってきた箱から黒いバインダーを取りだし、わたしの前に置いた。「きみと関わりのあった人物の写真を可能なかぎり集めてある。きみが言う男の写真もあるかもしれない」

このバインダーのなかに胸の奥に封印してきた過去がある。勇気をふりしぼってページをめくると、母の写真が目に飛びこんできて、殴られたような衝撃を受けた。

艶やかなブロンドの長い髪と澄んだブルーの瞳の母が美しく微笑んでいる。その笑顔からは想像もできない母の断末魔の悲鳴が頭のなかでこだました。

目をつぶり、動揺してもなんの役にも立たないと自分に言い聞かせる。

リアムが椅子をそばに寄せて、わたしの脚に手を置いた。「お母さんのことを話してくれ」穏やかに言う。

わたしは喉のかたまりを何度も飲みこみ、ようやくささやいた。「できない。今は無理よ」吐き気をこらえて、つばを飲む。

「つらいようなら――」

「大丈夫」リアムの顔を見て、背筋を伸ばした。「やらなきゃ」脚に置かれたリアムの頼もしい手に励まされ、さらにページをめくった。

二時間ほどかけて、すべての写真を二度見直したが、例の男は見あたらなかった。

リアムはバインダーを閉じた。「問題のやつはいない。これ以上見てもつらいだけだ」

彼の言うとおりだ。わたしのこの苦しみは心的外傷後ストレスではなく、喪失の痛みだとマーフィー医師には伝えよう。

「なにか食べないとだめだ」リアムがまた言う。「サンドウィッチも一口も食べてないだろう」

「役に立ちそうな情報が見つかったよ」デレクがパソコンのキーを叩きながら、口を挟んだ。「不動産業界ではよく知られた話だが、ジャスミン・ハイツのような人口二万人ほどの新興住宅地は、たいてい最初に資金を出した大口の投資家がいるんだ。調べてみたら、やはりそうだった。その人物は町のほとんどの不動産を所有しているばかりか、きみの入院記録が消されていた例の病院の有力な投資家でもある」

入院記録が残されているわけがない。世間では、わたしは火事で焼け死んだことになっているのだから。「それは誰？」わたしは力なくたずねた。過去の親しい人々の写真を見る作業は思いのほかきつくて、切り裂かれた胸から血が流れているような気分だった。

「シェリダン・スコットという人物だ」デレクが言う。「知っているかい？」

「わからないわ。あとでゆっくり考えてみる」

デレクはわたしとリアムに見えるようパソコンの向きを変えた。「この人物だが、見覚えはある？」

「いいえ」六十代くらいの端正な白髪交じりの男性を見て、落胆した。「年配すぎるわ。母は四十代で、相手の男も同じ年代か、もっと若そうだった。背が高くて、色黒で、整った外見だったわ」

リアムが自分のパソコンをわたしの前に置き、べつの人物の写真を見せた。

わたしは顔をしかめた。「どうしてアレックスの写真なんて見せるの？」

「見たことがあるのか？」

「デンヴァーにいたとき、あなたから話を聞いてグーグルで調べてみたの」

リアムが肩の力を抜くのがわかった。「ぼくはただ――」

「信頼を築くため、でしょ」男性二人に背を向け、見られているのも気にせず、リアムの頬を手で包んだ。「もう信頼しているわ」背伸びして口づけ、この世界でただ一人、心から信頼できる人との絆を確かめた。過去の写真を見る作業で開いた傷口が、ゆっくりと癒えていく気がした。リアムとお腹の赤ちゃんの存在が、闘いの闇に射しこむ光となり、前に進む力を与えてくれる。


土曜の朝はほろ苦い気分ではじまった。リアムと一緒にバスルームに入り、石けんやシャンプーを使うのも忘れてシャワーの下で楽しんだ。ゆったりとくつろいだ気分で邸のなかを探索した昨日に戻りたくて、ヤンキースのロゴ入りの紺のスウェットをリアムに選び、わたしは淡いピンクのスウェットの上下を着た。それからキッチンでテラーやデレクと話しあう前に、しばし二人だけの時間をわかちあい、わたしの子どもの父親となるリアムがなにを着ていても驚くほど素敵で、わたしのなかでとても大きな存在を占めていることをあらためてかみしめた。

「当邸のシェフを務めさせていただきます」キッチンへ行くと、テラーがおどけて言った。

わたしたちがデレクのいるテーブルにつくいっぽうで、わが家の厨房であるかのように自在に立ち働くテラーの肩には銃のホルスターがかけられていて、手放しで楽しい気分にはなれなかった。

リアムはかがんでわたしにキスした。「仕事の連絡をいくつかしなきゃならないんだ」テラーを見て言う。「戻ってくるまでシェフがいてくれるといいが」

テラーがおどけて敬礼した。「承知いたしました」

わたしは思わず吹きだし、デレクに小声であいさつした。一瞬、今にも壊れそうな幸せなシャボン玉のなかに包まれているような気がして、弾けてしまうのが怖かった。

テラーがわたしの前にカップを置いて、コーヒーを注いでくれる。「ボスの命令で、デカフェにしてある。卵はオムレツ、それとも目玉焼き？　なんでも好きなやつを言ってくれ」

「スクランブルエッグをウェルダンでお願いするわ」カップを持ちあげて言った。

「ありがとう」

デレクから同じ高級不動産業界にいる妹の話を聞きながら、卵料理を味わっていると、リアムが戻ってきた。テラーがリアムのためにオムレツを作り、デンヴァーのリアムがデザインを依頼されたビルの建設計画について、デレクとリアムが話しあうのを、わたしはそばで聞いていた。

三人はたんに友人というより、まるで兄弟のようで、かれらが駆けつけてくれたのは、リアムにとって家族も同然の存在だからなのだ。

わたしはテーブルの下でリアムの脚に手を置いた。するとリアムがその手を握り、お互いに温かなまなざしを交わした。あらためてわたしたちは似たもの同士だと痛感した。世界じゅうに星の数ほどいる人々のなかで、孤独な魂同士が、ようやくお互いを見つけたのだ。リアムがわたしに対して過保護になりすぎる気持ちもわからないではない。わたしだって、彼やまだ見ぬ赤ちゃんを失うことを思うと、とても耐えられない。

「ほかに欲しいものはないか？」テラーがわたしにたずねた。

わたしは彼に好奇心の目を向けた。「どうしてそんなに子煩悩のお父さん熊みたいなの？」

テラーは肩をすくめた。「きみは妊婦だ。おれは母親と四人の姉妹から妊婦の扱いを叩きこまれた」

「四人も姉妹がいるの？」

「ああ。そのうち三人は子どもがいる。さあ、もう一度訊くが、ほかに欲しいものは？」

わたしはテラーが携帯している銃をちらりと見た。幸せのシャボン玉を刺す小さな針。この人はただの仲間ではなく、百戦錬磨のボディガードであり、れっきとした殺し屋なのだ。「あなたが銃を持つ必要がなければいいと思うわ。最初に会った夜は、銃を持っているなんて気づかなかった」

「ふだん人前ではアンクル・ホルスターを使うんだが、このほうがすぐ手が届くからな」

「そうね。すぐ手が届かないといけない状況なのよね」

「彼女には正直にすべてを話すべきだと言ったのは、こういうところなんだよ」テラーはリアムに言い、今度はわたしに向かって言った。「そのとおりだ」

「テラーの言い分はもっともだ」リアムはうなずいた。「ベイビー、きみも一挺持って、使い方も覚えておいたほうがいい」

「銃はきらいだけど、撃ち方は知っているわ。登録証明書で身元をたどられてしまうのが怖かったから買えなかったけど、そうでなければとっくに手に入れていたと思う」

リアムは椅子の背にもたれた。黒髪に鋭いブルーの瞳が際立って見える。「それは意外だな」

「進んで使おうとは思わないけど、身を守るためには必要だから。発掘調査に連れていってもらう条件として、銃の扱いを覚えるように父から言われたの。女性が虐げられているような国で若い娘が一人で出歩くのは危険だからって」

テラーが卵料理とポテトとベーグルを山盛りにした皿を持って、椅子に腰かけるのをわたしは目を丸くして見守った。「大きな銃をいつも担いでいると、エネルギーをたくさん使うみたいね」

テラーがいたずらっぽく目を輝かせる。「知らなかったのか、ハニー？」

リアムはそのやりとりを無視して、テーブルに肘をつき、わたしのほうを向いて言った。「お父さんは一般的な危険を想定していたのか、それとも特定の脅威を感じていたんだろうか？」

「母とわたしが顔や身体を覆わないせいで、非難されたことは何度かあるけど」

リアムがさらに訊いてくる。「特定の人物に対して用心するように言われたことは？」

「いいえ、あなたが思っている手がかりになりそうな人物はいなかった。いきなり襲われたりすることがあたりまえの国だから、あくまで護身のためだったわ」

「シェリダン・スコットに関する興味深い情報が見つかったぞ」デレクが横から言った。「この男はリアムを上まわる富豪で、しかも石油関連の事業で大儲けをしている。ジャスミン・ハイツとのつながりだけでなく、エジプトとのつながりも出てきたわけだ」

わたしはデレクのほうに椅子を向けた。「わたしたちは石油とは関係ないけど」そう言ったものの、母の叫び声が耳にこだまし、なぜか不吉な戦慄が背筋に走るのを感じた。

月曜の朝になり、リアムはテラーにわたしの警護を任せ、銀行へ取引の相談をしに出かけたが、マーフィー医師の往診に間に合うように戻ってきた。

「ベッドで診察しましょうか」かっちりした紺色のスーツに身を包んだマーフィー医

師に言われ、お腹が目立つ前に着ておきたいと思っていたダメージジーンズと真っ赤なセーターというラフな格好で、わたしはベッドに腰かけた。彼女もとなりに座り、わたしの血圧や脈を測りはじめた。リアムは約束どおり、部屋から出ていかず、そばに控えている。

「どんな様子ですか？」真っ白なシャツにダーク・スーツを一分の隙もなく着こなしたリアムが、そびえるように脇に立ってのぞきこむ。明るい陽射しと川面のきらめきを受けて、ブルーの瞳が淡く見える。

「良好よ。血行もよさそうね。予定日は六月二十六日としておきましょう」

リアムの顔を見上げると、喜んでくれるものと思っていたが、ひどく深刻な表情で、予定日についてもなにも言わなかった。「彼女は二カ月ほど前に気絶して頭を打って、縫う必要があるほどの怪我をしたんだ」

「今までどおり、鍼治療と心理セラピーを勧めるわ。今日、これから鍼治療をしましょうか」マーフィー医師はわたしのほうを見た。「食事は摂れている？」

わたしはうなずいた。「ゆっくり休んだので、吐き気も多少治まりました」

「旅行はできますか？」リアムがたずねた。

マーフィー医師はリアムに鋭いまなざしを向けた。「旅行の必要があるの？」

「はい」

「どこへ？」

「海外です。それ以上は言えない」

「ワクチンが必要な国なら、教えてくれないと困るわ。母体の安全を優先させないと」

「一カ国とはかぎりません」リアムは言った。「向こうに渡ってから、またべつの国へ移動するかもしれない」

「出発はいつ？」

「明日の朝」

わたしは驚いて立ちあがり、リアムに詰め寄った。「明日？」

リアムは温かな力強い手をわたしの肩に置いた。「そうだ。ぼくはきみに自分の直感を信じろと言ったが、今度はぼくの直感を信じてくれないか」

「少し時間をあげるわ」マーフィー医師は言った。「わたしはいずれにしろオフィスに電話をかける用があるから」

リアムがわたしの肩越しに医師に言う。「この階の部屋はどれでも自由に使ってください」

マーフィー医師は咳払いした。「ここで生むつもりなら、五月のはじめには戻ってこないとだめよ」

ドアが閉まると、わたしはリアムにたずねた。「どこへ行くの？」

「台湾だ。向こうに有力な知りあいがいる。かれらに任せておけば安全だ。滞在場所も病院もすべて手配してある」

台湾。テキサスからはずいぶん遠い。「渡航の手続きはどうするの？」

「すべて手配ずみだ。朝には必要なものは全部そろう。行くべきだと思う」

これは究極の試練だ。リアムを完全に信頼するかどうかの。今まで命の瀬戸際に立たされたとき、いつもそうしてきたように、わたしは胸の奥の声に耳を傾けた。彼とわたしは一心同体という答えが返ってきた。

わたしは大きく息を吸い、うなずいた。「わかったわ」

リアムへの全幅の信頼が、互いの絆をさらに深めて、しぐさやまなざし一つで、相手の不安を感じ取れるほど、わたしたちは強く結びついている。彼にはなんでも伝わってしまう。今まで誰ともこれほど深くつながりあったことはなかった。

夜になり、ベッドに入った。リアムはわたしのバッグを持ってきて、枕元に置くと、小さな革のケースを開けて、中身をわたしに見せた。「スミス&ウェッソンの三八口径だ。コンパクトだからきみのバッグにもちょうど収まる」わたしの手に拳銃を握らせた。「使いやすそうかい？」

わたしは目をつぶり、ごくりとつばを飲んで答えた。「ちょうどいいわ。こういうのが欲しかったの」装弾されていることを確かめ、ケースに戻した。「ありがとう」革のケースを黒いシャネルのバッグに入れると、完璧に収まった。

リアムはわたしのバッグをナイトテーブルに置き、ベッドに入ってきた。「きみの素肌を感じたい」彼はわたしのネグリジェを脱がせると、自分もボクサーショーツを脱ぎ、逞しい腕ですっぽりとわたしを包みこんだ。性欲とは違うその触れあいには、希望と、二度と味わいたくない喪失への怖れがこめられていた。

「安全第一だよ」リアムはわたしの髪を撫でてささやいた。「答え探しは二の次だ。ぼくがきみをしっかりつかまえているよ、ベイビー。約束する。ぼくらはいつも一緒だ」

リアムの温かな安心する匂いに包まれて、身体から力が抜けていき、まぶたが重くなる。彼の言うとおりだ。安全第一。けれども一抹の不安をどうしてもふり払えなかった。ここを離れたら、二度と戻れない気がする。すぐには眠れず、うとうとまどろみながら、考えていた。ここを離れたら……

部屋に入りこんでくる煙にむせながら、わたしは窓を開け、新鮮な空気を吸おうとした。母の悲鳴が止んでいる。どういうこと？

「ママ？　ママ、返事をして！」

「飛び降りろ、ララ！」兄が叫ぶ。「今すぐ飛ぶんだ！」

「わたしだけ逃げるなんていやよ！」わけのわからない怒りに駆られて叫んだ。ドアの下からオレンジ色の炎が這いこんでくる。廊下はすでに火の海に違いない。

「炎が見えないのか！」チャドが叫び返す。「おまえを助けにいけないんだ！　べつの窓から出る。外で落ちあおう」

炎が迫ってきて、わたしは窓枠に足をかけた。ママとパパのことを兄は一言も言わなかった。「ママは大丈夫？　パパが助けだしたの？」

「いいかげんにしろ、ララ、早く飛び降りろ！　もう時間がない。おまえが飛び降りないと、ぼくも逃げられないんだぞ！」

ベッドのそばまで炎が来て、わたしは悲鳴を上げ、夢中で窓枠に飛び乗った。震える脚を必死に落ち着かせる。外は真っ暗でなにも見えないが、窓の下に屋根が張りだしているのを知っていた。背中に熱風が吹きつけ、あわてて窓から這い降りて、屋根に足を着けた。窓枠につかまり、飛び降りる前に消防車が来てくれることを祈った。どうして早く来てくれないの？

炎がカーテンに燃え移り、わたしは窓枠から手を離し、腹ばいになって屋根をすべり落ちた。「ママたちを助けてね、チャド！　お願いだからみんな逃げて！」

足が雨樋《あまどい》にひっかかり、危うく壊れそうになる。慎重に身体を起こして、しゃがんだ。屋根の近くに木があるはずだが、暗くてなにも見えず、必死に暗闇に目をこらし、枝との距離を探った。枝に手をのばそうとすると、家のなかで激しい爆発があり、わたしは屋根から吹き飛ばされた。

あえぎながら飛び起きると、警報ベルが鳴り響いていた。火災報知器だ。煙の匂いが鼻を突いた。ああ、神さま。どうしたらいいの。全身がわなわなと震えだす。こんなことが現実のはずがない。

リアムがそばに立って、わたしになにか叫んでいるが、まるで理解できない。わかっているのは火事が起きたということ。家が燃えているのだ。

13

リアムはわたしを抱き起こし、火災報知器が鳴り響くなかで、耳元に口を近づけた。「服を着るんだ。それと忘れるな、ベイビー。ぼくがきみをつかまえている。ぼくらは絶対に離れない」そう言うなり、裸で廊下へ出ていった。

ぼくらは絶対に離れない。リアムは自分の言葉を信じて疑わない。けれど兄もそうだった。そして父も。心臓が喉元までせり上がるような心地がする。アドレナリン全開でベッドを降りながらも、驚くほど頭は冷静だった。ここで崩れるわけにはいかない。負けるものか。今度は絶対に一人だけ窓から飛び降りたりしない。

グレーのスウェットパンツとTシャツをつかんで着ながら、六年前のまったく同じ体験を思いださずにはいられなかった。テニスシューズに足を突っこんでいると、リアムがヤンキースのスウェットを着て現れた。

「煙の匂いはするが、炎は見あたらない」警報ベルに負けない大声で彼が言う。「九

――とテラーに連絡した。古い邸だから、電気系統から火が出たのかもしれない」

わたしはたじろいだ。実家の火事のときもまったく同じことを言われたのだ。ともかく急いで逃げる準備をする。リアムはシャネルのバッグをつかみ、わたしの頭からななめがけにした。なかには拳銃が入っている。彼もわたしと同様に、この火事が電気系統の故障や偶然であるとは思っていないのだろう。厳重警備のこの邸内に隠れているわたしたちを、寝ているあいだに殺すつもりだったのか、あるいはぼやを起こして外へおびき出そうという魂胆かもしれない。

リアムに手を取られ、緊張に胃を締めつけられながら、廊下を抜け、階段を下りる。あとに残してきたアレックスの短剣のコレクションを思った。リアムの養父との大切な思い出の品。

けたたましい火災報知器のベルのなかで、あることに気がついて愕然とした。テキサスの実家が火事になったとき、火災報知器は鳴らなかった。いくつか設置していたはずなのに、一つも鳴らなかったのだ。

「リアム！」テラーが階段の下から大声で呼びかける。「邸の外側の右手の辺りで煙が出ているが、燃えてはいないようだ」

ガレージへ行くと、十一月の木枯らしが開いたドアから吹きつけて、思わず身震いする。

テラーが報告した。「救急隊や消防車を入れるためにゲートを開けてある。デレクの指示で警備会社の連中が隣接するアパートメントビルの住人を避難させているところだ」

「よかった。ここが爆発して飛び火したらまずいからな」リアムは毒づいた。「しまった、旅行に必要な書類を取ってこないと」

わたしは動転した。「なんですって？　だめよ、正気の沙汰じゃないわ。取りに戻るなんて、絶対にやめて」

リアムはわたしの顔を包んだ。「きみは外に避難しているんだ」テラーに厳しいまなざしで言う。「彼女から絶対に目を離すな」そう言うと、わたしの腕をつかんで、荷物のようにテラーに引き渡した。

「だめよ、リアム！」追いかけようとしたが、テラーにつかまえられて動けなかった。「お願いだからやめて、リアム！　家のなかへ戻ったらだめ！」けれどもリアムはすでにドアへ向かって走っていた。

「どうしたんだい？　リアムはどこへ？」

デレクの声にテラーが気を取られた隙に、わたしは彼を蹴った。

テラーがうっとうめく。「おい、やめろ、エイミー」

「リアムが家のなかにいるのよ、デレク！」テラーの腕のなかで必死にもがき、デレクのほうを見ようとした。「聞こえてる？　リアムがなかにいるの。あなたは彼の部下じゃないんだから、逆らっても平気でしょ。お願いだから彼を止めて。でないと死んでしまうわ」

「やめるんだ、エイミー」テラーがデレクに説明する。「リアムは心配いらない。書類を取りに戻っただけだ」

「大丈夫じゃないわ」わたしはテラーの腕のなかで身をよじり、なんとか彼のほうに向いて言った。「離して、お願い、テラー！」

「火は燃えていないよ、エイミー。リアムは大丈夫だ。きみを離すわけにはいかない。なかに駆け戻るに違いないからな」

「火が燃えていなくて、リアムも安全なら、どうしてわたしが行ってはいけないの？」わたしはテラーに食いさがった。

消防車がサイレンを鳴らして私道に入ってきた。切り裂くような頭痛がして、わたしはテラーのシャツに顔をうずめた。その瞬間、家の屋根の上で木の枝につかまろうとして、爆発で吹き飛ばされた場面が脳裏をよぎった。

テラーにガレージから引きずりだされ、はっとわれに返った。炎のせいで家のなかのなにかが破裂したのだと思っていたけれど、もしかしてあれは……わたしは足を踏ん張り、テラーの腕をつかんだ。「テキサスのあの家には爆弾が仕掛けられていたんだと思う。今度もそうだったらどうするの？　早く彼を連れだして！　今すぐリアムを外へ！」

「ちくしょう」テラーは低く毒づき、わたしをデレクのほうに押しやった。「彼女を建物から離れたところへ連れていってくれ」

邸のなかへ走っていくテラーを見て、それまでどうにか保っていた自制の糸がついに切れた。身も心も引き裂くような母の悲鳴が頭に響く。チャドがわたしに飛び降りろと叫んでいる。一人で逃げたりしなければよかった。そのせいで兄は死んでしまった。今度はリアムも死んでしまう。わたしの愛する人はみんな死んでしまう。ああ、なんてことなの。テラーまで命を落としてしまったらどうしよう？

リアムとテラーのあとを追おうと、デレクの腕のなかで身をよじり、必死に抵抗した。喉の奥から嗚咽《おえつ》がこみあげ、意味をなさない声がもれる。

デレクは小声で毒づいた。「そんなにあばれると怪我をするぞ。頼むからおとなしくしてくれよ」彼はいきなり腰をかがめると、わたしを肩に担ぎあげて走りだした。

顔に血がのぼり、涙が額へ流れ落ち、冷たい空気が喉に入って激しく咳きこんだ。消防士やいろいろな人々があちこちにいる。デレクの肩に担がれているので、なにも考えられず、息をするのも苦しかったが、ようやく下ろしてもらえた。デレクの心配そうな目を見たとたん、彼の胸で泣き崩れてしまった。「リアムを失いたくない。そんなことできないわ」

デレクはわたしを抱きしめた。「失ったりしないよ。ぼくが約束する」

わたしは顔を離して、彼をにらみつけた。「兄も約束したわ、自分も逃げるから大丈夫だって。それでどうなったと思う？」

「エイミー――」

「兄は出てこなかったわ」悲しみを絞りだすように言う。「兄は家から出てこなかった。家族の誰も出てこなかった」

急にふり向かされて、リアムの強い腕に抱きしめられた。安堵に包まれ、ようやく息をつくことができた。「ああ、よかった」

リアムは温かい手でわたしの顔を包みこんだ。「ぼくは大丈夫だ。ぼくたちは大丈夫」

「大丈夫なんかじゃないわ。そんな気休めを言うのはもうやめて。いくら口で言っても、そのとおりになるとはかぎらないのよ。あなたはなんでも思いどおりにできると思っているけど、思っただけでそのとおりになるなら――」リアムはわたしを抱えあげて歩きだした。「わたしを荷物みたいに抱えるのはやめて。そうやってマッチョぶってると、あとでひどいわよ」

「彼女は妊娠しているんだ」リアムは消防士に言った。「健康状態を診てもらいたい」

「そんなことしなくても――」わたしが言いかけるのを、リアムがさえぎった。

「検査してもらうんだ」うむを言わさず、救急車のそばにいる白衣の隊員のほうへ大股に歩いていく。「彼女を診てもらいたいんだが、その前に一分ほどなかで話をしてもいいだろうか？」

白衣の隊員が脇によけると、リアムは救急車のなかへ入り、わたしをベッドに寝かせて、自分も腰をおろした。

わたしは彼の脚に手を置いた。「あんな危ない真似をして、いったいどういう――」

リアムはキスでわたしを黙らせた。優しい口づけに怒りが収まっていく。「二度とあんなことしないで。心臓が飛びだすかと思ったわ」

「怖がらせるつもりはなかったんだ」わたしの手を握りながらリアムが言う。「爆弾のことについて話してくれないか」

「窓の外の屋根にいて、木の枝に飛び移ろうとしていたら、家が爆発したの」

「炎で爆発が起きることもありうる」

「でも家の火災報知器が鳴らなかったわ。ただの一つもよ」

リアムの表情がかげった。「いいかい、エイミー。警察が爆発物探知犬を連れてきて、現場を調べている。いろいろ質問されて、ややこしくなりそうだ。きみはこのことについてなにも話すな。動転して、ヒステリー状態になったと説明するんだ」

わたしはうなずいた。「偶然とは思えないわ。もし爆弾が仕掛けられていなくて、ただのぼやだったら、なぜこんなことを？」

「いい質問だ。だからこそ今は国外へ行くのが賢明だろう」

「すみませんが、ミスター・ストーン」リアムは救急車の後ろの搬入口に現れた警察官のほうをふり向いた。「お二人に質問したいことがあるんですが」

「ぼくはかまわない」リアムは答えた。「しかし彼女は妊娠中なので、ストレスをかけたくない」警官に反論の隙を与えず、わたしのほうを向いて言う。「外で話をしてくる。救命士に診察に来てもらうよう伝えておくよ」頬ずりしてささやいた。「取り調べには適当に答えておく。そうしたらすぐに出発だ」

リアムが出ていくと、四十代ぐらいの救命士が入ってきた。「気分はどうですか？」

「もう大丈夫です」救命士の気遣うような表情から、さっきのパニック状態を見られていたことがうかがえた。「念のため、健康状態をチェックをしておきましょう」

リアムの低い声がすぐ近くから聞こえる。警察によけいな詮索をされないためには、ベッドで病人扱いされていたほうが得策だ。「はい、お願いします」

診察は数分で終わった。「問題ないようですが、赤ちゃんの様子を検査するために病院へ移送しますので、しばらくここで待っていてください」

「赤ちゃんがなにか?」

「大丈夫です」救命士は言った。「でも用心に越したことはありません。安全第一ですよ」

「わかりました」寝る前にリアムも言っていたその言葉を聞き、バッグに入れてある拳銃のことを思った。「安全第一ですね」

消防士が後ろの搬入口で救命士に手招きしたので、彼はわたしに失礼とことわって、車の外へ出ていった。リアムの声はまだ聞こえているが、なにを言っているかまではわからない。

すると救命士が戻ってきて、わたしのそばにしゃがんだ。「特別郵便です。警備が厳重でなかへ入れない誰かが、あなたのことを心配しているようですよ」そう言って、折りたたんだ紙をさしだした。「あなたのお兄さんからだと言われました」

耳の奥で激しい動悸がして、周囲のすべてがゆがむような気がした。チャドが生きているの？　そんなまさか。でも……わたしは生きている。戸籍上は死んだことになっているけれど。

救命士はわたしの脚を軽く叩いた。「上司に連絡をしなきゃならないので、ちょっと失礼します。お兄さんにメッセージを届けたければ、知らせてください」そう言うと、フロントシートのほうへまわった。

心臓が飛びだしそうな気持ちで、わたしは紙切れを見つめた。紙を開いて、なにかの間違いだったとわかるのが怖かった。それでも見ないわけにはいかない。思いきって紙をひろげると、見慣れない字で書かれた文面に目を走らせた。

エイミー

メグです。直接会って話せればよかったんだけど。あなたは、わたしのことをデンヴァーの不動産屋の事務員だと思っているけど、本当はあなたの義理の姉なの。チャドは火事で死んだわけではないわ。あなたと同じで、身を隠していたの。でもあなたをデンヴァーへ逃がしたあとで、彼はつかまってしまった。

敵はわたしたちからなにかを欲しがっていて、それを渡さなければチャドを殺すと言っているわ。それがなんなのか、あなたとわたしは知っているはずだとかれらは考えている。あなたに心当たりがあるといいけど。わたしはなんのことかわからないの。ともかくチャドを助けなきゃ。リアムがどういう人か、わたしにはわからない。かれらの仲間なのか、それともかれらが追っているものを、リアムも欲しがっているのか。もしもこの件に関係がないなら、リアムも巻き添えで殺されてしまうかもしれない。この件に関わったほかの人たちのように。

わたしは今、表の通りに停まっているタクシーのなかにいます。わかっているでしょうけど、携帯電話はGPSで追跡されてしまうから置いてきてください。ふつうに歩いてゲートを出て、わたしのところへ来て。誰も予想していないから気づかれないと思う。急いで、チャンスは今しかないわ。チャドの命がかかっているのよ。

喉元に苦い味がこみあげ、感情が激しく揺れ動いた。

チャドが生きていた？　メグが兄の妻？　リアムが敵の仲間？

それが本当ならチャドが生きていたとわかって歓喜し、リアムのことで苦悩するはずなのだが、直感的にどうしてもこの手紙の内容を信用できなかった。これは罠だ。でもリアムにも危険が及ぶと書かれているのが気がかりだった。

リアムはまだ救急車の外にいるが、すぐにも戻ってくるかもしれず、迷っている時間はない。バッグを開けてペンを探しながら、唯一の武器を収めた革のケースを見つめ、リアムの配慮に感謝した。彼はわたしを守ろうとしているだけで、この忌まわしい企みとはなんの関係もないのだ。

バッグを閉じ、リアムにメグの手紙を残していくことにした。そうすれば彼は事情を察して、わたしを追ってくるだろう。それにはわたしを見つける手がかりが必要だ。携帯電話さえ持っていければいいのに。わたしは手紙の下に走り書きした。

リアムへ
チャドが本当に生きているかどうかはわからない。ただわかるのは、あなたに危険が及ぶとほのめかされたことだけ。この手紙を見れば、あなたまで狙われていることがわかるでしょう。わたしを探すに違いないけれど、どうか気をつけて、絶対に殺されたりしないで。あなたを失ったら生きていけない。

一瞬ためらったが、人生は短く、後悔するひまなどないのだと思い直し、書き添えた。

愛しているわ。

エイミーより

そして手紙を折りたたみ、リアムの名前を大きく書いて、担架の上に置いた。緊張で胸を締めつけられながら、じりじりと救急車の後部搬入口へ移動する。右のほうにリアムがこちらに背中を向けて立っている。駆け寄って抱きつきたい気持ちをこらえ、あとでまたそういう瞬間が訪れてくれることを祈った。リアムと話をしている警官たちの様子をうかがい、かれらに気づかれないように救急車の左側から外にまわることにした。けれどもテラーやデレクと鉢合わせする可能性がまだある。

ちょうど目の前に小型の消防車が停まっていて、隠れみのになりそうだ。リアムの大きな体躯が警官たちからの目隠しになってくれている隙に、深呼吸をして、静かに救急車を降りて歩きはじめた。小型の消防車の横に隠れながら、開いているゲートへ向かう。オレンジのコーンで車両の出入りは制限されているが、簡単に外へ出られそうだ。

　誰にもなにも訊かれることなく、通りへ出ると、ゲートの左手に停まっているタクシーを見つけた。肩越しにふり返り、リアムが追いかけてきてくれることを心のどこかで願いつつ、彼が来ないのを確かめてほっとした。彼に申しわけない気持ちが胸を刺したが、行かなければならないと自分を叱咤した。

　通りを渡りながら、バッグのなかに手を入れ、拳銃のケースを開けて、握りに手をかけた。タクシーに近づき、開いているほうの手でドアを開けて、本当にメグが乗っているかどうか確認した。

「エイミー」ほっとしたようにわたしの名を呼ぶメグの声が、わたしの耳には不吉に響いた。

「早く乗って」メグが急かした。「見つからないうちに」

　だがどうしても乗る気になれなかった。

　するとメグは写真をわたしのほうにさしだした。それを見て、息をのんだ。おぼろげにしか思いだせなかった兄の顔がこっちを見ていた。メグの肩を抱いている。メグの話は本当だったのだ。

「兄は……生きているのね」感激で息もできなかった。

「でも今すぐなんとかしないと、チャドの命は危ういわ。エイミー、彼を助けるために、お願いだから手伝って」

チャドは生きていた。チャドは生きている！　わたしはタクシーに乗りこみ、ドアを閉めた。

14

「出して！」メグが運転手に言う。その横でわたしは、デンヴァーの空港で追いすがるリアムをふりきったときのことを思いだした。あのときは早まった考えで、リアムを敵だとみなして逃げてしまった。

タクシーが走りだすと、メグはわたしを抱いて言った。「あなたが無事でよかった」しかたなくハグに応じたものの、家族というより赤の他人と抱きあうような気まずさだった。身体を離すと、メグが持っていた写真をもらって、じっくりと見た。街灯の明かりに浮かびあがる写真のなかのチャドは、青い瞳で微笑み、長めのブロンドの巻き毛が額と眉にかかっている。

メグを見ると、彼女の淡いブロンドは兄とよく似ていて、わたしの視線に少しもたじろぐことなく、とても共感的に見えた。悲しみ？　恐怖？　困惑？　それらのシグナルをわたしは発しているのだろうか？　リアムが抑制と自信のエネルギーを放っているように。

メグはいかにも義理の姉らしいしぐさで、兄の写真を持っているわたしの手を包んで言った。「彼の写真はほかにもまだあるわ。チャドは生きているのよ、エイミー。なんとかして助けてあげなくては」

喉の奥と下腹部に焼けるような痛みを感じた。メグの話をまだ信じる気にはなれない。嘘だとわかってふたたび傷つくのが怖かった。「事情をすべて話して。なにもかも知っておきたいの」

メグは運転手を見やって、わたしに視線を戻した。「二人きりになったら話すわ。誰も信用できないから」

わたしは胸元に兄の写真を抱いて、座席に身を沈めた。誰も信用するな。わたしも同じ忠告をハンドラーから——兄から？——言葉ではなく行動によって学ばされた。

メグがなれなれしいほどすぐそばでシートに身を沈め、冷ややかに笑った。「まったく皮肉よね？」

「え？」

「誰も信用できないと言っておきながら、あなたに信用しろと言うなんて」

たしかに、矛盾している。「ともかくチャドを助けたいわ」

「じゃあ、目的は同じね」

いいえ、それが本当なら、リアムもここにいるはず。「あなたに訊きたいことが山ほどあるんだけど」

「そうでしょうね」

「どうしてもっと早く本当のあなたのことを教えてくれなかったの？」

「あとでね」メグは用心深く言った。「二人きりで、安全なときに話すわ。今は一刻も早くここを離れることに集中しなくちゃ。あなたが置いてきたあの男のような人物は、あなたを止めるためなら街じゅうの道路を封鎖しかねないわ」

メグが警戒するのはわかるが、〝あの男のような人物〟という言い方が、なんだか引っかかる。「あの男のようような人物ってどういうこと？」

「大金持ちで強迫観念的。危ない組み合わせよ」

わたしはカチンと来た。「あなたが思っているより、彼は立派な人よ」

「もちろん立派ですとも。だからこそ、一刻も早くブルックリン橋を渡るように運転手に言ったのよ。あの男に止められる前に、この街から出なきゃ」

わたしは窓の外を見つめながら、メグの言葉を頭のなかで繰り返した。この街から出なきゃ。二十四時間前のわたしはまさに同じことを言っていたのだから、安堵すべきなのではないだろうか？　メグの考えることはわたしと同じだ。リアムもニューヨークを離れるつもりでいた。わたしと一緒に。二人でともに旅立つはずだった。

それから三十分ほど、メグとかつて交わした会話に怪しい点はなかったかどうか思い返してみたが、とくに思い当たらなかった。凍えるように寒い地下鉄の駅でタクシーを降りた。メグの厚手のジーンズと膝丈のブーツ、黒い革のジャケットがうらやましい。「ここからどこへ行くの？」寒さに思わずわが身を抱きしめた。今が何時かわからないが、ノーブラで地下鉄の駅に立っているのは気分のいいものではない。

「オールバニー（ニューヨーク州東部にある州都）に車を置いてきたの」

「そこまでどれくらい？」

「電車を乗り継いで、三時間ね。十二時半の最終便に乗れるといいんだけど。それを逃したら、安ホテルを見つけて一晩隠れているしかないから、つかまる可能性が高くなる」上品でしゃれた銀の腕時計を見て言う。「もう時間がないわ。走りましょう」

地下鉄の階段を駆けおりながら、リアムの声が頭のなかで響いた。ぼくの胸に逃げこんでくれ、エイミー。ぼくから逃げるんじゃなく。そうするつもりだったのよ、本当に。心で彼に言う。彼に味わわせてしまった苦悩を思うとつらかった。

一時間後、メグとわたしはオールバニー行きの寒い列車のなかで、硬いプラスティックの座席に座っていた。後ろの列も前の列もほかに乗客はいなくて、話をするにはちょうどよかった。

わたしは窓によりかかり、メグのほうを見た。「チャドのことを教えて。すべて」

「そうね、彼はわたしのすべてよ。彼を取り戻すためならどんなことでもするわ」

メグがこれだけ感情をこめて言っているのに、なぜ彼女の言葉を素直に信じられないのだろう？ 「どうやって兄と出会ったの？」

「その頃まだ学生で、夜は食堂で働いて、学費を稼いでいたんだけど、わたしが働いている時間によく彼が店に来るようになったの。それで親しくなったけど、ちっともデートに誘ってくれなくて、どうしてなのかと思っていたわ。ところがある晩、酔っぱらい客にからまれて困っていたら、チャドがその男を殴ったの。わたしはパニックになってしまって。ちょっと昔……」メグは一瞬目をそむけ、息をついた。

「養父から虐待を受けていたから。それで仕事中に外へ飛びだしてしまったの。チャドは心配して追いかけてきてくれたわ。長いあいだ、誰もそんなふうにわたしを気遣ってくれる人はいなかった。でも一度も誘ってくれなかったから、同情されているんだと思ってた。みじめな女の子を助けるヒーローを気取りたいのかしらって。でもあとでわかったの。彼は自分の仕事のせいで、わたしを危険にさらすことを怖れていたのよ」

わたしは眉をひそめた。「兄の仕事？　どんな仕事なの？」

「完全に極秘の、ある重要なコンサルティング業だと言っていたわ」

「つまりどういうこと？」

「わからない」

わたしが同じような返事をしたときのテラーの気持ちがよくわかる気がした。「兄と結婚していたのに、なんの仕事をしているのか、まったく知らなかったっていうこと？」

「政府のセキュリティ関係とか、そういう仕事なのかと思っていたわ。ニューヨークはそういう——」

「ニューヨーク？　兄はニューヨークに住んでいたの？」

「ええ。あなたがいたところから数ブロックの場所よ。妹は証人保護プログラムで守られているんだって言っていたわ」

証人保護プログラム？　わたしが？　本当なのだろうか？「チャドって名前で通していたの？」

メグは首をふった。「デイヴィッド・チャド・ウィルソン。チャドって呼ばれるほうが好きだけど、正式な名前はデイヴィッドだって。あなたをデンヴァーへ逃がした夜まで、それを信じていたわ」

「あの晩、なにがあったの？」

「あなたが隠れて暮らさなきゃならないのは、彼のせいなんだって言っていたわ……火事のことも話してくれた」

「誰が火をつけたか聞いた？」

「名前は言っていなかった。彼の仕事のせいで、ある大富豪の権力者に目をつけられて、狙われているって。その富豪が欲しがっているものを、彼が持っていると思われていたようよ。あまり多くは訊けなかったの。ふだんはただ一緒にいるだけで、この話を聞かされたのは、あなたを逃がすことになって、急いで事情を説明されたからなの。あとで安全になったら、ちゃんと聞くつもりだった」

「あなたたち二人も危ないと兄は考えていたの？」

「そうよ。彼と結婚したせいで、わたしに危険が及ぶことをひどく心配していたわ。でも本当は結婚していなかったわけだけど。彼は偽名だったから」

　メグは哀しげに声をかすれさせ、わたしは彼女を疑ったことで一抹の罪悪感を覚えた。「兄もそうせざるを得なかったのよ」

「わかっているわ。ただ、話してくれればよかったのに。彼を愛しているの。彼のためなら、なんだってするわ。命も惜しくない」

リアムの言葉が思いだされた。エイミー、このぼくを倒してからでなくては、誰だろうときみに指一本触れさせない。彼はわたしのためなら命を投げだす覚悟だ。そんなことは絶対にさせられない。「もう誰も死んでほしくない。わたしの両親は……」

「そうね」メグは残念そうにつぶやいた。「ご両親は助からなかったわ。チャドもよく悪夢にうなされて、飛び起きていた。あなたをデンヴァーに逃がさなきゃならなくなったとき、あんなに半狂乱だったのは、あなたのことも失うんじゃないかって怖かったのね」

罪悪感で胃がねじれそうな気がした。すべてはわたしが美術館に勤めたせいなのだ。

「美術館のトイレに手紙を貼りつけたのも、デンヴァーのアパートメントの手配をしたのもわたしよ」メグは言った。「わたしたちも同じようにデンヴァーへ行って、あなたの近所で暮らすつもりだった。でも彼が出かける用ができたと言って、その日のうちに帰るはずだったのに、戻ってこなかったの。それきり行方がわからなくなって、途方に暮れたわ。彼はあなたのためにいろいろと手配していたようだけど、わたしはその一部しか知らされていなかったし。わたしにいくらかお金を残してくれていたものの、長くは暮らせないとわかっていたわ。あなたの身元を知られないよう、できるかぎりのことをしていたつもりだけど、詳しいことはわたしもなにも知らなかったから」メグは首をふった。「わかって、エイミー。精いっぱいだったのよ、わたしも怯えていて――」

　わたしは感謝の思いでメグの手を握った。「気にしないで。あなたは立派よ」けれども結局、なにも事情はわからないまま、チャドを見つけたと同時に失ったようなものだ。「チャドがつかまっているというのは確かなの？」

「ええ、間違いないわ。あなたがいなくなって、本当に混乱して、わたしはチャドに捨てられたんじゃないかって思いはじめた。彼が死んだと思うより、そのほうが楽だった。それでお金はたいしてなかったけど、ニューヨークに戻ることにしたの。唯一あなたやチャドとつながる可能性があったから。あなたがリアムとつきあっているのは知っていたから、彼の自宅に隣接するビルで仕事を見つけて、彼がよく行くレストランのウェイトレスと親しくなったわ。リアムがニューヨークにいれば話題になるはずだけど、彼は街にいないようだった。あなたもいなかった。それでそのビルで働いたのは失敗だと思ったの。わたしの素性が敵に知られていて、監視されているか、あなたを見つけるためにリアムを監視していて、わたしも見つかってしまったか。わからない。なにが間違っていたのか、正しかったのか。でもいい判断だったのかも。彼が生きていることがわかったんですもの」

「どうして兄が生きているとわかったのか、まだ教えてくれていないけど」

メグはバッグから大きめの封筒を取りだした。激しい動悸と喉にこみあげる苦い味をこらえて、封を開けると、一枚のカードと携帯電話が入っていた。白いカードを開ける。


チャドを預かっている。われわれの欲しいものを、おまえは持っている。それを渡さなければ、チャドの命はない。彼を殺されたくなければ、五日以内にそれを持ってこい。また連絡する。


周囲がぐるぐるまわる気がして、なにも考えられない。アドレナリンが暴走し、息をするのも苦しかった。

「かれらがなにを欲しがっているのかわからなくて」メグは言った。「あなたに会うしかないと思ったの。そうしたらリアムが戻ってきたって聞いて、あなたも一緒に違いないから、なんとかして会おうと――」

はっとしてメグを見た。「あなたがわたしを誘いだすために、リアムの邸に火をつけたの？」

「電気系統をショートさせて火をおこす方法を調べて、それなら火のまわりがゆっくりだから――」

「それで火をつけたのね」

「あなたを誘いだすには、ほかに方法がなかったのよ。この手紙を見たら、あなたもチャドを救いたいと思うに違いないから。どうかわかってちょうだい。ごめんなさい」メグは唇を震わせ、涙をこぼして言った。「わたしもひとりぼっちなの。彼がわたしのすべてなの。だから絶対に彼を助けなきゃ」

わたしも全身が震えだし、涙があふれてきた。「兄は生きているのね」

「そう願っているわ。生きているはずよ」

「兄は生きている」わたしたちはすすり泣きながら、きつく抱きあった。

「ええ、生きているわ。なんとかして助けださなきゃ」

「そうよ」わたしは誓った。「兄を助けましょう」チャドの思い出が胸にあふれ、記憶のなかのチャドと一緒に、両親の死を嘆いた。

どれほどのあいだ、互いの傷を舐めあうようにメグと抱きあっていただろうか。兄を救いたいという思いが、すべてを奪った六年前のあの業火のように、激しくわたしのなかで燃えていた。

「リアムに連絡しましょう」わたしは涙をぬぐって言った。「彼の力を借りれば、チャドを救えるわ」

「だめよ。リアムを関わらせたくないから、あんな方法であなたを誘いだしたのよ。あなたはあの人を信じているんでしょうけど、チャドはひどく動揺していたわ。あの人は敵側の人間よ」

「そんなはずないわ。わたしを護ってくれたもの」

「なぜだと思う？　あなたの信頼を得て、欲しいものを手に入れるためじゃない？　よく考えて、エイミー。デンヴァーへ行くとき、どうしてファースト・クラスに乗れたの？　それになぜ大富豪の彼が、ふつうの民間機に乗っていたの？」

わたしは笑った。「あなたはリアム・ストーンを知らないのよ」ガレージに一台きりの自家用車のことを思った。「貧しい生い立ちで、無駄な贅沢はしない主義なの」はっきりと説明されたわけではないけれど、たぶんそういう理由なのだろうとわたしは理解している。

「ファースト・クラスに乗れたのはどうして？」

「わからないわ。リアムがお金を払って乗せてくれたのかも」

「でしょう？　おかしいと思わない？　あの男は厄介だってチャドは言っていたわ。だからあなたを彼から引き離さなきゃならなかったのよ」メグはわたしの腕をつかみ、声を震わせた。「リアム・ストーンは敵よ」

15

リアムを敵だと言い切るメグに、期待のこもった目で見つめられ、わたしはなんと答えていいやらわからなかった。リアムがドレスを短剣で切り裂くときの細心の気遣い、ベッドの上での愛撫やキスの優しさを想った。わたしにとって、リアム・ストーンは無限の可能性を秘めた男性だが、一つだけはっきりしている事実がある。彼はわたしの愛する人だということ。

「わたしたちだけの力でやるべきよ」なかなか返事をしないわたしに業を煮やして、メグが言った。「ほかの誰も信用できないわ」

「でも相手がなにを欲しがっているのかさえわからないのよ。ほかに手がかりになりそうなことはないの？」

「あなたこそ、彼の妹なんだから、なにか知っているはずよ。そうでなければ、どうして彼はあなたをかくまおうとしたの？」

本気でそんなことを言っているのだろうか？　「たしかに妹だけど、家族が焼け死んだと聞かされたときはまだ十八で、その後なんの説明もなしに逃亡生活を送らされて、兄は死んだものと信じていたのよ」

メグはそんなはずはないと言いたげに首をふった。「かれらが欲しがっているものがなにか、あなたは絶対に知っているはずよ」

「知らないわ。病院の裏口で待っていたあの男性は誰なの？　彼ならきっと知っているわ」

「どんな男性？」

そうか。メグがチャドに出逢ったのはその数年後だ。「チャドの友達や知りあいに会ったことは？」

「友だちは一人もいなかったわ。だからお互いを必要としていたんだと思う。どちらも孤独だったから」

メグの言葉はわたしとリアムの境遇を思い起こさせられて、胸が締めつけられた。

「じゃあ、ほとんどなにもわからない状態ということね。六年前となにも変わらないわ。あと五日でなんとかしなきゃいけないなんて」

「あと四日よ。どうする？　なにか方法を考えなきゃ」メグはヒステリックに言った。

「かれらはわたしが知っているると思っているけど、わたしはなにも知らないのよ。あなたが知っていると思ったのに。どうすればいいの、エイミー？」

最善策はリアムの協力をあおぐことだが、これほど取り乱しているときに、いくら説得しても無駄だろう。わたしはメグの腕をつかみ、まっすぐに目を見て言った。「大丈夫よ」リアムがいつも言う言葉をつい口にしている自分にぎくりとする。「なんとかなるわ」

メグは息を吸い、ぎこちなくうなずいた。制服の乗務員が通りかかったので、わたしはメグを放して、毛布を借りようと乗務員を呼びとめた。「毛布と枕の貸与で十五ドルになります」乗務員は言った。

顔から血の気が引くのがわかり、さっきまでの元気が一気にしぼんでいく。考えたら、お金も携帯電話も頼るものも、わたしはなに一つ持っていないのだ。

「わたしが払うわ」メグがすぐに言い、二人分の毛布と枕を借りてくれた。

毛布にくるまりながら、リアムに電話さえすれば状況は変えられると自分に言い聞かせた。なんでも自分でしようとする気持ちを手放すことで、本当の力を手に入れられる。リアムもそう言っていた。少しだけ自信が回復した。「あなたの車を取りにいって、それからどうするの？」

「なにも考えていないわ」

素晴らしい。最高。「お金は持ってる？　安いホテルなら泊まれそう？」

「ええ。お金はあるけど」

「この電車の行き先を考えると、オールバニーで下車するのが妥当よ。でもわたしの体験からすると、妥当な選択はたいていたい危険なの。だから車を取り戻したら、どこか大都会まで行って、ひとまず身を隠しましょう」

「ええ、いいわ」

メグはただうなずくだけだが、それはなにもしないのと同じことだ。この六年間の自分をふり返れば、批判などできる立場ではないけれど。わたしは力なく座席に身を沈めた。「一番近い都会はどこかしら？」

「たぶん、フィラデルフィアね」メグは考えつつ答えた。「後戻りすることになるから、賢い選択かもしれないわ。でもどうして隠れる必要があるの？　もう見つかってしまったんだし、向こうはチャドを人質にしているのよ」

「わたしたちが必要ないと判断されたら、よけいなことを知りすぎたせいで、殺されてしまうかもしれないでしょう」

「了解。大都会に潜伏作戦で」メグは携帯電話を取りだすと、ネットで調べはじめた。

「フィラデルフィアまでは四時間くらいよ」

「じゃあ、決定ね」わたしはうなずき、枕に頭を預けた。「少し寝ておいたほうがいいわ。長時間の運転になるから」

　メグはわたしを抱きしめた。「あなたが来てくれて本当によかった」身体を離し、小首をかしげてわたしの長いブロンドの髪を手ですく。「美しい髪ね、彼もそうだったけど」

　背筋に妙な不快感が走り、わたしはぎこちなく言った。「ありがとう。もう休みましょう」

　メグはうなずき、自分の座席によりかかった。

　わたしは彼女とは反対のほうに向きながら、今の言葉をふり払えずにいた。彼もそうだった？


　地下鉄の駅を出ると、メグの高級な緑色のヴォルヴォが停めてある場所へ行った。

「チャドが買ってくれたのよ」わたしの驚きを察してメグは言った。

「いい車ね」そう返事をしたものの、革張りのシートに座りながら、腑に落ちない気分だった。妹のわたしにぎりぎりの生活をさせるいっぽうで、メグには高級車を買い与え、マンハッタンの駐車場代も払ってあげていたということ？　なんだかおかしい。でも事情があって、わたしにお金を渡せなかったのかもしれない。派手な暮らしをしていたら、人目を引いてしまうから。

重い疲労感を感じて目を閉じ、少しでも眠ろうと思った。結局、電車のなかでは眠れなかったのだ。今は身体に気をつけないといけないし、判断力を明晰にしておくためには睡眠は必要だ。六年越しの謎を解き明かすのに、あと四日しか残されていない。たとえその謎が解けても、敵側が欲しがっているものがなんなのか、わかるとはかぎらない。しかも相手が欲しがるものを与えつつ、殺されないようにしなければならない。チャドのことではヒステリックに泣きわめくのに、なぜメグは自分が殺される心配はしないのだろう。

チャドの顔を思い浮かべると、自然と笑みが浮かんだ。チャド……

親友のダナが愛車のフォルクスワーゲンに乗って帰っていくのを見送り、ポーチの階段を駆けあがると、チャドがポーチの椅子に腰かけていて、びっくりした。

「チャド！」走り寄って飛びつくわたしを、チャドが立ちあがって抱きとめる。「信じられない！　帰ってきたのね」兄は大学やエジプト旅行で忙しくて、家にいたためしがないのだ。「パパも一緒なの？」

「ああ。でもわかるだろう、しばらく夫婦水入らずにしてあげないと」チャドはふざけて眉を動かした。「ここには少なくともドアがある。テントのなかじゃ、なにかと気まずかったけどな」

わたしは笑い、兄と並んで椅子に腰かけた。兄はわたしの頭にキスをした。「学校はどうだ？」

「最悪」わたしはぼやいた。「パパたちと発掘調査に行きたい。ママも同じ気持ちよ」

「まず卒業しろ。おまえのためだ」

「チャドは大学に行ってないじゃない」わたしは反論した。

「父さんにはぼくが必要なんだ。それに大学は辞めたわけじゃないぞ。学校の名誉のために研究活動をしているんだ。ちゃんと出席している時期もある」

「なるほどね」

チャドはため息をついた。「ルークはどうしている？」

「オースティンの大学へ行ったわ」

「よかった。あいつがおまえを見る目つきが気にくわなかったんだ。ここにいたらケツに蹴りを入れてやるところだ」

いつも妹思いの過保護な兄なのだ。家族がみんな一緒だった頃がなつかしい。「どうしてルークをそんなに嫌うの？」

「マリファナを吸うし、ものにした女の数を自慢するようなやつだ。おまえをあいつの自慢のタネになんかしたくない」

「チャドだって、けっこう遊んでるくせに」

「自然の欲求だからしかたないさ。それに一人の女の子と長くつきあえるタイプじゃないんだ。でもつきあった数を自慢したりしないし、守れない約束はしない」

なぜなら発掘調査で飛びまわっているので、すぐに別れる運命だから。「つぎはいつ出かけるの？」

「二日後だ」

胸の奥がずきんと痛くなる。二日後。「そんなにすぐ？」

「おまえの十八の誕生日には帰れるようにするよ」

半年後？　喜ぶべきなのにそんな気分になれなかった。

大きな音がして、びくっとして座席から身を起こした。「どうしたの？」

「ガソリンを入れなきゃ」メグが言い、見まわすとガソリンスタンドにいて、メグが運転席のドアを開けたところだった。「一時間近く寝ていたわよ」

「寝ていた」どうしてルークの名前がしきりと浮かんでくるのだろう。兄の夢を見たのはわかるが、ルークが夢に現れる理由がわからない。もっとも今のは夢で、フラッシュバックではなかったけれど。

「必要なものがあれば売店で買ってくるけど？」メグが訊いてきた。

胃がぐうっと鳴った。「なにかスナックがあれば。その前にトイレに行ってくるわ」

「欲しいものがあったら、レジに持ってきて」メグは外に出て、ドアを閉めた。

バッグを持ち、記憶をたどってみる。デンヴァーの架空の雇い主の代理人は、ルークという名前だった。あいつがおまえを見る目つきが気にくわなかったんだ。ここにいたらケツに蹴りを入れてやるところだ。どきどきする胸を拳で押さえた。過保護な兄は、リアムを蹴飛ばすと夢のなかで伝えたかったのだろうか。

「まったくもう」一人つぶやく。「彼は敵じゃないのに」

ドアを開けると、寒さに身震いしながら、ボンネット越しにメグに呼びかけた。

「寒くて凍えそうだから、温かい服と上着が欲しいわ」

「ああ、ごめんなさい、気がつかなくて」メグは後ろのトランクを開けて、スーツケースからフード付きのジャケットを取りだして貸してくれた。「ほかの服は、途中の店で買いましょう」

わたしはうなずいて、ジャケットを着た。「デンヴァーで受け取ったパソコンにチャドが隠しカメラを取りつけたわけを知っている？」

メグはあざけるように鼻を鳴らし、トランクを閉めた。「ええ。彼はリアム・ストーンを信用していなかったから、敵側の人間とリアムのつながりを暴くつもりだったのよ」

やっぱり。ルークの夢は偶然ではなかったのだ。でも兄がわたしを盗撮していたと思うと、なんだか気味が悪い。リアムとセックスしているところを見られていたらどうしよう？　最悪だわ。

メグのほうを見て言った。「リアムとの接点は見つかったの？」

「いいえ。その前に……こうなってしまったから。あなたがカメラを見つけたなんて、驚いたわ。チャドは絶対に気づかないって言っていたのに」

わたしはなにも言わなかった。〝あなたの知らないところでチャドがいかに気を配っていたか、そばにいたわたしが一番よく知っているのよ〟というメグのこれみよがしのアピールに困惑していた。売店のほうを見て、ふと思いついた。公衆電話でリアムに連絡して、わたしは大丈夫だと知らせよう。彼の声が聞きたい。彼もわたしの声を聞きたいに違いない。

歩きだすと、メグが後ろから呼びかけた。「エイミー」ふり返って、問いかけるように首をかしげると、メグは言った。「彼が向こう側の人間なら、欲しいものを手に入れた瞬間にわたしたちを殺すはずよ。無関係だとすれば、この件に首を突っこんだせいで殺されるわ」

全身の血が凍りつくような気がして、わたしはなにも言えなかった。メグの言うとおりだ。リアムを巻きこんではいけない。電話などするべきではない。わたしはうなずいて、歩きだした。メグを誤解していたようだ。要求されたものを渡したときの敵の行動を、彼女はちゃんと予測している。

売店のトイレに入ると、ドアに鍵をかけて、大きく息をついた。考えて、エイミー。よく考えるのよ。けれどもなんの名案も思い浮かばなかった。手を洗いながら鏡を見ると、すっぴんで腫れぼったい目をして、ぼさぼさ髪のみじめな女が映っていて、ぎょっとした。お腹に手をあてる。なにがあってもこの子のために生き延びなければ。必ず謎を解明してみせる。たとえ今はなにも思いつけなくても。

バッグを開けて、頼もしい拳銃が入っていることに安心した。メイク用品のケース、ブラシ、ヘアスプレー、財布。もしやと思い、財布を開けてみると、ぎっしりの札束とアメリカン・エキスプレスのブラックカード（アメリカン・エキスプレスの最上級のクレジットカード。究極のステータスを意味する）が入っていた。もしもの場合にわたしが困らないようにと、リアムが入れておいてくれたのだ。

ブラジャーをしていないので、お札を胸元に挟むわけにいかず、靴を脱いでなかに隠した。クレジットカードは確実に監視されているだろう。一度でもレジで使ったら、わたしの居場所がリアムに伝わるはずだ。メグの警告が頭のなかをめぐる。彼は殺されるわ。彼女からそう警告されたのは初めてではない。おそらく本心から言っているのだろう。チャドが生きている、というのも本当だと思う。クレジットカードを使えば、リアムにわたしの居所が伝わる。最悪の緊急事態に備えて、そして彼と連絡を取るための最終手段として、クレジットカードも靴のなかにしまっておくことにした。いつか彼に危険が及ばずに、連絡を取れるようになったときのために。

トイレから出ると、メグがレジのところにいたので、プロテイン・バーと果物を持っていった。車内に戻ったとき、メグの携帯が鳴った。メグは恐怖のまなざしで、「わたしのバッグ」と探しはじめた。「どこにいったのかしら？　あの電話よ。かれらから渡されたやつ」

心臓が飛びだしそうになりながら、後部座席を手探りすると、床にバッグが落ちていたので、メグに渡した。しかし彼女が出る前に、鳴りやんでしまった。

「もうだめだわ！」メグはハンドルを叩き、長い髪をふり乱してうなだれた。

「こっちからかけ直してみたら？」わたしは言いながら、メグの動揺ぶりを嘘くさく感じてしまうのはなぜなのだろうと思った。

メグは涙に濡れた顔を上げて言った。「前にもそうしてみたけど、つながらなかったのよ」

すると携帯がブーンと鳴ってメールが送信され、それを見てメグはいっそう青ざめた。

「なんて言ってきたの？」緊張で息をするのも苦しく、やっとの思いでたずねた。

電話を渡され、メッセージを読んで、血が引く心地がした。

　チャドの貴重な時間を、ガソリンスタンドで無駄にするひまがあったら、さっさと飛行機に乗って、例のものを持ってこい。さもないとおまえの恋人は死ぬ。

メグがわたしの腕を指が食いこむほどきつくつかんだ。「どうしよう？　いったいどうすればいいの？」

答えは一つ。あらゆる意味で、それは正しいとも間違いだとも言える。テキサスへ行くのだ。すべての発端であり、終焉の地となる場所へ。

リアムもわたしを探しにいくだろう。わたしたちが監視されているのは明白だが、彼には危険を警告してある。おそらく遠くからわたしを見守ろうとするはずだ。何者かわからない、謎の敵と同じように。

だからわたしたちは安全とも言える。リアムはジャスミン・ハイツに乗りこんできて、不用意にわたしに近づいたりしないだろう。あのリアム・ストーンがそんな軽率な真似をするわけがない。けれどもわたしたちが相手にしている人間たちは、以前にも人を殺している。リアムが殺されないように、彼を守る方法を考えなくては。

メグがわたしの腕をつかんで言った。「エイミー、お願いよ、どうすればいいか教えて」

「安ホテルに部屋を取って、シャワーを浴びて、着替えて、ちゃんとした食事をして、最低でも二時間の睡眠を取る。それから考えましょう」

「今すぐ考えないとだめよ！」

「いいえ、しっかり休んで、正しい答えを導きださないと、うかつに行動したらまた誰かが死ぬはめになるわ」

もう二度と、そんなことはゆるさない。

16

三時間後、わたしたちはふたたび車に乗り、空港へ向かった。メグに下着とピンクのタンクトップとジーンズ、それにジャケットを借りた。ブラジャーはかなり大きめだが、やっと文明人らしくなれた気がする。

メグはフィラデルフィア空港の長期駐車用のスペースにボルボを停め、携帯電話で航空会社に連絡した。「運がいいわ。三十分後に出る便に、まだ空きがあるそうよ」

「どれぐらい？」

「三割ぐらい」

「ちょうどいいわね。すぐにチケットを買って、乗りましょう。でもリアムは資力も人脈もじゅうぶんにある人だから、航空券を買うときに身分証を見せたら、すぐに知られてしまうわ。だから彼の気をほかにそらしておかないと。あなたの携帯電話は偽名なんでしょう？　チャドがわたしを逃亡させるのを手伝ったんですもの」

メグがうなずく。「ええ」

「じゃあ、その電話でリアムに連絡するわ」

メグは驚きに目を見開いた。「なんでそんなことするの？」

「わたしは今、デンヴァーにいて、逃げているところだと彼に信じこませるの。そうすれば彼は、デンヴァーを中心にわたしを探させるはず。長くはごまかせないでしょうけど、かなりの時間は稼げると思うわ」メグはあまり喜んではいないようだ。わたしも自分で言うほど自信はない。「これが一番いい方法よ」

メグが携帯電話をさしだす。「あなたに危険が迫っているように思いこませてね」

わたしは電話を受け取った。「わかっているわ」良心の疼きをどうにか静め、偽のあらすじを考えると、リアムの番号を押した。

すぐに彼が出て、なぜわたしだと察したのかわからないが、こう言った。「エイミーか？」

苦悩に満ちた深みのある彼の声が耳元から背筋へと伝わり、苦しくて息もつけなかった。「エイミー、きみなんだろう？　ベイビー、声が聞きたい。きみだと言ってくれ」

リアムの絶望と焦りがにじむ声が、刃のように胸を切り裂く。「話せないの」小さくささやく。「こっそり借りた電話なんだけど、デンヴァーにいるの……ああ、どうしよう。かれらが来たわ。リアム、ここがデンヴァーだということしかわからなくて――」電話を切り、うなだれて涙をこらえた。急に胃が痙攣し、あわててドアを開けて、嘔吐した。

「エイミー、大変、大丈夫？」メグが紙ナプキンをさしだした。

わたしはナプキンをもらって、口元をぬぐい、借り物の紺のジャケットとバッグを手に持った。「乗り遅れないように急ぎましょう」

空港内に入ると、二人でトイレに行ったが、メグが個室に入った隙に、急いで外へ出て、コインロッカーに銃をしまった。置いていくのは心もとないが、機内に武器は持ちこめない。メグは半狂乱でわたしを探しにきたが、胃のむかつきを静めるためにジンジャーエールを買おうと思ったのだと説明した。

これから丸腰で、危険が待ちかまえている場所へ飛行機で向かうのだ。

機内ではリアムの声を頭のなかで再生しながら、一時間ほどまどろんだ。きみなんだろう？　ベイビー、声が聞きたい。リアムを愛している。わたしをベイビーと呼ぶところも、過保護すぎるところも、すべて愛している。そしてそんな彼に自分がした仕打ちを深く憎んだ。

軽食をかろうじて胃に収め、少し眠った。メグがわたしの膝の上に置いた写真の束に手が触れ、はっと目が覚めた。チャドの写真に涙で喉がつまる。笑顔のチャドの目元には、以前はなかった細かなしわができている。最近の写真なのだろう。六年の月日が顔に表れている。大人の男性という印象だ。写真で兄の顔を見たおかげで、記憶のなかの兄の姿もはっきりと思いだせるようになった。

写真に指で触れ、火事で失ったと思っていた兄とじかに抱きあえることを願った。それらの写真は希望を与えてくれた。バイクに乗っている一枚を見て、エジプトでもよく乗っていたことを思いだした。メグの肩を抱いて、笑っている写真もある。けれども、リアムとわたしのあいだに通う特別な火花は感じられない。チャドがメグの目を見つめるときは、火花が見えるのかもしれないけれど。

着陸のアナウンスが流れ、わたしはメグに言った。「見せてくれてありがとう」

「あなたにあげるわ。わたしはまだたくさん持っているから」

「ありがとう」バッグに写真を大切にしまった。もっとゆっくり見ていたいけれど、心の準備をしなくてはならない。空港のゲートを出たらなにが待っているのかわからないのだ。あるいは誰が待っているのか。

緊張に身を硬くして、オースティンで飛行機を降りた。わたしが奪い去られるのを心配するように、メグが腕をがっちりとつかまえている。ブリッジを渡り、人ごみに目をこらしたが、背が高くて威圧的な愛しい男性の姿はどこにも見つからず、落胆と安堵のいりまじった気分になる。

「ここまではまずまずね」メグがつぶやく。「あなたの作戦がうまくいったしるしだといいけど」

「そうであることを祈りましょう」ひどいやり方だけれど、愛する二人の男性に無事でいてもらうためなのだからしかたがない。

レンタカー乗り場へ向かう往復便のバンが待つほうへ歩いていきながら、リアムがいないのはいいことだとわかっていても、彼がそばにいるときの肌がぞくぞくして胸が浮き立つような感覚を求めずにはいられなかった。けれどもそういう感覚は訪れない。彼は本当にここにはいないのだ。

往復便のバンを降りて、レンタカーに乗りこむ頃には、十一月のテキサスの暖かさに、ジャケットを脱いで腰に巻き、リアム・ストーンがどこにもいないことを確信していた。灰色のダッジで州間高速道三十五号線に入り、ジャスミン・ハイツへ向かった。わたしはシートに身を沈め、腿の上で拳を握りしめた。リアムがいないまま、今からゴジラに立ち向かおうとしているのだ。

「けっこう近いわね」メグが言った。「ＧＰＳによると三十分の距離だわ」一瞬黙りこみ、わたしを見る。「準備はいい？」

彼女のほうを見ないで言った。「ええ」

メグは少しのあいだ静かだった。ずっとその状態でいてほしいと思ったが、すぐに彼女がまた口を開いた。「ジャスミン・ハイツに来てもあなたがなにも思いだせなかったら、チャドは殺されてしまうと思う？」

わたしは恐怖のあまり息苦しさを覚えたが、どうにか答えた。「兄を痛めつけるとか、わたしにとって大事な人を傷つけようとすると思うわ」

「たとえばリアム？」

「ええ」その言葉は舌の上で鉛のように感じられた。「リアムを」

しばしの沈黙が訪れ、わたしは前を見つめて精神集中を心がけた。すべてに対する答えがわたしの記憶のなかになかったら、あるいは思いだせたとしても、チャドやリアムを救うのに間にあわなかったら、どうしよう。生きているとわかったとたん、またしても兄を失うなんて、絶対にいやだ。それにわたしに生きる意志を取り戻させてくれた人も、失うわけにはいかない。でも今まで、わたしは愛する人たちをことごとく失ってきた。

「ジャスミン・ハイツに入ったわ」メグが言い、わたしは身体を起こして、二度と見ることはないと思っていた標識を見つめた。メグがたずねる。「おすすめのホテルはある？」

「知らないわ」そんなことはどうでもよかった。「このまま進んで、スナイダーの出口で降りて」高速を降りると、わたしはメグに道を教えた。「ここを曲がればすぐよ」ところが角を曲がると、真新しいショッピング・センターができていた。

「ホテルじゃなさそうだけど」

「ここがわたしの家なのよ」だが今はレストランになっていた。焼け跡に新しい店ができたのだ。「私道に停めて」

「先にモーテルに部屋を取ったほうがよくない？」

「いいから、停めて」

「わかった、停めるわよ」

メグは店の入り口の右手に車を停めた。赤と白のしゃれたたれんが造りの建物を見つめた。〈レッド・ヘヴン・レストラン〉と大きな看板がかかっている。天国《ヘヴン》という皮肉な名前は偶然とは思えなかった。わたしが住んでいた頃と比べ、町の人口は二倍に増えたとはいえ、小さな町であることに変わりはなく、ここで起きた火災のことを町の誰もが覚えているはずだ。

「赤い天国」わたしはつぶやいた。

「店に入ってなにか食べる？」メグが訊いてきた。

楽しげに食事をしている客たちが座っているのは、母が生きながら炎に包まれ、断末魔の悲鳴を上げていた場所だ。

「ひどいわ」

「なあに？　食べ物がひどいの？　新しいお店みたいだけど」わたしは返事をしなかった。なにも言えなかった。看板を見上げる。これは侮辱であり、宣戦布告であり、脅迫の言葉だ。怒りと衝撃で、また頭痛とフラッシュバックの発作に襲われることを覚悟した。けれども憤怒で胸が熱くなり、肩がこわばっただけだった。歯を食いしばり、車のドアを開けた。

「結局、そのひどい食べ物を食べるわけ？」メグがぼやいたが、わたしはとりあわなかった。バッグをななめにかけて、ドアを開けると、店内は木の床に木製のテーブルと椅子が居心地よく並べられ、家庭的な雰囲気だった。この家庭的な内装にも作為的なものを感じてしまう。

「ここのオーナーは誰？」わたしは二十歳ぐらいのウェイトレスにたずねた。なんとわたしが昔ベビーシッターをしていた近所の女の子だった。

ウェイトレスは茶色の眉を寄せた。「わたしの知りあいじゃありません？」

「人違いだと思うわ。オーナーの名前を知りたいんだけど」

「シェリダン・スコット氏です。この辺の土地はほとんどがこの人のものです」

デレクが言っていたとおりだ。「その人の名刺を持っている？」

「支配人なら持っているかもしれません。カウンターの奥にいます」

「テーブルに座らない？」メグが言った。

いやな感覚が背中を伝い、その原因はどうやらメグのようだった。嵐が起きそうな不吉な予感に全身の神経がざわついたが、わたしはそれを無視しようとした。

「ちょっとトイレに行ってくるわ」メグがついてこないように祈りながら、トイレに向かった。あとでメグが一緒じゃないときに、カウンターに寄って、支配人に訊こうと思った。

トイレのドアを開けると、一人用だったのでほっとした。鍵をかけようとしていると、明るい茶色の長髪をポニーテールにした男がいきなり入ってきて、こちらに背を向けてドアに鍵をかけた。

心臓が破裂しそうになりながらバッグに手をかけた。逃げる隙を与えずに男がふり向く。ちょっぴり不良じみた彼をセクシーだと思ったこともあるが、実際はリアムよりもはるかに危険かもしれないと、そのとき初めて感じた。

わたしはバッグのストラップを握りしめた。「ここでなにをしているの、ジャレッド?」

「チャドからメッセージを言づかっている」

驚いたが、動揺は感じなかった。デンヴァーで出逢ったときから、彼はただのご近所さんではないような気がしていたのだ。「あなたの刺青を見せて」

「おれはきみの兄貴の秘密組織には関わっていない。だがメッセージを聞けば間違いなく本物だとわかるはずだ」トイレのカウンターに携帯電話を置き、音声メールのボタンを押した。

〝ジャレッド、チャドだ〟

兄の声を耳にして、胸から息が絞りだされ、目頭が涙で熱くなった。本当に生きていたのだ。メグに言われても、今まで心の奥底では信じ切れずにいたけれど。

〝おまえがララに自動検知《ピング》を仕掛けたのは正解だったよ〟音声メールはつづいた。

〝計画どおり、ララをデンヴァーへ逃がしたが、問題が発生して、解決に追われている。こっちへ来て、二週間ほど妹を見守ってやってほしい。ちくしょう。もう行かなきゃならない。こっちへ来てくれ、妹を守らなきゃならないんだ〟

やっぱり、この六年間チャドは生きていたのだ。ジャレッドに対して、初対面なのになぜ知っているような気がしたのか、これでわかった。ジャレッドに奇妙な愛着を覚えたのは、彼に託したチャドの思いを潜在意識で感じ取っていたからなのだろう。

「兄は大丈夫よね？　せっかく生きているとわかったのに、また失うなんていやよ」

すでに傷だらけで血を流している胸に、恐怖がさらに穴をうがち、声が震えた。

「彼がどこにいるかはわからないが、絶対に見つけるよ、約束する」

「わたしが聞きたい答えじゃないわ」こみあげる涙で喉が痛かった。

「今はそれしか言えないんだよ」

ジャレッドの返事に素直にはうなずけなかった。わたしが同じようにリアムに返事をしたら、彼もきっと納得しないだろう。「自動検知《ピング》ってなんのこと？」

「おれはＩＴが専門で、今は合法のハッキングも請け負っている。それでＳＮＳに自動検索をかけて、きみやきみの兄貴に関する情報が流れたら自動検知《ピング》が鳴るようにしておいた。ところがきみを自動検索している人間はおれだけじゃなかった。きみが美術館で働きだしたとき、何者かが仕掛けた膨大な検索網にきみの情報がひっかかった。

それで検知ベルが鳴ったんだ」

「わたしのせいなのね？　こんなことになったのは、わたしが元凶なのね？」なぜ問いかけたりするのだろう。わたしに責任があるのはわかりきっているのに。

「いいや、きみのせいじゃない。元凶はチャドだ。きみもそれはわかっているだろう」

「わたしはなにも知らないわ。まったくなにも。ずっと逃亡生活で、兄が生きていることすら知らなかったのよ！」

突然、ジャレッドに壁に押しつけられた。「しいっ。静かにしなきゃだめだ」

「しなきゃならないことだらけよ。身を隠して、名前を偽って、嘘をついて。数えきれないほど嘘をついてきたわ。だからお願い、ジャレッド、わたしに嘘は言わないで」

「スイートハート――」

「それにスイートハートなんて呼ばないで、ララもだめよ。わたしはエイミー、この名前は変えないわ。ここに来たのはわたしがメアリーやケイシーやサンディという名前になったことを知らせるためだなんて言わせないわよ。わたしはエイミーなんだから」

ジャレッドはしばしわたしを見つめてから言った。「エイミー、おれが来たのはきみを改名させるためじゃない。きみを助けにきたんだ。チャドのことも助けたいと思っている」

「どうして兄を知っているの？　どうしてそんなに兄のことを心配するの？」

ジャレッドは壁から離れてシンクにもたれ、暗く悲壮な面持ちで、つらそうに口を開いた。「おれたちは同じ大学で、その当時、おれの妹が癌で死にかけていて、保険じゃ治療費が払えなかったんだ。おれは違法なハッキングの仕事で荒稼ぎをして、妹の治療費にあてていた。チャドはそれに気づいていた。当時は知らなかったが、チャドはやばい組織に足を突っこんで抜けられなくなっていたんだ」

「やばい組織って？」

「石油関係らしいということしかわからない。きみの父さんも関わっていて、かなり怯えて神経質になっていた。チャドは父親に代わって、秘密組織の仕事に関わるようになっていった。おれには病気の妹がいるから、それ以上関わりあいになる気はなかったし、チャドも誘ってこなかった」

見知らぬ男が父に封筒を渡していた場面がよみがえり、気分が悪くなった。ジャレッドから聞いたことが事実なら、つじつまは合う。

「チャドは遂行しなければならない仕事を抱えていた」ジャレッドはつづけた。「その報酬はそれまでおれが請け負った仕事の四倍だった。おれが一切口外しないのをチャドは知っていたし、チャドがおれをそのやばい組織に関わらせないことをおれは知っていた」ジャレッドは緊迫した声で言った。「おれがその仕事を請け負ったおかげで、妹は五年も生きることができた。チャドとはそれきり関わることはなかった。ところがあの火事が起きて、チャドはきみを秘密裏に逃がさなくてはならなくなった。それできみの兄さんがおれの妹を救ってくれたように、今度はおれがきみの守護天使になることにしたんだ」

「じゃあ、偽の身分証やお金をわたしに持たせて、病院から逃がしてくれた男の人は？」

「知らないな。おれはきみの身分証やなんかの偽造工作をしただけだ」

「メグは？」

「メグ」ジャレッドは苦々しげにつぶやいた。

「チャドの妻だって言ってるけど」

ジャレッドは冷ややかに言った。「妻がいるなんて一言も聞いたことがないな。この六年間で話をしたのは三回きりだが、妻を守ってくれと頼まれた覚えはないよ。

チャドのような責任感に厚い男が、妻を見捨てるなんて考えられない。たとえ愛情が冷めていたとしても、夫である以上、自分の命に替えても守ろうとするはずだ」

「ええ、兄はそういう人よ」

「それに夫が誘拐されたかもしれないときに、誠実な妻はほかの男といちゃついたりしないだろう」

「なんのこと？　ほかの男って？」

ジャレッドは携帯電話のボタンをクリックして、メグが二十歳以上も年上と思われる男と抱きあっている写真をわたしに見せた。一目でその男が、母や父と関わりのあった例の男だとわかった。「この人は誰なの？」ジャレッドを見上げて訊いた。「どういう人？」

「前に見たことがあるんだね」

「ええ。父と口論しているところや兄と争っているところを見たし、それに……母に不倫を強要していたみたい」

ジャレッドの目が鋭くなった。「メグに訊きたいことが山ほどありそうだな」

「ええ、そうね」その瞬間、割れるような頭痛がしてわたしはよろめいた。ジャレッドがあわてて支えてくれた。「おっと。落ち着いて、スイートハート、大丈夫かい？」

「スイートハートはやめてって言ったのに」わたしはジャレッドのシャツにつかまり、胸に頭をもたせかけて、けんめいに息を整えようとした。「大丈夫よ。ちょっとだけ……待って。もう少し……」刺すような頭痛がはじまり、フラッシュバックで重要な記憶を取り戻せるのはありがたい反面、タイミングの悪さを呪った。

「エイミー」

メグの声がして、あわてて顔を上げると、痛みに頭蓋を切り裂かれた。

ジャレッドがわたしの口に指をあてて、自分のことは言うなと合図をする。

わたしはうなずき、急いで言いわけを考えた。「ここにいるわ。また気分が悪くなっちゃって。ジンジャーエールを買ってきてもらえないかしら?」

「いいわよ。すぐに戻るわね」メグの足音が遠ざかっていく。

肩を包むジャレッドの両手が、親密すぎる気がした。リアムならいいけれど、ジャレッドだと、不快ではないにせよ、違和感がある。「そろそろ出ないと」彼は言った。

「歩けそうかい?」

「大丈夫よ。ただの――」

「低血糖」以前にわたしが使ったいいわけをジャレッドが思いださせる。「前にもそう言っていたな。メグをとっつかまえなかったのは、最初にきみと話したかったからだ。おれを信頼してもらうために。あの女ときみを一緒にいさせるのは気が進まないが、油断させて一人でいるところをつかまえたい。だからメグとホテルへ行くんだ。おれはあとから追う」

「それからどうするの？」

「チャドの居場所を聞きだす」

「彼女は知っていると思う？」

「おれたちよりよっぽど多くを知っていそうだ」

「そのようね」苦い気持ちで言った。メグが兄に危害を加える側の人間だとわかった衝撃で、不思議とフラッシュバックの発作は治まった。こうなったら、彼女の知っていることを洗いざらい聞きだそうと心に決めた。

「善は急げだ」

ジャレッドが身体を離して初めて、互いの脚がぴったりと重なりあっていたことに気づいた。

ジャレッドもわかっていたようで、ぎこちない緊張感が漂い、わたしはあわててドアのほうを向いた。彼が肩に手を置いたが、リアムの手から伝わる熱い液体のようなエネルギーは感じなかった。それでも温かさと頼もしさをもらえた気がする。「あの女になにかされそうになったら、すぐに逃げろ。おれがついている。チャドがおれの妹を救ってくれたように」

言いつくせない感情が胸にあふれ、わたしは鍵を開けて、新たな守護者をあとに残し、ドアの外に出た。ジャレッドを疑う気持ちはなかった。出逢った当初から。

店内を見まわしてメグを探したが、どこにもいない。視界の隅に出入り口のドアが開いて閉まるのが映った。そちらへ走り、レストランを出ると、レンタカーが通りへ走り出ていくところだった。

すると白いトラックが目の前に停まり、助手席のドアが開いた。「乗って」ジャレッドが言う。

トラックに乗りこんだが、メグの乗ったレンタカーはすでに見えなくなっていた。

17

「どうしよう？」トラックを道に出すジャレッドに問いかけた。

「チームの再編成だな」ジャレッドは探るようにわたしを見つめた。そんなことよりちゃんと前を見てほしい。「どうしてメグと一緒だったんだい？」

「あなたはどうやってわたしを見つけたの？」

「きみ、携帯電話を捨てちまったろう。せっかく端末番号を特定して場所が検知できていたのに――」

「わたしの携帯にそんなことをしていたの？」

「しかたがないだろう、スイートハート」

前にかかってきた番号不明の電話を思いだした。「あなた、電話をかけてきた？」

「リアムはいくつか電話を持っているから、どれがきみのか知る必要があったんだ」

「すごく怖かったんだから」

「ごめん、怖がらせるつもりはなかったんだ。ところで怖かったと言えば、エイミー・ベンセンの身分証で飛行機に乗るなんて、いったいなにを考えているんだ？　まあ、そのおかげできみを見つけたわけだが、ほかのやつにも確実に見つかったはずだ」

なにも言うまい。それよりもっと訊きたいことがある。「どうしてこんなにすぐここへ来られたの？」

「前からテキサスに戻っていたんだ」

「メグは？　彼女は今までどこにいたの？」

「きみがいなくなったあと、彼女もどこかへ行った」もとはわたしの実家だったレストランから数ブロックのところにあるモーテルの駐車場にトラックを停めながら、ジャレッドは言った。「リアム・ストーンの趣味にはあわないだろうが、ベッドはちゃんとあるよ」

リアムの名前を口にするときのジャレッドの侮蔑的な口調に困惑し、思わず顔をしかめた。リアムを信頼し、愛しているいっぽうで、わたしを心配してリアムを疑う兄の気持ちもわからないではないが。「どうしてリアムをそんなに嫌うの？」

「金、金、それにえーと、そう、金だ」

「お金のなにがそんなに問題なの？」そう問い返しつつ、以前のわたしもリアムに関して不安だったのはそのことだった。

「チャドはうなるほど大金を持っているやつらと関わりあっていた。リアムもうなるほど金を持っている。そういう大金持ちは自然に発生するわけじゃない。かれらには共通するものがあり、危険な匂いがつきものだ」

「リアムはわたしや兄にとって、なんの危険もないわ。わたしに危害を加える人物にとっては、危険きわまりないでしょうけど」

「それほどリアムを信じているなら、なぜデンヴァーで彼のもとから逃げたんだ？」

「わたしが逃げたことをどうして知っているの？」

「ハッカーをあなどってもらっちゃ困るぜ。リアムはきみを探していた。おれと同じように」

「なんだかぞっとするわ」

「怯えてくれていたほうが安全だ、あの男に関してはね。今回、きみがエイミー・ベンセンの身分証で飛行機に乗ったことを、ぼくと同じようにリアムも検知したはずだ。この件にあいつも深く関わっているなら、絶対にきみをつかまえに来る。その前に急いで対策を考えよう」

ジャレッドはわたしがリアムと信頼を築き直したことを知らないようなので、そのことは黙っていようと思った。「兄は、リアムがこの件に関わっているって言っていた？」

「できることなら嘘をついて、きみをリアムの呪いから解放してやりたいところだが、どうやら彼を盲信しているわけではなさそうだ。それに山ほど嘘をついてきたから、もう嘘はこりごりだという気持ちもよくわかる。リアム・ストーンに関しては、チャドとほとんどなにも話していないんだ。だがおれがデンヴァーに着いたら、チャドはいなくなっていて、きみはリアムといたというのが、どうも気にくわない」

「リアムがこの件に関わっているという情報が、あなたのハッキングや検索探知でひっかかったことはないの？」

「それはないが――」

「ないのね」ジャレッドをさえぎって、わたしは言った。「それが答えよ。たしかに彼は大金持ちよ。でもそのこと自体は罪ではないわ」

「おれを信じてくれるかい？」

「あなたのことはなにも知らない。でも一緒にいるのは、兄があなたを信頼していたからよ」

「もしリアム・ストーンが、チャドの持っているものを欲しがっているなら、きみを探しにくるだろう。リアム・ストーンの欲しいものがきみであるなら、やはりきみを探しにくるはずだ。どちらにせよ、彼が来ることは覚悟しておいたほうがいい。それから、メグのことだが、どうして一緒にいたのか、まだ説明してもらっていないな」

ジャレッドは顎をこすり、ため息をついた。「とりあえず、なかに入ろう。そのほうが安全だ。フロントで部屋を取ってくる。きみは姿を見られないほうがいい。しかしここに一人で残していくのも心配だ」ジャレッドはわたしの脚の上に手をのばし、グローブ・ボックスから銃を取りだすと、わたしの横に置いた。「なるべく早く戻る。撃ち方はわかるね？　チャドが、きみは銃を撃てると言っていたから。弾はこめてある。おれ以外の人間が来て、無理やりトラックに押し入ろうとしたら、これで撃つんだ。リアム・ストーンも含めてと言いたいところだが、どうせきみは聞く耳を持たないだろう」

　車を離れるジャレッドに言った。「わたしが逃げださないか、心配しないの？」

「きみは兄貴を助けたい。おれもきみの兄貴を助けたい。だからきみが逃げるとは思わないよ」

　ジャレッドの後ろ姿を見送りながら、彼の真意を測りかねていた。不良じみた不敵な態度でゆったりと歩いていく彼は、リアムとはべつの種類の男らしさと存在感を漂わせている。チャドにはまったく似ていないが、なぜか兄を思いださせる雰囲気があり、かれらが友だちだというのもわかる気がした。

　銃を膝に置き、安全装置を外して、辺りに目を配りつつ、窓越しにカウンターで手続きをするジャレッドの様子をうかがいながら、不思議と冷静で無感情でいることに気づいた。例の麻痺状態《ゾーン》に入ったのだ。いつもは暗い恐怖からの逃げ場として、この麻痺状態《ゾーン》に安らぎを求めていたが、今感じているのは氷のように冷たくうつろな気持ちだった。

　数分がたち、ジャレッドが悠然と戻ってきて、運転席に乗りこみ、膝の上で銃を握りしめているわたしの手を包んだので、はっと驚いてわれに返った。

　お互いの視線がぶつかり、ジャレッドの熱っぽいまなざしにわたしは戸惑った。ひどい格好だし、シャワーもまともに浴びていないし……こんなわたしのどこが？　厄介なことにならなければいいけど。

「一つ条件を守ってくれるなら、それを持っていてもいいよ」

「条件？」

「おれに向けて発砲しないこと」

「そんなの考えもしなかったわ」

ジャレッドは笑いながら、エンジンをかけた。「おれの行いがよかったみたいだな。バッグに入れておきな。きみが武器を持っていれば、おれも安心だ。車は裏手に停めよう。そっちのほうが人目につかずにすぐ部屋に入れる」

隠れて行動するには賢いやり方だ。でも火事になったら？　怖ろしい考えをふり払うように窓の外を見た。あの看板を思いだす。〈レッド・ヘヴン・レストラン〉。あれは皮肉ではなく、追悼の意味なのかもしれない。けれどもシェリダンというこの町の所有者は石油産業に関わっていて、ジャレッドのおかげで、わたしの家族も関わっていたことを知ってしまった。

ジャレッドがドアを開ける音で、すでに車を停めてエンジンを切っていることに気づいた。急いで銃をバッグにしまい、外へ降りる。モーテルの部屋に二人きりで泊まるというのに、ジャレッドと一緒だと驚くことにほとんど不安を感じない。彼は兄の友人だから、詳しい話を聞きたい気持ちのほうが勝っていた。ふたたび兄と抱きあえる瞬間を、どんなに切望しているか。

傷だらけの水色のドアのナンバーをじっくり見るひまもなく、ジャレッドが手早く鍵を開け、なかへ促す。ベッドが二台あるのを見てほっとし、ジャレッドへの信頼が増した。もともとすべての部屋にベッドは二台あるのかもしれないが、彼を信じて大丈夫だと直感が告げている。

ジャレッドはドアを閉めて鍵をかけると、自分のバッグから銃を取りだして、ベッドの上に置いた。とたんに緊張して心臓が跳ねあがり、彼の目を見た。「あのドアから誰か来たら」ジャレッドは拳銃を示して言った。「おれのベレッタに迎えてもらう。彼女のお出迎えは相当に荒っぽいぜ」

「知りあえて光栄だわ」拳銃が必要とされる事態をほのめかされて、不安な思いでジャレッドの相棒を見つめた。

ジャレッドは穏やかなまなざしになって、優しく言った。「座ってゆっくり話そうか」

わたしはうなずき、ナイトテーブルを挟んで、向かいのベッドに腰かけた。ジャレッドの茶色い瞳に浮かぶ同情の色に、軽いいらだちを感じた。「まだ話してくれていないことがあるなら、全部話して。隠しごとをされていると思うと、あなたが怖くなるわ」

ジャレッドはうなずいた。「わかった。包み隠さずに話すよ。きみの兄さんからメッセージを受け取ってから四日後に、二度目の電話があった。そのときはタイミングよくじかに話ができた」

わたしは興奮した。「どうしてもっと早く教えてくれなかったの?」

「まだ話すべきじゃないと思ったんだ」

つまり喜べるような内容ではなかったのだ。「それで?」不安な気持ちで先を促す。

「正直に言うよ。きみがどうすべきかをしっかりと考えるには、そうするしかないと思う」

わたしはベッドの上掛けを握りしめた。「どういう意味?」

「電話の向こうで、チャドは追いつめられている様子で、隠れながら声をひそめて話している感じだった。この場を切り抜けられるかどうかわからないって。きみを護ってくれと、それだけを心配していたよ」

「そんな。信じられないわ。あなたは言ったじゃない――」

「もちろん、チャドが生きているという希望は捨ててはいない。電話をかけてきたのは、助けを求めるためではなく、自分は行けなくなったから、きみを守ってくれとおれに託すためだった。チャドはしたたかなやつだ、きっと生き延びているさ。おれたちもチャドのために闘おう。約束だ」

わたしにとって、希望は敵だ。嘘よりもたちが悪い。約束しておいて、あとで反故にする。喜ばせておいて、あとで胸を切り裂くような仕打ちをする。「ほかにはなんて言っていた？」

「きみに身を守るための指示を残したと言っていた。百十一がその方法だ、と。どういう意味か、おれにはさっぱりだが」

「百十一」わたしはつぶやいた。最初、必要書類が入れてあったケネディ国際空港のコインロッカーの番号かと思ったが、べつの記憶がよみがえってきた。エジプトで兄と発掘調査を手伝っていたときのことだ。チャドはなにかを記した紙をワインの空き瓶に詰めていた。

「それ、なに？」わたしはたずねた。

「百の理由と十一人のクソ野郎どもさ」

「どういう意味？」

「おまえには知ってほしくないようなことだ」

「それがどういう意味かわかるかい？」ジャレッドが訊いてくる。

「兄のラッキーナンバーよ」どういう意味か、そしてどこへ行けば見つけられるか、わたしにはわかった。「いろいろなことにそのナンバーを使っていたわ。ほかには?」

「こんなことになってすまなかった、決してゆるしてくれないだろうが、愛していると伝えてほしいと言っていた。そこで電話が切れてしまった」

息がつかえ、下を向いて額を手で押さえた。兄を見つける前に、また失ってしまうのだろうか。そんなのはいや。絶対にいやよ。

わたしはベッドから立ちあがり、ドアへ向かった。

ジャレッドが腕をつかむ。「おいおい、どこへ行くつもりだい?」

「メグはやつらが兄をとらえていると言っていたわ。四日以内にやつらの欲しいものを渡さなければ、兄は殺されるって。その百十一が、やつらの欲しいものだと思う。すぐに行かなきゃ」

「百十一がなにを意味するかわかったんだな?」

「ええ」わたしはつかまれた腕をふりほどこうとした。「すぐに行かなきゃ」

ジャレッドは動こうとしなかった。「やつらって誰なんだ? どうやってきみに連絡してきたんだ?」

「わからないのよ。メグと写真に写っていた男なのか、石油関係の人物なのか、なんらかの秘密組織なのか。そんなことより、兄が殺される前に、百十一の中身を確かめなきゃ」

「チャドが殺されるって、どうしてわかる？」

「メグに手紙とメールの文章を見せられたの。だから彼女についていくことにしたのよ。やつらが欲しがっているものがなんなのか、調べに行かなきゃ」

「行動する前にまず作戦を練ろう。相手はこちらを観察しているはずだ。きみから目当てのものを奪い、チャドを殺すかもしれない」

「すでにそうしていなければね」

「チャドの命とひきかえに、きみに目当てのものを持ってこさせる魂胆なら、殺さないはずだ。それにきみがそれのありかを知っていると向こうが思っているなら、きみを殺すこともないだろう。チャドはバカじゃない。ちゃんと計算しているのさ」

わたしはジャレッドの胸を押した。「でもここでなにもしないわけにはいかないわ。わたしが考えているものが、やつらの目当てのものじゃなかったら、どうするの？とにかく取りにいかなきゃ。もう時間がないわ！」

「今、言ったろう。きみが目当てのものを持っていると向こうが信じているかぎり、チャドが殺される心配はないって」

「やつらが誰なのかも、なにが目当てなのかも知らないくせに、どうして絶対に殺されないなんて言い切れるの！」

ドアを叩く音がして、リアムの声がした。「エイミー！」

心臓がどくんと跳ね、不安と絶望と純粋なうれしさが胸にあふれた。

ジャレッドに抱き寄せられ、現実の地獄に引き戻される。「たとえばやつらは、チャドを生かしておくかわりに、きみの彼氏を見せしめに殺すかもしれない。だから追い返せ。おれと寝ていると言うんだ。兄を助けるために金が欲しくて利用しただけだとかなんとか、適当に言って追い払え。あるいは、あいつも敵の仲間かもしれないんだぞ。いいな？」

「ええ。わかったわ」

ジャレッドはわたしの目を探るように見つめてから優しく突き放し、ベレッタに手をのばした。「どうしてそれを？」わたしは訊いた。

「エイミー、くそ、ここを開けろ」リアムが怒鳴っている。

要求を無視して、ジャレッドはわたしに答えた。「どちらも死なずにすむためさ」

ドアのほうへ歩いていくジャレッドの物腰には、武器を扱い慣れている様子がうかがえた。彼はただのハッカーじゃないかもしれない。リアムに警告したくなった。

急いでもらった拳銃をバッグから取りだそうとしたが、間にあわなかった。ジャレッドが鍵を開けた瞬間に、ドアがものすごい勢いで開き、テラーがジャレッドに銃で狙いをつけて押し入ってきた。テラーとジャレッドは互いに狙いあったまま、ベッドを挟んでにらみあっている。二人から目を離さずにあとずさりすると、ナイトテーブルにぶつかった。そこへリアムが入ってきて、彼の姿しか目に映らなくなった。初めて会ったときの彼は富と権力とセックスの象徴のように思えたけれど、今ではもっとはるかに大切な存在になっている。共感と信頼、そして愛を象徴する存在に。

じっと見つめるリアムの瞳には、わたしを失った恐怖と、無事でいるとわかった安堵がうかがえた。互いに歩み寄ろうとしたとき、ジャレッドが叫んだ。「彼女に近づいたら、ここにいるおまえの相棒を撃つ！」

リアムが固まると、テラーが言った。「その前にこっちが弾を食らわしてやる」

わたしはにらみあう長髪の異端者と、いかついクルーカットの元軍人を交互に見た。どちらも口を一文字に結び、いつでも引き金を引けるように落ち着き払った手つきで銃をかまえている。

「エイミー」リアムが静かな声で、いともたやすくわたしの注意を引く。

わたしは激しく葛藤した。リアムを愛している。心から彼を愛している。彼を死なせるわけにはいかない。絶対に死なせはしない。

「出ていって、リアム」心を鬼にして言った。「あなたとつきあう気はもうなくなったの。今はジャレッドがいるから。本当は最初からジャレッドとつきあっていたのよ」

「そんなことをぼくが信じるとでも思うのか？」

「あなたとつきあったのは、お金が欲しかったからよ」無理にしぼりだす言葉は鉛のように重かった。「兄を助けるためのお金が。でもその必要はもうなくなったわ。兄は助かったから、どうぞ帰ってちょうだい。あなたの横暴さにはうんざりよ」

リアムはジャレッドを見やり、わたしに目を戻した。「こいつと寝ているのか？」

「そ、そうよ」

「ぼくの子どもを身ごもっているのに？」

ジャレッドが驚いて毒づくのもかまわず、わたしはリアムから視線を外さなかった。

「あなたが避妊をしてくれなかったとき、どうしてわたしがあんなにあわてたと思う？」

その言葉の効果は抜群で、リアムのハンサムな顔が怒りにこわばった。

「どういうつもりにせよ、こんなことはやめるんだ」リアムの冷ややかな声の悲痛な響きが、わたしの胸を締めつける。もうたくさんだ。

心が苦しい。これ以上、リアムを傷つけたくない。わたしは激しく自分を責めた。なぜジャレッドの言うことなど聞いてしまったのだろう？　リアムを納得させる方法は一つしかない。そして今のやり方はその方法とは違う。

わたしはバッグをつかみ、拳銃を取りだした。リアムは少しも動じず、無表情で見守っている。わたしは拳銃をテラーに、ついでジャレッドに向けた。「二人とも出ていって」

テラーが毒づき、ジャレッドはショックの表情を浮かべた。「エイミー――」

「殺すつもりはないわ。でも過剰な男性ホルモンを下げるために、脚を撃つかも。さあ、出ていって！　けんかは外でしてちょうだい。そのあいだに、わたしたちはここで話しあうから」

「出ていってくれ、テラー」リアムが静かに言った。

テラーとジャレッドはためらいつつも、暗黙の了解に達したようで、どちらも銃を収めると、戸口へ向かった。二人の背後でドアが閉まり、リアムとわたしだけになった。

18

うらぶれたモーテルの壁をぶち破りそうなほど激怒して、無言で立ちつくすリアムの姿はふるいつきたくなるほど男らしく美しかった。わたしは彼のもの。それはどうすることもできない事実で、それを変えたいとも思わない。けれども残酷なわたしの運命はいつも彼を遠ざけようとする。

銃を持つ手が震えた。「絶対に死んではだめと言ったはずよ。それなのにこんなところに踏みこんできて、どういうつもり？　殺されていたかもしれないのよ」

リアムがゆっくりと近づいてきた。張りきったゴムのように強く引きあう力が今にも弾けそうで、触れあったらどうなってしまうのか予想もつかない。「死ぬなと言いながら、ぼくに銃を向けるのは、矛盾していると思うが、それはどう説明するんだい？」

「説明なんてできないわ。ただ……そうなのよ」

「近づいてもいいかい？」リアムはわたしの目の前で止まり、手をのばして銃を持つわたしの手を包みこんだ。抵抗の意志が萎え、彼の温もりが全身に広がっていく。わたしたちはお互いの半身。離ればなれだったかたわれ同士が、ついに出逢って一つになり、やっと本来の力を取り戻した。魂の奥ではっきりとそう感じた。「きみをジャレッドとモーテルの部屋に残して、ぼくがすんなり帰るはずがないのは、わかりきっているだろう」激しさのこもった声でリアムが言う。きみはぼくのもの、決して離さない。彼の瞳がそう約束している。わたしたちは魂の部分でつながり、リアムはその絆を守ろうとするいっぽう、わたしは彼の命だけは救おうと抗っている。

「デンヴァーにいるって言ったのに」わたしはささやいた。

「デレクを行かせた」

「わたしが本当にデンヴァーにいたらどうするの？」

「きみはいなかった」

お互いを包む空気が電気を帯びて、びりびりと震えるような気がした。「わたしがいるかどうか、わからなかったはずよ」

「いや、わかっていた。それに飛行機に乗っているときに、きみがテキサスへ向かったという知らせを受けた」

「エイミー・ベンセンの身分証で航空券を買ったから」わたしは言った。「そしてわたしは実家に直行した。いかにもわかりやすい行動だったわね」

リアムはうなずいた。「きみは本当はぼくに見つけてもらいたかったんだ」

そうよ。「違うわ。この件が終わったら、あなたに会いにいくつもりだった」

「一緒にと言っただろう、ベイビー。ちゃんと話しあったはずだ」リアムはわたしの手から銃を取りあげて、ベッドに置いた。彼の手がほんの一瞬離れただけで心細くなる自分が腹立たしい。リアムはわたしの肩に両手を置いて言った。「ジャレッドと寝ているときみに言われたときは胸がつぶれそうになったよ。この二十四時間の心労ですでに死んだも同然だったが、あれはひどい追い打ちだった」

リアムが張りつめた声で吐露したナイーヴな本心に胸を締めつけられ、わたしは彼を抱き寄せて、大きな身体の温もりと力強さをいっぱいに感じた。「本気じゃなかったのよ。あんなこと言うのはいやでしかたなかった。でも……」

顔を上げ、張り裂けそうな思いで訴える。「あなたも殺されてしまうわ。ここにいてはだめ。お願い、どこか見つからない場所に逃げて。本当にお願いだから、身を隠していてほしいの。わたしは大丈夫、かれらの目当てのものを持っていると思われているかぎり殺されないから」

リアムはわたしの髪に手を挿し入れた。「きみと一緒でなければどこへも行かない。行くときは一緒だ。ジャレッドとはもう一緒に行動するな」

リアムが唇を重ねてくると、深い傷心とたぎるような怒りを感じた。わたしも怒りを覚えたが、それはリアムに対するものではなく、運命に対するやり場のない怒りだった。彼の思いも同じだと感じた。荒々しく、一心不乱に口づけながら、互いの服をはぎとっていく。わたしのシャツが床に投げ捨てられると、今度はわたしがリアムのシャツをめくりあげて、肌と肌をあわせ、なにも隔てるものなくお互いを感じた。

リアムのπの刺青を撫で、そこに口づけたいと思った。彼がブラジャーを外していると、外で男たちの言い争う声がした。わたしはブラジャーを押さえて言った。「だめよ、テラーとジャレッドがいるのに」

「今はそんなことはどうでもいい」リアムはブラジャーを取り去り、ふたたび唇を重ねてきた。「ジャレッドとファックしたと言ったね？」

わたしはためらいを忘れて言い返した。「あなたを追い返すためだったのよ。わかっているくせに」

「それでも耐えがたいほどつらかった。だからきみが誰のものか、思いださせずにはいられないんだ」

「思いださせてもらわなくても、わかっているわ」

「そうだといいが」リアムはわたしを抱きあげてベッドへ運んだ。抵抗する間もなく、靴もジーンズもパンティもはぎとられる。もっとも抵抗する気などなかったが。わたしが彼のものであると確かめずにはいられない衝動に、リアムを追いこんでしまったことがつらかった。激しさを秘めた冷徹な支配者の彼は、言葉を越えて、わたしの魂に呼びかける。お互いのなかに同じものを見ているから。

リアムはわたしをベッドの端に引き寄せて、うつぶせにし、四つん這いの姿勢を取らせた。今では彼のことが手に取るように理解できる。こうしてわたしを服従させて、この数日で崩れてしまったバランスと自信を取り戻そうとしているのだ。わたしもそうやってゆだねる必要を感じていた。彼はわたしにとって、自分を解放できる唯一の安息地であり、心から信頼できるただ一人の人なのだ。

リアムは後ろから覆いかぶさるようにして、乳房を愛撫した。長いブロンドの髪がベッドに流れ落ちて、わたしの視界をふさぐ。なにも見えないほうが、かえって官能をそそり、彼との完璧な相性と、全幅の信頼を実感できた。

リアムにうなじに口づけられ、乳房を揉まれ、乳首をつままれ、乳房が重たく張って、脚のあいだが濡れてうずきはじめた。肩胛骨のあいだにキスをされ、お尻をつかまれた。

尻を叩くと脅されたことを思いだし、エロティックで倒錯した快感を覚えた。けれども今日は叩かれないだろう。彼がヒップのふくらみを包み、太腿を撫でながら、熱く潤った秘部に指を滑りこませてくると、わたしは両手で身体を支えられずに、肘をついた。

二本の指でなかを愛撫され、広げられ、クリトリスをいたぶられて、わたしはもっと欲しくてお尻を突きあげた。簡単にいかせられるとわかっているのに、わざとじらして指を抜き、また挿し入れる。もうどうにかなりそうで、耐えられなくなりかけたそのとき、頂が見えてきた。するといきなり、彼は指を抜き取り、わたしは苦悶のうめき声を上げた。

リアムは後ろから覆いかぶさり、耳元に口づけてささやいた。「ぼくなしではどこへも行かせない。絶対に。二人で一つだということを覚えておくんだ。そのまま動くな」

四つん這いのままじっとして、彼が服を脱ぐ音に耳を澄ませながら、彼のものが押し入ってくる瞬間のえもいわれぬ快感を想像した。

リアムがわたしのお尻をつかみ、熱く昂ぶったものを太腿のあいだに据える。「ぼくのものだ」うなるように言い、深々と突き立てた。

わたしはうめき声をもらして、つぎの突きに備えた。けれどもリアムはわたしを後ろ向きに抱えてベッドに座り、乳房をてのひらで包んで、耳元でささやいた。「ぼくのものだ」

「ええ、あなたのものよ」

「あいつはきみとファックしたがっていた」下から腰を突きあげながら、罰を与えるようにわたしの乳首をつねる。

「わたしはあなたとファックしたいの」浅く息を乱して言う。

リアムはわたしのなかから引き抜いて、向かいあわせになると、ふたたびお尻をつかんで奥深くまで入ってきた。そしてともに横たわり、見つめあう。「最高のファックは――」

「ありのままに、正直に」わたしはささやいた。

リアムのセクシーな口元に笑みが浮かぶ。「興奮と愛があればなおいい」わたしの顔に触れて言う。「ぼくがきみを愛しているように――全身全霊で、いつまでも」

リアムがわたしを愛している。わかってはいたけれど、言葉で聞けて、天にも昇るほどうれしかった。「わたしも愛しているわ。大事な気持ちをメモで伝えたくはなかったけど、伝えないままチャンスを失ってしまったら後悔すると思って」

「わかっているよ」リアムはわたしをぴったりと抱きしめてささやいた。「もう二度とぼくを置いていくな」

うむを言わさぬ命令の裏に、嘆願と傷心の響きを感じて、リアムの瞳を見つめた。今度もまた、言葉を越えて、魂と魂が響きあうのがわかる。人もうらやむ富と地位を手に入れながら、彼は家族の真の意味を理解できずにいた。平穏な家庭と絆を知らずに過ごしてきたのだ。

わたしはリアムの黒髪に指をからめた。「あなたを置いていったのは、失いたくなかったからなのよ。それをわかってほしいの。お願いだから、わかると言って」

「わかっているさ。だが二度と耐えられない。一緒にと言ったら、一緒なんだ。なにがあろうと、きみはぼくのもとにいて、ともに解決していくんだ」

「わたしは――」

リアムはわたしの頭を包みこんでキスをした。「言いわけは聞かない。一緒に。そう言いたかったんだろう？」

「ええ」

のだ。

「例外はなしだ」

「例外はなし」わたしがささやくと、リアムが舌を滑りこませて、甘く優しく口づけた。愛と傷心の味がした。わたしはキスに熱く応えて、彼が心に負った傷を癒そうとした。その傷はわたしのよりはるかに深く、だからこそ彼はわたしを理解してくれるのだ。

知らず知らずのうちに、ふたたび腰を揺らしはじめ、危険のさなかで、情熱と悦びと完璧な結びつきを確かめあった。今このときこそがすべてであり、愛撫やキスの一つ一つが、この先ともにわかちあう永遠を誓うものだった。ずっとこの至福に浸っていたかったが、頂が迫り、悦びに包まれて砕け散った。リアムもあとを追うように身を震わせ、極みに達した。切ないほど甘い交わりだった。

愛液に濡れた身体のことも、外にいる二人の男たちのこともかまわず、余韻のなかでお互いの息遣いを聞きながら横たわっていた。やがてリアムが起きあがり、バスルームからタオルを持ってきて、わたしの脚のあいだを拭いてくれた。もう恥ずかしさはなく、より親密な絆が深まった気がした。

仰向けになって、染みだらけの天井を見上げた。「家は大丈夫だったの？」

「大丈夫だ。しかし家は焼けても、建て直せる」リアムはわたしを見て言った。「きみは一人しかいない」

わたしはリアムのほうを向いて言った。「アレックスの家が焼けてしまったら、わたしは自分をゆるせなかったと思う」

「今言っただろう――」

リアムの唇を指で押さえた。「わかっているわ。わたしを心配してくれてありがとう。でもあなたにとって大切なものは、わたしにとっても大切だもの」メグは自分が火をつけたと言っていたが、手を貸した人物がいるに違いない。「爆弾は？」

「仕掛けられていなかった」

わたしは安堵した。「よかった」

「どうしてメグではなく、ジャレッドといたんだ？」

「こっちに着いて、実家のあった場所へ行ったら――」

「〈レッド・ヘヴン・レストラン〉だな」

胸がずきんと痛んだ。「知っているの？」

「デレクがシェリダン・スコットに照準を絞って、調べ上げた」リアムはわたしの手を握った。「きみを一人で行かせたくなかったよ、ぼくが一緒にいるべきだった」

「その気持ちだけでじゅうぶんよ」目を閉じて感情を押し殺し、ふたたび彼を見つめた。「あれを見たとき、平手打ちされた気がしたわ」

「明らかに見せしめだ」

「そのシェリダン・スコットが、この件に関わっているとあなたは思うの？」

「ああ。証拠はまだないが、必ず見つける。メグはどうなったんだ？」

「ジャレッドがレストランに現れて、彼女は逃げてしまったわ」

「それは興味深いな。彼女を調べてみたんだ」

「それで？」

「メグの身分もきみと同じく偽物だった」

そう聞いても少しも驚かなかった。「チャドの妻だと言っていたけど」

「チャドは言うまでもなく、彼女が結婚していたという記録はどこにもなかった」

「ジャレッドも驚いていたわ。チャドからは一言もそんな話は聞いていないって。わたしの母と不倫の関係があった黒いセダンの男とメグが一緒にいる写真を、ジャレッドが見せてくれたの」

リアムは顎をこすった。「それは意外な情報だな。ジャレッドはその男を知っているのか？」

「いいえ。でもこの男こそがすべての謎を解く鍵だと思う」

リアムは半分閉じた目で、しばしわたしをじっと見つめた。「ジャレッドについては――」

「彼と会ったのはほんの一時間前よ。わたしが身分証を空港で見せたから、その情報をたどって追ってきたの。あなたと同じようにね」

「どうしてあの男はこの件に関わっているんだ？」

「兄の学生時代の友人なの」わたしはジャレッドから聞かされたことを、すべてリアムに話した。

「あいつを信じるのか？」リアムが疑り深そうにたずねた。

「兄が、わたしを助けてくれと彼に頼んでいる音声メールを聞いたの。あなたも聞いてみればいいわ」

「では、きみの兄さんは……生きているんだな？」

「ええ。少なくとも、そのときまでは。六年間、兄は生きていて、ニューヨークのわたしのアパートメントのすぐそばにいたの。でも今は――」メグはいなくなった。

「ああ、大変、どうしよう」

わたしが飛び起きると、リアムも起きあがった。「どうしたんだ、エイミー」

「メグは、チャドをとらえている人物との唯一の接点だったのに。チャドの音声メールを聞いてすっかり動転してしまって、彼女が兄につながる大事な手がかりだということを忘れていたわ」あわててベッドを降りようとして、急なさしこみに身をすくめた。

「エイミー」リアムがすぐにそばに来て、わたしの肩を抱いた。「落ち着いて、ベイビー。どうかしたのか？」

わたしはごくりとつばを飲み、身体を起こした。「大丈夫。もう治まったわ。ちょっとお腹が痛かっただけ。セックスのせいかしら」

リアムは心配そうに眉間にしわを寄せた。「ふつうにあることなのか？」

「わからないわ」

「マーフィー医師に電話をしよう」

わたしはリアムの腕をつかんで引き止めた。一刻も早く兄を助けなくては。「今はいいわ。あとにしましょう。兄がわたし宛の伝言を、ジャレッドに残していたの。自分はこの場を切り抜けられないかもしれない、百十一がわたしの身を守る方法だとわたしに伝えてくれって。それが敵側の目当てのもので、兄を取り戻せるといいんだけど。兄がまだ生きていることを祈るわ」

「百十一というのは？」

「発掘調査の現場で、兄が空き瓶に手紙のようなものを入れていたの。なにをしているのかたずねたら、〝百の理由と十一人のクソ野郎どもだ〟って言っていたわ」

「それはどういう意味なんだ？」

「わたしがそう訊いたら、〝おまえに知ってほしくないようなことだ〟って」

「万一の場合の予備のプランか。それはどこにあるんだ？」

「高校三年のとき、火事の少し前に、わたしが所属していた体操クラブで、タイムカプセルを埋めたの。二十年後に掘り返そうって約束して。兄はその手紙を入れた空き瓶を持ってきて、一緒に埋めたわ」

「じゃあ、そのタイムカプセルを掘り起こせばいいんだな。ジャレッドと話をつけたら、すぐそこへ行こう」

19

夜の十時に、母校のタイムカプセルを埋めた場所に到着した。リアムとジャレッドとわたしが懐中電灯で照らす場所を、テラーが掘り返す。建物の裏側なので、通りからは見えずにすんだ。浅いところに埋めてあったので、五分ほど掘ると、シャベルが金属に当たる音がした。

わたしたちがまわりを囲んで見守るなか、テラーが大きなスチール製の箱の泥を払い、ふたを開けた。わたしは夢中で中身をかきわけ、例の空き瓶を見つけてほっとした。「よかった」安堵をもらし、瓶を抱きしめた。「どうかこれでチャドを救えますように」

リアムがわたしの髪を耳にかけてくれる。「祈ろう、ベイビー」

テラーが箱を穴に戻して埋め直すと、懐中電灯を消して、暗闇のなかをリアムがレンタルした大型のランドローバー（ジープに似た英国製の四輪駆動車）に戻った。テラーとジャレッドが前に乗り、わたしはリアムと後部席に乗ると、すぐにコルク栓を開けて、なかの紙を取りだそうとした。

「モーテルに着いてからにしたほうがいい」より安全で快適だとリアムが判断したモーテルにすでに部屋を取ってあり、実家の焼け跡のレストランから離れたところでありがたかった。変わり果てた現実を目の当たりにして、思いのほかこたえていたのだ。

けれども待ってなどいられなかった。「この中身で兄を助けられるか、どうしてもすぐに確かめたいの」苦労して、細い瓶の口から数枚の紙を引っぱりだした。

リアムは毒づき、テラーはぼやきながらドアをロックした。「ここではじめるようだな」

わたしの焦燥ぶりに降参し、リアムが懐中電灯で紙片を照らしてくれる。しかしざっと見てもなにも思い当たるものがなく、リアムに渡した。「これをどう思う?」

「名前、日付、取引方法が詳細に記されている。すべて違法取引だ」

「驚くことじゃない」ジャレッドが言った。「富と権力にまみれた連中は、なにをしても免れると信じているからな」

リアムは眉をつり上げた。

「一部の金持ち連中は」ジャレッドは言い直した。「あんたについては判断を保留中だ」

「チャドはその犯罪にどう関わっているんだ？」テラーが、ジャレッドとリアムのいがみあいを無視してたずねた。

わたしがべつの紙を広げると、名前のリストが記されていた。トップはシェリダン・スコットだ。「十一人のクソ野郎だわ」

「なんだって？」ジャレッドとテラーが同時に訊き返した。

「兄はこの紙を瓶に入れるとき、百の理由と十一人のクソ野郎どもだって言っていたの。これはその十一人のクソ野郎の名前よ」

「金持ちのクソ野郎どもだな」ジャレッドがつけ加える。

リアムはリストをざっと見て、ジャレッドに渡した。

ジャレッドは素早く目を通した。「三番目のやつの依頼でハッキングをしたことがある。あとは知らないな」

テラーも名前のリストを見た。「おれたちの調査では、このなかの誰もひっかからなかった。しかしデレクに頼めば、ＦＢＩの機密情報にアクセスして検索してくれるだろう」

「それはまずい」ジャレッドが警告した。「アクセスしたことが検知されて、閲覧記録で当局に知られてしまうぞ。チャドは間違いなく刑務所で死ぬはめになる」
わたしは「ララへ」と書かれた大きめの一枚を取りだして、リアムに見せた。彼はわたしの脚に手を置き、懐中電灯で照らしながら、その手紙を一緒に読んだ。

ララへ
おまえがこれを読んでいるということは、最悪の事態になったのだろう。そうならないことを祈っていたんだが。きっかけは資金集めが目的だった。父さんとぼくがどうしても調査したい遺跡があって、しかし資金難で実現は不可能だった。そんなときに〈アンダーグラウンド・トレジャー・ハンターズ〉という団体と出会った。世界各地に支部団体があり、それぞれリーダーがいて、おのおのが欲しいものを妥当な値段で取引している。ぼくたちはよけいな詮索は一切せずに、かれらが欲しがるものを提供していた。ところがしだいに欲が出て、もっと金が欲しいと思うようになってしまったんだ。おまえがこれを読んで、欲に目がくらんだぼくの行いを知ることがないように心から祈る。
ぼくはやってはならない違法の取引に携わるようになった。そして決して渡してはならないものを、さしだしてしまった。多くの無実の人々の命を犠牲にするようなものを。そんなことになったら、おまえは生きていられない心地がするだろう。ぼくも同じ気持ちだ。〈アンダーグラウンド・トレジャー・ハンターズ〉は、これを書いている今も、ぼくや家族に法の手が及ばないよう、いろいろと画策しているが、いつやつらがぼくを切り捨てるかわからない。そうなればおまえにも危険が及ぶだろう。

ララ、名前のリストと百の罪状をコピーしろ。そして、リストの原本を半分に破り、最初の五人のほうを持って、シェリダン・スコットの会社へ行け。おまえやおまえの大事な人間が死ぬようなことがあったら、残りの半分のリストと百の罪状を記した証拠書類が、トラヴィス郡の地区検事長とＦＢＩとＣＩＡと地元警察に郵送されるように手配したと言うんだ。必ず本人とじかに会い、目を見て、こちらが怖れていないことをわからせろ。あの男は人を操縦するやり方を心得ている。こちらに怖れがないことをはっきり示せば、真剣に交渉に応じるはずだ。

すべてぼくのせいだ。ララ、本当にすまない。愛しているよ。母さんと父さんのことも愛している。おまえを悲しませるようなことをするつもりはなかった。取り返しのつかない罪を犯してしまった自分を心から恥じている。

チャド

兄の言葉が幾千もの針のようにわたしの胸を刺した。この瓶の中身は兄を救うものではなく、わたしを救うためのものだった。悲しみのあまり泣き崩れてしまうかと思ったが、そうはならなかった。兄の死の宣告によって深く穿たれた心の淵に、かろうじてとどまっていた。

瞬間的にわたしは麻痺状態《ソーン》に入り、生き延びることだけに集中した。兄の手紙をジャレッドに渡し、残りの紙を細く丸めた。

リアムがわたしの顎に手を添えて、彼の目を見るように顔を上げさせた。「まだきみの兄さんが死んだと決まったわけじゃない」

「わかっているわ」すると突然、下腹部に激しい痛みが走り、わたしは太腿のあいだに両手を入れて、前かがみになった。「ああ……ああ……リアム」

「どうした、ベイビー？　どうしたんだ？」

「マーフィー先生に知らせて。すぐに」ふたたび激しい下腹部痛に襲われ、一瞬目がかすみ、必死でシートをつかんだ。

「すぐに彼女を呼んでくれ」リアムが電話に向かって叫んでいる。「どこにいようと関係ない。とにかくすぐに来てくれ」

べっとりと温かいものが脚のあいだに広がる感じがして、下を見るとジーンズが血で濡れていた。「ああ、どうしよう、まさかこんな、リアム、どうしよう」わたしは彼を見た。「こんなに血が」

リアムは低くののしった。「テラー、すぐに病院へ行ってくれ」

ジャレッドが毒づく。「後ろでいったいなにが起きているんだ?」

テラーがジャレッドになにか言っている。リアムに抱き寄せられて、わたしは彼のシャツにしがみついた。「しっかりしろ、ベイビー。ぼくがついている」

「だから妊娠したくなかったのよ。なにもかも失ってしまうから」涙がこみあげ、身体の奥が焼けるように痛い。「大切な人をみんな失ってしまう。あなたも、わたしと一緒にいたら、いずれそうなってしまう」

「そんなことにはならないさ。約束する」

「でも赤ちゃんを失わないって言い切れるの?」

リアムはわたしの髪を撫でた。「どんなことになっても、一緒に乗り切ろう」

「そんなこと、言ってほしいんじゃないわ」わたしはリアムの胸に顔をうずめた。いつもみたいに、大丈夫だと言ってほしかった。リアムはなにも言わず、失うことを怖れるようにわたしの頭を抱いた。

頬を涙で濡らし、目をきつく閉じると、フラッシュバックの頭痛がはじまった。下腹部の痛みを忘れさせてくれるほどの激痛がありがたかった。今の残酷な現実より過去と向きあうほうがまだましだ。


消防車のサイレンが響き渡る。身体じゅうが痛い。辺り一面に充満する煙が鼻腔を刺激し、ぱちぱちと炎がはじける音がしている。われに返って、記憶が一気に戻ってきた。母の叫ぶ声。ママ！　頭を上げようとしたが、身動き一つできず、涙があふれた。誰かがわたしの手首に触れ、背中に手をあてるのを感じた。

「ちくしょう、彼女は大丈夫なのか。頼むから大丈夫だと言ってくれ」

チャド！　兄の声に応えようとしたが、肺や喉が煙でただれて声が出せず、首が動かなかった。

「気は確かなのか？」誰かはわからないが、聞き覚えのある男性の声が言った。「ラのことは任せておけと言っただろう。やつらに見つかる前に、早くここから逃げろ」

「妹は大丈夫なのか？　それを確かめないとなにもできない」

「意識はないが、脈はしっかりしている」

「じゃあ、妹も連れていく」

「彼女は大丈夫、父さん？」べつの男性の声がたずねる。

「さっさとここを離れろ、ルーク！」最初の男性が怒鳴った。「今すぐ行け！」

「でも、父さん――」

「行け！　おまえはなにも、誰も見なかったことにするんだぞ」

いろいろな足音がして、サイレンの音がさらに大きくなった。上がれ、と自分の頭に命じたが、ぴくりとも動かせなかった。

「おまえも早く行け、チャド」男性が命令した。「今すぐ」

「妹を置いて行けない」チャドが繰り返した。

「医者に診せる必要がある」最初の男性が言った。「大丈夫だとわかったら、わたしが彼女を病院から連れだす。おまえは必要な書類を準備しておけ」

痛みで目が覚めると、リアムが切迫した声でたずねているのが聞こえた。「赤ん坊は大丈夫なんですか？」

わたしは病院にいて、青い手術着姿の白髪の男性が上からかがみこんでいた。「検査をしなくてはならないので、外へ出て――」

「いいえ」わたしはリアムの手をつかんだ。「彼も一緒にいてもらいます」

「どこへも行かないよ、ベイビー」リアムは医師をにらみ返した。「ここにいます」

医師は反論したそうな様子だったが、わたしのほうを見て言った。「気分はどうです？」

「まだお腹が痛くて、血も出ている気がします」

医師はわたしの状態を丁寧に観察した。「気を失うとき、めまいがしましたか？」

「じつは……ときどきフラッシュバックの発作を起こすんです」

「ニューヨークの主治医に診てもらっています」リアムが言った。

「その医師と電話で話せますか？」

「今、飛行機でこちらへ向かっています」

医師は驚きの表情を浮かべた。「マーフィー先生が来てくれるの？」わたしは訊いた。

「そうだよ。だからもう安心しろ、エイミー」リアムは医師に目を向けて言った。

「あと二、三時間で着くはずですが、機内からも連絡できるように手配してあります」

「それはよかった」医師は言って、わたしの腕に触れた。「そのあいだに検査用のガウンに着替えて、検査をしましょう」

「こんなに出血して、流産してしまうんでしょうか？」

「そうとはかぎりません」医師はわたしをなだめた。「検査をしないことには、なんとも言えませんが。出産予定日はいつですか？」

「六月です」

「では妊娠三カ月ですね。心拍と骨盤内の検査をします。超音波診断は受けたことがありますか？」

わたしは首をふった。「ありません」

「では行いましょう。痛みはありませんし、詳しいことがわかると思いますよ」医師はリアムのほうを見た。「準備ができるまで、すぐ外の診察室にいます」

医師がカーテンを閉じて出ていくと、リアムはわたしの額にキスをした。「たんなる腹痛かもしれないわ」わたしは祈りをこめて言った。

「すぐにわかるさ」リアムはわたしのシャツを脱がせて、検査用のガウンを着せながら、なだめるように言った。まだメグに借りた大きすぎるブラジャーを着けていたが、気にする余裕もなかった。

ジーンズを脱がせてもらうと、下半身が血まみれで、涙をこらえきれなかった。ただの腹痛にしては、出血が多すぎる。本能的にもうだめではないかと感じていた。暗く悲痛な表情で、リアムはインターコムのボタンを押し、助けを呼んだ。わたしの涙をぬぐい、彼は言った。「しっかりするんだ、ベイビー。一緒に乗り越えよう」

わたしはリアムの手にすがりついた。彼の瞳はわたしの苦しみを映すように暗くかげっていた。彼が苦しまないようにと願ういっぽうで、わたしと同じように彼もこの出来事だけではなく、運命によって深く傷ついていることが、なぐさめでもあった。

すぐに看護師が駆けつけて、わたしの身体の下になにかを入れ、医師を呼んだ。

わたしはリアムの手を握って言った。「いつもみたいに大丈夫だって言ってくれないの？」

リアムはわたしの頬の涙を指でぬぐった。「そうでなくとも、ぼくはずっときみのそばにいるよ。医者を呼んでくる」

骨盤の検査を受けているあいだ、多少痛みが和らいだので、かすかな希望が出てきた。

「それでどうなんです？」リアムがわたしより先に口を開いた。

「子宮頸部が拡張していて、流産の兆候が見られますが、ほかの検査もしてみないことにはわかりません」

結果にいちいち一喜一憂するひまもなく、めまぐるしい手順ですべてが進められていき、医師や看護師の表情からはまったくなにも読み取れなかった。

ついに医師は言った。「お気の毒ですが、ここまで出血していては、流産は避けられないでしょう。これ以上の出血をしないために、人工中絶の処置を行うことをおすすめします。主治医が来るまで待ってもいいですが、おそらくわたしと同じ意見だと思いますよ」

現実とは思えないなかで、淡々と処置が進められていき、医師の言葉が頭を素通りしていく。流産はあなたのせいじゃありませんよ。ほとんどの場合、原因はわからないんです。またつぎがありますよ。

やがて処置がすんで医師は出ていき、わたしは身体を丸めて横になっていた。リアムがベッドに腰かけて包みこむように抱いてくれたとき、涙が堰を切ったようにあふれだし、わたしは身を震わせて慟哭《どうこく》した。

二十四時間後、退院する前にシャワーを浴びて、リアムがニューヨークから持ってきてくれた新しい衣類のなかから、黒いベロアのスウェットスーツを選んで着た。少しでもまともに見えるようにブラシで髪を念入りにとかし、気力をふりしぼって薄化粧もした。

バスルームから出ると、リアムが黒いピンストライプのスーツに真っ白なシャツと白いネクタイを身につけていた。豊かな黒髪はきちんととかしつけられ、顎ひげはきれいに整えられて、息をのむほどハンサムで素敵だった。あまりにも男らしくて、なんの色気も女らしさもないわたしにはもったいないくらいだったが、彼がそばにいてくれるだけで身体の奥の痛みが和らぐ気がした。

「それではミセス・ストーン、書類にサインをお願いします。お支払いはどうされますか？」

びっくりしてふり向くと、女性がクリップボードを持って立っていた。女性は茶色の髪を払い、黒縁の眼鏡を鼻の上に押しあげてうなずいた。「こんばんは、ミセス・ストーン」

リアムはおなじみの独占欲に満ちたまなざしでわたしを熱っぽく見つめている。彼のこのまなざしを、わたしは今後もふたたび見ることはあるのだろうか？　リアムはわたしから目を離さずに、女性にアメリカン・エキスプレスのブラックカードを渡した。「支払いはぼくのカードで」

女性は咳払いした。「請求額をお見せしましょうか？」

「いいや」リアムは答えた。「見なくてけっこうだ」

「かなりの額になりますが」

リアムは彼女のほうをちらりと見て言った。「かまわないよ」

「承知いたしました。すぐに戻ります、ミスター・ストーン」

手首に巻かれた病院の名札を見ると、ストーンと書かれていた。どうして今まで、気がつかなかったのだろう？

リアムはわたしの前に来て、両手で顔を包んだ。「この町の全員に、きみがぼくのものであることを知らせたい。きみはぼくのものだ。だからぼくが守る」

「でもわたしはあなたの赤ちゃんを失ってしまったのよ」

「自分だけのせいにしてはいけないよ。きみはなにも悪くない。今回は恵まれなかったが、またつぎに期待しよう」

「つぎに期待？」

「きみさえよければ」

「わからないわ。わたしは望んでなくても、あなたが子どもを欲しかった場合はどうするの？」

「ぼくが望んでいるのはきみだ。子どもができればなおうれしいが。ちゃんとした機会にきみに正式にプロポーズして、世界じゅうのピラミッドをめぐる旅に連れていきたい。きみとぼく、そしてぼくらの子ども。それがぼくの望むものだ」

わたしは背伸びして、リアムにキスをした。「ありがとう」

リアムに抱きしめられて、頼もしさと優しさが心からうれしかった。彼は今までの人生のなかで一番必要な人、一番大切な人だ。

「感謝をするのはぼくのほうだ」リアムは感情に声をかすれさせてささやいた。

「わたしになにを感謝することがあるの？」

「きみがきみでいてくれることに。きみがどんな名前で呼ばれようと関係ない。愛しているよ」リアムは口元をほころばせて言った。「だがエイミー・ストーンという響きはじつにいい。気に入ったよ」

自分でも驚いたことに、わたしは微笑み、リアムの素敵な黒髪に指を滑らせて言った。「わたしも気に入ったわ」

ドアをノックする音がして、リアムはわたしに素早くキスをすると、ドアを開けにいった。

「こちらが領収書です。いつでも退院していただいて大丈夫ですよ」病院の事務係の女性が言った。

　リアムが書類を受け取るために背を向けたとたん、わたしはわれに返って、現実に押しつぶされそうな気がした。一瞬、リアムとの幸せな家庭を夢見たけれど、実際はなにも解決していない。母と一緒にいた謎の男の正体も、チャドが生きているかどうかもわからない。そしてシェリダン・スコットとの対決がひかえているのだ。

　事務員の女性がドアを閉めて出ていくと、わたしはベッドによりかかった。「これからいよいよゴジラと対面ね。あなたの鮫たちもきっと大勢寄ってくるわよ」

　リアムがわたしの前に来た。「ドイツに心的外傷後ストレス障害《PTSD》の治療センターがあるんだ。そこへ行って、しばらく療養してみないか？」

「いやよ、わたしは逃げないわ」

「逃げるわけじゃない。健康を取り戻すためだ」

「ニューヨークにも病院はあるわ」

　リアムは無表情でしばしのあいだわたしをじっと見つめていた。

「ニューヨークに行きたいのか？」

「故郷のつぎになじみのある街だから」

　リアムはわたしの髪を撫でて言った。「ベイビー、ぼくの家はきみの家だ。ぼくのものはきみのものだよ」

「あなたのものはいらないわ。わたしが欲しいのはあなたよ。それに自分の家庭。安定した平和な暮らし。襲われるんじゃないかって心配することなく、安心して外を歩きたい。だからこそ、チャドの忠告にしたがって、シェリダン・スコットに談判しにいき、この件を終わらせにいくのよ」

「シェリダン・スコットにはぼくが会いにいく」

「いいえ、リアム、あなたに頼ってなにもかもやってもらっていたら、自分の人生を取り戻すことにならないわ。あなたが言ったように、やるなら一緒に、でしょう？」

「きみが心配なんだ。チャドの考えは正しいが、ぼくが代わりに行けば、きみを護ってやれる」

「あなたがいつも言うように、言いわけも弁解もなしよ。やるなら一緒にやりましょう」

リアムは目に苦悩の色を浮かべて言った。「きみが望むならどんなことも叶えてやりたいが、どうしてもその男には近づいてほしくないんだ」

わたしはリアムの顔に触れた。「少し前まで、わたしはひとりぼっちで途方に暮れていた。でもあなたが現れて、わたしを見つけてくれた。あなたはわたしの恩人よ」

「きみはぼくの半身だ。だからきみを護らなくてはならない」

「わたしも同じ気持ちよ。あなたを護りたい。でもシェリダン・スコットはすでにわたしのことを知っている。あなたと一緒にいることもたぶん知られているわ。彼に会いにいくのはすべてを終わらせるため、それに兄の意志を実行するためでもある。だからどうしても行かなきゃならないの」

「そんな身体で？」

「ふつうは二、三時間で退院させられるのに、あなたのおかげでたっぷり一日休んだから大丈夫よ。マーフィー先生もついていてくれるし。ふつうに生活して大丈夫だって太鼓判をもらったわ。どうしてもこれだけは果たさなきゃならないのよ、リアム」

リアムはついにうなずいた。「では一緒に行こう」

20

話が決まると、リアムはわたしにスウェットシャツとジーンズはやめて、マーフィー医師が貸してくれた上品な服に着替えるように言い張った。バスルームで着替えをすませて出てくると、マーフィー医師がベッドによりかかっていた。

「リアムは廊下でテラーと話しているわ」マーフィー医師は言った。「靴はどう？」

「ちょっと大きめだけど、履きやすいです」

医師はぴったりした膝丈の黒いドレスを眺めて、にっこりした。「よく似合っているわ」

「はい。色も……ふさわしいですし」

わたしの赤ちゃんを悼む気持ちを察して、マーフィー医師は真っ赤なルージュの唇を結んだ。「あなたはなにも悪いことはしていないの、わかるわね？」

いいえ、と心で答える。「もしストレスをちゃんとコントロールできていたら――」

医師は首をふった。「ストレスと流産の因果関係を証明する科学的データはどこにもないわ。多くの女性がひどい環境でも臨月まで持ちこたえて出産しているの」

「フラッシュバックのせいで――」

「そんなに悩まないで」医師はすぐそばに来て、わたしの両手を取った。「いい？あなたはなにも悪くない。今回はたまたま運に恵まれなかっただけのこと」

わたしはためらってから、意を決して言った。「フラッシュバックの発作を起こすと、忘れていた記憶の一部が戻るんです。どうして発作が起きないと、思いだせないんでしょう？」

「精神というのは驚異的なマシンのようなものだから、記憶を小出しに思いださせることで、あなたが現実に対応できるように、保護しているのかもしれないわ。ニューヨークに戻って身体を休めたら、わたしのクリニックでじっくり話しましょう」

「はい、わかりました」マーフィー医師の診察を受けることで、フラッシュバックの発作を怖れることなく、ニューヨークの街を歩きまわれるようになれたらとてもうれしい。

「準備はできたかい？」リアムが戸口から呼びかけた。

「ええ」わたしはリアムが持ってきてくれたバッグのジッパーを閉めた。

マーフィー医師はリアムのほうへ歩いていった。「あなたが計画している旅行は早めに切りあげて、彼女を休ませてあげたほうがいいわ」そう言うと、リアムの返事を待たずに部屋を出ていった。

リアムは眉をつり上げた。「お叱りを食らったようだ」

わたしは微笑んだ。「マーフィー医師には逆らわないほうがいいわよ、さもないと本当にお尻を叩かれるかも」

リアムの深い響きの笑い声が胸の奥まで届き、悲しみを和らげてくれる気がした。彼はわたしを抱き寄せてたずねた。「なにか必要なものはあるかい？」

「その質問には一言では答えにくいわ」

「そうだろうな。では問題の対決をさっさと終わらせて、わが家へ帰ろう」

「わが家」わたしはおうむ返しにつぶやいた。「素敵な響きね」

「ぼくもそう思うよ、ベイビー」

リアム、テラー、ジャレッドの三銃士をしたがえて、わたしは病院をあとにした。マーフィー医師はリアムが手配した専用車で空港まで行き、あとで落ちあうことになった。

「シェリダン・スコットのオフィス・ビルはオースティンにある」リアムはわたしに言った。「その前にどこか寄りたい場所はあるかい？」

「お墓参りをしたいかという質問なら、答えはノーよ。墓地へ行くとしたら、家族三人にお別れを言うためではなく、兄を救ったことを両親に報告するためだから」

リアムは理解のこもったまなざしで言った。「じゃあ、そのときにまたテキサスへ戻ってこよう」

わたしはリアムと指をからませて手をつないだ。「そうね」彼がずっと一緒にいてくれると思うと、とても心強い。

その後は目的の場所まで誰も口をきかなかった。シェリダン・スコットのオフィス・ビルの駐車場に車を停めると、リアムはわたしに言った。「車を出たら、駐車場内でもビルのなかでも、聞かれてまずいことはなにも話すな。おそらく全部録音されている。この対面では油断は一切禁物だ。顔をしっかり上げて、強い意志でのぞめ。しかきみがここへ堂々と会いにきたことで、相手側にこちらの自信が伝わるはずだ。しかし話はぼくに任せてくれないか？」

「ええ」

「約束してくれ」

「約束するわ」

「よし」リアムはわたしの額にキスをして、車のドアを開けた。テラーとジャレッドがすぐさま脇を固めた。三人の大柄で頼もしい男性に守られながら、張りつめた心地で歩いていく。この対面が兄の救出につながることに望みをかけて。広いロビーの前方に警備員たちのいるセキュリティ・デスクが見えてきた。ここを通り抜けなければならない。

「ちょっと待っていてくれ」リアムがテラーと一緒に先に行き、わたしはジャレッドとその場に残った。

ジャレッドがわたしを見下ろして言う。「きみがここまでする必要はないんだぜ」

「チャドの手紙には、わたしが自分で行けと書いてあったわ」

「それはきみに味方ができるとは予想していなかったからだろう」

「電話であなたにわたしのことを託したのなら、少なくともあなたは味方してくれると考えていたはずよ」

「そのとおりだ。必要ならなんでも手を貸すよ」

「ありがとう。チャドの伝言を届けてくれたことや、ほかにもいろいろ助けてくれて、本当に感謝しているわ。この恩は絶対に忘れない」

「礼なんていらないよ」ジャレッドは言った。「おれはきみに生きていてほしいだけだ」

「それを保証するためにここへ来ているのよ」

「兄さんを救いだしたい気持ちはよくわかるが、もう無理かもしれない。あまり期待をふくらませすぎないことだ。またきみが落胆して、悲しむのを見たくない」

リアムの手招きに応じながら、怒りがこみあげてきた。「希望がわたしにとってすべてなのよ。それを奪うようなことを言わないで」理不尽な怒りだと自分でもわかっていた。それにジャレッドに対して腹を立てているのではない。抑えきれない自分のなかの恐怖心が腹立たしいのだ。「このタイミングでそんなこと言うなんて最低よ」わたしはそう言い捨てて歩きだした。

「エイミー」ジャレッドが後ろから呼びかけたが、無視して歩きつづけた。リアムが問いかけるような視線を投げてきたが、それにも応えなかった。怯えていることを知られたくなかった。対決の場におもむく前に、この恐怖心を捨て去らなければならない。

エレベーターに乗ると、リアムはつねにそばにいることを示すようにわたしの腰を抱き寄せた。今まさに必要としている支えを得られて、わたしは深く息を吸いこみ、麻痺状態《ゾーン》に入っていった。

二十五階でドアが開き、わたしたち四人はロビーに足を踏み入れた。床に敷きつめられた東洋の絨毯が足音を吸い取る。贅沢なしつらえのロビーはいかにも大都市オースティンのオフィスらしく、都会のビル群を描いた絵画が壁を飾っている。

淡いピンクのジャケットに黒いスカートを着た、ブルネット美人の受付嬢が、マホガニー製のデスクの向こうで立ちあがり、わたしたちを出迎えた。

「ミスター・ストーン」受付嬢は硬い口調で言った。リアムをじっと見つめるまなざしは、ほかの多くの女性のような憧れではなく、これから待ちかまえている場面を予想させるよそよそしい敵意に満ちていた。

「ミスター・スコットのオフィスへご案内いたします」

受付嬢はテラーとジャレッドのほうをちらりと見た。「そちらの方々はご遠慮ください」

「かまわないよ」ジャレッドは柔らかそうな革のソファに腰かけると、背もたれに腕をかけ、ジーンズに包まれた長い脚をゆったりと組んだ。「おれたちはここできみの話し相手になるとしよう」

「そうだな」テラーも同意して、ジャレッドの向かいのソファに腰かけ、脚を長々とのばした。

受付嬢は明らかに二人の魅力にはまるで影響されないらしく、不愉快そうに口をひき結んだ。けれどわたしは、二人がここで待機してくれていると思うとありがたかった。

「こちらです」受付嬢がきびすを返し、長い通路を歩いていく。

歩きだしたとたん、全身の神経がぴりぴりと張りつめるのを感じた。するとリアムが背中に手をあてて、安心感を与えてくれたおかげで、少しだけ緊張が和らいだ。わたしたちは一緒にこれを乗り越えるのだ。

通路の行き止まりに、クルミ材の両開きのドアがあった。「どうぞ」受付嬢はドアを開けて、わたしたちが通れるように脇へ寄った。

リアムはわたしを見下ろして、一緒にこの対面を乗り切ろうと目で約束した。二人並んで、都会を一望できる広々としたオフィスの中央に据えられた贅沢なクルミ材のデスクへ近づいていく。

六十代とおぼしき白髪の威風堂々とした男が、デスクの向こうでゆっくりと立ちあがった。シェリダン・スコットはからかうような笑みを浮かべて言った。「飛んで火に入る夏の虫とはこのことだ」

「果たしてどちらが虫か、これを見ればわかる」リアムはわたしの手を離して歩いていき、大判の封筒をデスクに置いた。

両者が部屋の空気をびりびり震わせてにらみあう様子を、わたしは後ろからじっと見守った。スコットは焦げ茶色の目を興味深そうに細めて、封を破り、なかの紙を取りだしてじっくりと眺めてから、半分に破いた名前のリストを掲げて言った。「残りの半分はどうした？」

「保険だ」

「保険だと？」スコットは腕組みした。「つづけろ」

「ぼくやエイミー、あるいはぼくらと関係する人間になにかあった場合は、完全な名前のリストと取引の証拠書類が、トラヴィス郡地区検事長、ＦＢＩ、ＣＩＡ、地元警察に郵送されるように手配してある」リアムは身を乗りだして、スコットの机に拳をついた。「しかしぼくはいささか強迫神経症ぎみなので、念には念を入れて、あんたも含めてリストに載っている全員の首に懸賞金をかけることにした」

わたしは唖然とした。懸賞？　殺し屋を雇ったということ？　そんなまさか。

スコットも身を乗りだし、リアムと同じようにデスクに拳をついた。「では勝負に応じよう。こちらは懸賞金狙いに懸賞金をかける」

「核には核で武装するというわけか」リアムは言った。

「そうだ」スコットが応じる。「核には核だ」

リアムはデスクを離れ、わたしの横に戻って腰を抱いた。「行こう」

そのときスコットが初めてわたしのほうを見た。冷たく計算高い目つきに怒りがこみあげた。「兄を返して」

「奇跡でも起こさなければ、死人をよみがえらせることはできないよ、お嬢さん」スコットは言った。「そんな奇跡を起こしたいとわたしに思わせるだけのものを、きみはさしだせるのかね？」

「さしだすものなんてなにもないわ」わたしは言った。「わたしはこの件には関わっていないし、なにも知らないんですもの」

スコットは険しい表情で、一枚の写真をわたしのほうに向けて見せた。そこには例の謎の男が写っていて、わたしは愕然とした。

「わたしの息子だ。六年前に、飛行機事故で亡くなった。きみの兄さんも息子と一緒に乗っていた。だからわたしたちはお互いに気持ちがわかるはずだ。きみの兄さんの未来は、つねに彼自身の手のなかにあったわけだが、仮にわたしが手を貸してやれたなら、そうしていただろう。きみもできるものなら、助けたかったと思うようにね」

「あんたの欲しいものを彼女は持っていない」リアムは苦々しげに言った。「だがもし、彼女の欲しいものをあんたが持っていたら、生まれたことを後悔させてやる。ぼくは絶対にそれを見つけてやるからな」

「金に物をいわせてか？」スコットは笑った。「金ならわたしも持っているぞ」

「金があるかどうかは関係ない。ぼくがそうするつもりで、それを可能にする力もあり、自分のものを守ると言っているんだ。ぼくを怒らせたら、強烈なしっぺ返しを食らうことになるから覚悟しておけ」リアムはわたしをドアのほうへ促して歩きだした。

「ミスター・ストーン」

リアムはドアノブに手をかけて立ち止まった。

「わたしにどんな力があるか、知らないのはきみのほうだ」

リアムは皮肉な笑みを浮かべてスコットをふり向いた。「そうかもしれないが、こっちは例の書類であんたが行っていた百通りの取引を知っている。それらはすべて違法だ。よく目を通して、せいぜい賄賂をばらまいておくんだな。相当やばい取引もあるようだから」

そして今度こそ、わたしたちはスコットのオフィスをあとにした。

テラーとジャレッドもあとからエレベーターに乗ってきた。静かに一人になりたいと痛切に思った。車に戻ると、リアムのほうを向いたが、口を開いたら彼を罪に陥れるようなことを言ってしまいそうで、なにも言わずにおいた。

リアムは身をかがめ、わたしに頰を寄せてささやいた。「ぼくはちゃんとやったろう？　きみを守って、幸せにするためなら、なんだってやるさ」


空港のプライベートエリアへ着くと、マーフィー医師もすでにいて、テラーが彼女の荷物を機内に運んだ。ジャレッドはリアムとわたしのほうを向いた。「おれはここで失礼するよ」

「チャドのことはどうするの？」わたしは言った。「あなたの助けが必要だわ」

「おれはおれのやり方でチャドを探すよ」

「協力しないか？」リアムがジャレッドにたずねた。「専属で契約しよう」

「フリーランスのほうが気楽だし、自由に動ける」ジャレッドはリアムをちらりと見た。「ストーン、あんたに関しては、まだ判断を保留中だからな」今度はわたしのほうを見て言う。「身体に気をつけてな、エイミー」そう言うと、ジャレッドは空港の構内へ戻っていこうとした。

わたしは彼を追いかけた。「待って！　お願い！」

驚いた顔でふり返るジャレッドに、わたしは言った。「あなたがいなくなってしまったら、チャドと連絡が取れなくなるわ」

「チャドが連絡してきたら、きみに知らせるよ」ジャレッドは優しい口調で言った。「チャドと再会することばかり考えていてはいけないよ、エイミー。自分の人生をちゃんと生きるんだ。チャドもそう望んでいたはずだよ」

望んでいた。過去形。ジャレッドはチャドがもう死んだと思っているのだ。「あなたも希望をなくしてしまったら、ちゃんと生きているとは言えないわ、ジャレッド」

風に髪をなびかせて、ジャレッドは笑みを浮かべた。「そう言われれば、ずいぶんながいあいだちゃんと生きてなかったな。また連絡するよ」

今度は呼び戻さずに、去っていく彼を見送った。

リアムが横に来て、わたしの手を取り、指をからませた。「ジャレッドはチャドがもう生きてはいないと思っているから、行ってしまうのよ」

「ぼくらといても、自分のやりたいようにできないと思ったから、行ったのさ。チャドのこととは関係ないよ。それに二人とも、いなくなるわけじゃない」リアムは飛行機のほうを手で示した。「きみを休ませないと」

わたしはうなずき、リアムに付き添われて以前にも乗ったことのあるプライベート機に乗りこんだ。マーフィー医師があれこれと世話を焼いてくれて、ようやくリアムとわたしは奥のキャビンに落ち着き、カーテンを閉めて二人きりになった。枕に頭を乗せて毛布をかけ、リアムと向きあって横になった。エンジンの音を聞きながら、この前リアムと初めてニューヨークの空港で出逢って、飛行機でとなりあわせになってから、どれだけいろいろなことがあったかを思い返した。

「デンヴァー行きのあの飛行機で、わたしがファースト・クラスであなたのとなりになったのは、あなたがなにかしたから？」

「じつはそうなんだ。きみがあの飛行機に乗れるかどうか訊いたら、空席がひとつだけ残っているから乗れると言われた。だからぼくのとなりのやつに五万ドル払って、席を替わってもらった」

わたしは唖然とした。「わたしをとなりに座らせるために五万ドルも払ったの？　そんなお金を払うくらいなら、プライベート機に乗ればいいのに」

「無駄な贅沢はしない主義だからね。だがあの五万ドルは、人生で最高の使い道だったよ」

「でもどうして見ず知らずのわたしに？」

リアムはわたしの頬を撫でた。「空港できみと目があったとき、もうひとりの迷子の魂を見つけたと思ったんだ。ベイビー、もう二度ときみをひとりぼっちにしないよ」

わたしはリアムの頬を包んで微笑んだ。「わたしたちは二度と離ればなれにならないわ」

21

ニューヨークへ戻る機内で、わたしたちはピラミッドの話で盛りあがり、いつしか家族のことや、たくさんの刺激的な発見や思い出を夢中で語っている自分に気づいた。リアムが言ったように、楽しい思い出を語ることが、両親への一番の供養になるのだろう。

家に着く頃にはへとへとになっていたが、リアムとベッドでピザを食べる楽しみはゆずらなかった。これをぼくらのしきたりにしよう、とリアムが宣言し、胸に甘い温もりが広がった。誰かとなにかをしきたりにして楽しむのは、家族と暮らしていた頃以来だ。

わたしはリアムの腕のなかで、それまで感じたことのないほど安らかな気持ちでまどろみはじめた。けれども眠りに落ちていきそうになると、チャドのことを思わずにはいられなかった。

「ハニー、郵便物を取ってきてくれない？」母が鍋をかきまぜながら言った。「大事な手紙が届いているはずなの」

「いいわよ、ママ」キッチンのテーブルで宿題をしていたわたしは立ちあがった。

iTunesでダウンロードしたばかりの新曲をハミングしながら、ポーチに向かった。父と一緒に地面を掘り起こす代わりに、ケーキを焼いている母の姿にはいまだになじめない。

「ぼくの母と寝ているだと？　ふざけるな！」

わたしは怒った兄の声に驚いて、玄関で立ち止まった。

「おまえのせいでおれはもうおしまいだ」相手の男が怒鳴り返す。「だからこっちもおまえや家族を、簡単に破滅させられることを教えてやったのさ。おれの言うとおりにすれば、彼女はおまえの父親を、おれたちの取引から抜けさせられると思っていたんだ」男はあざけるように言った。

チャドは低いうなり声を上げて、男を壁に押しつけた。「今度母や家族の誰かに手を触れたら、おまえを殺してやる」

「おれのものをよこせ。さもないとおまえも家族も死ぬことになるぞ」

「持っていない」

「じゃあ、取ってこいよ」

「受け取らなかったと言っただろう」

「いったいどうしたの？」

後ろで母の声がして、わたしは飛びあがるほど驚いた。網戸に近づいた母が、小さく息をのむのが聞こえた。母がドアを開けて言う。「いったいどうしたの？」

チャドが言い争っていた男はポーチの階段を下りていくところで、顔は見えなかった。

「教えてくれ、ママ」チャドは母に向かって言った。「ぼくたちがいないあいだ、さみしくなったのかい？」

わたしは涙をこらえて、自分を抱きしめた。こんなことが現実に起きるはずがない。けれども黒いセダンの男と母が一緒にいるところを見てしまった。そして母は——

「あなたとお父さんがしたことの後始末をしようと思ったのよ」母は声を震わせて言った。

「利用されて汚《けが》されただけだ」

チャドの残酷な言葉に、母は涙をあふれさせ、家のなかへ駆け戻っていった。

チャドは母を追いかけようとしたが、わたしは兄の前に立ちふさがり、涙をぬぐいながら、全身で怒りをぶつけた。「いったいなにをしたの？　二人ともいったいなにをしたのよ？」

「おまえには受けとめきれないと言ったろう」

「なにをしたの、チャド？」

チャドは自己嫌悪に満ちた苦しげな目をして、天井を仰いでいたかと思うと、わたしの腕をつかみ、じっと目をのぞきこんで、額にそっとキスをした。「必ずこの始末はつける。約束するよ、ララ。ぼくがなんとかするから、なにも心配するな」

はっと目覚めると、リアムの腕にしっかりと抱かれていた。彼の片脚が離すまいとするように身体に巻きついている。そのときふと気づいた。なにも心配はいらない、すべてうまくいくと約束されることが嫌いなのは、あの日以来なのだ。

でもわたしは大丈夫だ。リアムがそばにいてくれて、ちゃんと生き延びている。心配なのは、大丈夫だと約束した兄のほうだ。

エピローグ

ぽたり、ぽたり、ぽたり。

「くそ！　くそ、くそ、くそ」

痛む頭を持ちあげようとすると、こわばった首に重りが乗っているような気がした。まわりを囲むコンクリートの壁に目をこらした。閉じこめられているらしい。さっきから聞こえるあの音はなんだ？

ぽたり、ぽたり。

もう我慢できない。手を動かそうとすると、後ろで縛られていて、ロープが皮膚に食いこんだ。「ちくしょうっ！」

がっくりとうなだれて、床を見つめた。

ぽたり、ぽたり。

赤い斑点が目に映り、目をこらすと血だまりができていた。これは自分の血だ。

金属の軋る音がしてドアが開く音が聞こえ、目を閉じて死んだふりをした。どうせもう死んだってかまわない。ジャレッドが頼んでおいたとおりにララを救ってくれていれば。妹は生き延びる資格がある。だが自分にはそんな資格はない。臆病者のまま、卑怯に生き延びるつもりはない。

思いきって顔を上げると、両目が腫れていてよく見えないが、見事な曲線美の身体を黒いドレスに包んだブルネットの美女が立っていた。どうやら自分はすでに死んだようだ。クリームのような白い肌と淡いブルーの瞳は天使のように美しい。やっぱり死んでいるに違いない。それなのに身体じゅう痛いのはどういうわけだ。わかった、ここは地獄で、目の前の美女は悪魔なのだ。これから地獄の責め苦を与えられるのだろう。愚かな人生の償いとして。

ぽたり、ぽたり。

だが死人は血を流したりしないはずだ。目の前の美女に多少なりとも屈辱を味わわせてやろうと、侮蔑的な視線で眺めまわした。これを見納めに、早く本物の地獄へ送ってくれ。

「スイートハート、ぼくの口を割らせる気なら、もっとナイフと蹴りが必要だ。もっともうめき声を上げるぐらいしかもうできないが」

美女は背中に隠していたナイフを取りだした。

「そうか。きみは倒錯的なプレイが好きなんだな。おもしろいことになってきたぞ」

「ええ、チャド」美しい脚と同じくらいセクシーな声で彼女が答えた。「そのとおりよ」

そして彼女は、まさに望みの場所に正確にナイフの切っ先をあてた。

訳者あとがき

リサ・レネー・ジョーンズの息もつかせぬジェットコースター・サスペンス、待望の第二弾をお届けいたします。前作『はじまりはあの夜』の後ろ髪引くラストシーン、そして気をもたせまくり引っぱりまくりの予告編のせいで、じれったさに歯ぎしりしつつ（訳者もその一人です）続編を待ちわびてくださっていた読者のみなさま、本当にお待たせをいたしました。

今作はさらに輪をかけて、急展開につぐ急展開、大どんでん返しの連続で、目がまわってしまいそうなストーリーになっておりますので、みなさまふり落とされないように、どうぞシートベルトをしっかりと締めてご乗車くださいませ。本国アメリカでは前作につづいて相変わらずの大人気で、amazon.com usのカスタマーレビューはなんと六三三件、総合評価は星四つ半で、七〇パーセント近くのレビュアーが五つ星をマークしているという驚異的な熱狂ぶりです。

リアムの裏切りを確信し、着の身着のままで逃走したエイミーは、ヒッチハイクで安モーテルを転々とし、トラック休憩所の食堂でウェイトレスのアルバイトをしながら、テキサスへ帰って自分にまつわる事件の真相を探るための資金を細々と貯めています。正体不明の敵にいつつかまるかわからない不安と恐怖にくわえて、リアムも金に糸目をつけずに彼女を探しているに違いなく、おまけにつわりらしき吐き気にも悩まされていて……

見えない敵に追われている恐怖と、ひんぱんに襲ってくるフラッシュバックの発作、さらにリアムの子を身ごもっているかもしれない不安と吐き気で、夜もろくに眠れず、まともに食事もできないなかで、心身ともに限界に達していたエイミーの前に、ついに怖れつつも心の底で焦がれる想いを捨てきれずにいたリアムが姿を現します。「ぼくは味方だ。きみを守りたい」というリアムの言葉を手放しで信用するわけにはいかず、なんとか言いわけをして食堂の裏口から逃げだそうとしたエイミーですが、例によって最悪のタイミングでフラッシュバックの発作に襲われて、気がつくとリアムの車に乗せられ、どこかの小さな飛行場へ……

リアムは本当に味方なのか、それともやはり敵の一味なのか、あるいはエイミーが鍵を握っていると思われるものを、リアムも手に入れたがっているのか。彼を愛しているのに、心から信じ切れない不安と切なさ。リアムへのかすかな疑いが、彼を深く傷つけているとわかっていながら、どうしても消し去れないもどかしさ。理性は彼を信じるべきではないと告げているけれど、直感の声は彼を信じて大丈夫。彼を愛しているいると訴えてくる。怖れと愛のあいだで振り子のように揺れ動くエイミーの苦しい胸の内が、あまりにはがゆすぎてついつい読み進めてしまうのも、著者ならではの計算なのかもしれません……。

サスペンスと愛憎劇と秘密と大どんでん返しが満載の本書を訳しながら、八〇年代のバブル期に一世を風靡したあの超高視聴率ジェットコースター・ドラマ『もう誰も愛さない』をつい思いだしてしまいました。本書もあのバブル期の大人気ドラマも、予想外のいきなりな展開に読者や視聴者が翻弄されるさまは、まさしく急転回を繰り返して疾走するマシンに乗せられているようで、ジェットコースター〇〇と呼ばれるゆえんなのですが、そういうスピード感も本書のひとつの醍醐味なのでしょう。

エイミーの謎の守護天使、ハンドラーはいったい何者なのか。彼女を追う敵の正体は？　そして愛するリアムは、はたして敵側の人間なのか。それは読んでのお楽しみ。どうぞ現実を忘れて、しばしのあいだ高速ライドをご満喫くださいませ。

訳者

二〇一七年　十二月

ザ・ミステリ・コレクション

危《き》険《けん》な夜《よる》をかさねて

著者　リサ・レネー・ジョーンズ

訳者　石原《いしはら》まどか

発行所　株式会社 二見書房
東京都千代田区神田三崎町2-18-11
電話 03(3515)2311［営業］
03(3515)2313［編集］
振替 00170-4-2639

印刷　株式会社 堀内印刷所
製本　株式会社 村上製本所

落丁・乱丁本はお取り替えいたします。
定価は、カバーに表示してあります。

ISBN978-4-576-18005-2
http://www.futami.co.jp/

二見文庫 ロマンス・コレクション

甘い口づけの代償を
ジェニファー・ライアン
桐谷知未［訳］

双子の姉が叔父に殺され、その証拠を追う途中、吹雪の中でゲイブに助けられたエラ。叔父が許可なくゲイブに一家の牧場を売ったと知り、驚愕した彼女は……

失われた愛の記憶を
クリスティーナ・ドット
出雲さち［訳］

四歳のエリザベスの目の前で父が母を殺し、彼女はショックで記憶をなくす。二十数年後、母への愛を語る父を見て疑念を持ち始め、FBI捜査官の元夫と調査を……

ときめきは永遠の謎
ジェイン・アン・クレンツ
安藤由紀子［訳］

五人の女性によって作られた投資クラブ。一人が殺害され他のメンバーも姿を消す。このクラブにはもう一つの顔があり、答えを探す男と女に「過去」が立ちはだかる――

夜の記憶は密やかに
ジェイン・アン・クレンツ
安藤由紀子［訳］

二つの死が、十八年前の出来事を蘇らせる。そこに隠された秘密とは何だったのか？ ふたりを殺したのは誰なのか？ 解明に突き進む男と女を待っていたのは――

危険な夜の果てに
リサ・マリー・ライス
鈴木美朋［訳］
〔ゴースト・オプス・シリーズ〕

医師のキャサリンは、治療の鍵を握るのがマックという国からも追われる危険な男だと知る。ついに彼を見つけ、会ったとたん……。新シリーズ一作目！

夢見る夜の危険な香り
リサ・マリー・ライス
鈴木美朋［訳］
〔ゴースト・オプス・シリーズ〕

久々に再会したニックとエル。エルの参加しているプロジェクトのメンバーが次々と誘拐され、ニックは〈ゴースト・オプス〉のメンバーとともに救おうとするが――

明けない夜の危険な抱擁
リサ・マリー・ライス
鈴木美朋［訳］
〔ゴースト・オプス・シリーズ〕

ソフィは研究所からあるウィルスのサンプルとワクチンを持ち出し、親友のエルに助けを求めた。〈ゴースト・オプス〉からジョンが助けに駆けつけるが…シリーズ完結！